書下ろし

傭兵の岐路

傭兵代理店外伝

渡辺裕之

祥伝社文庫

目次

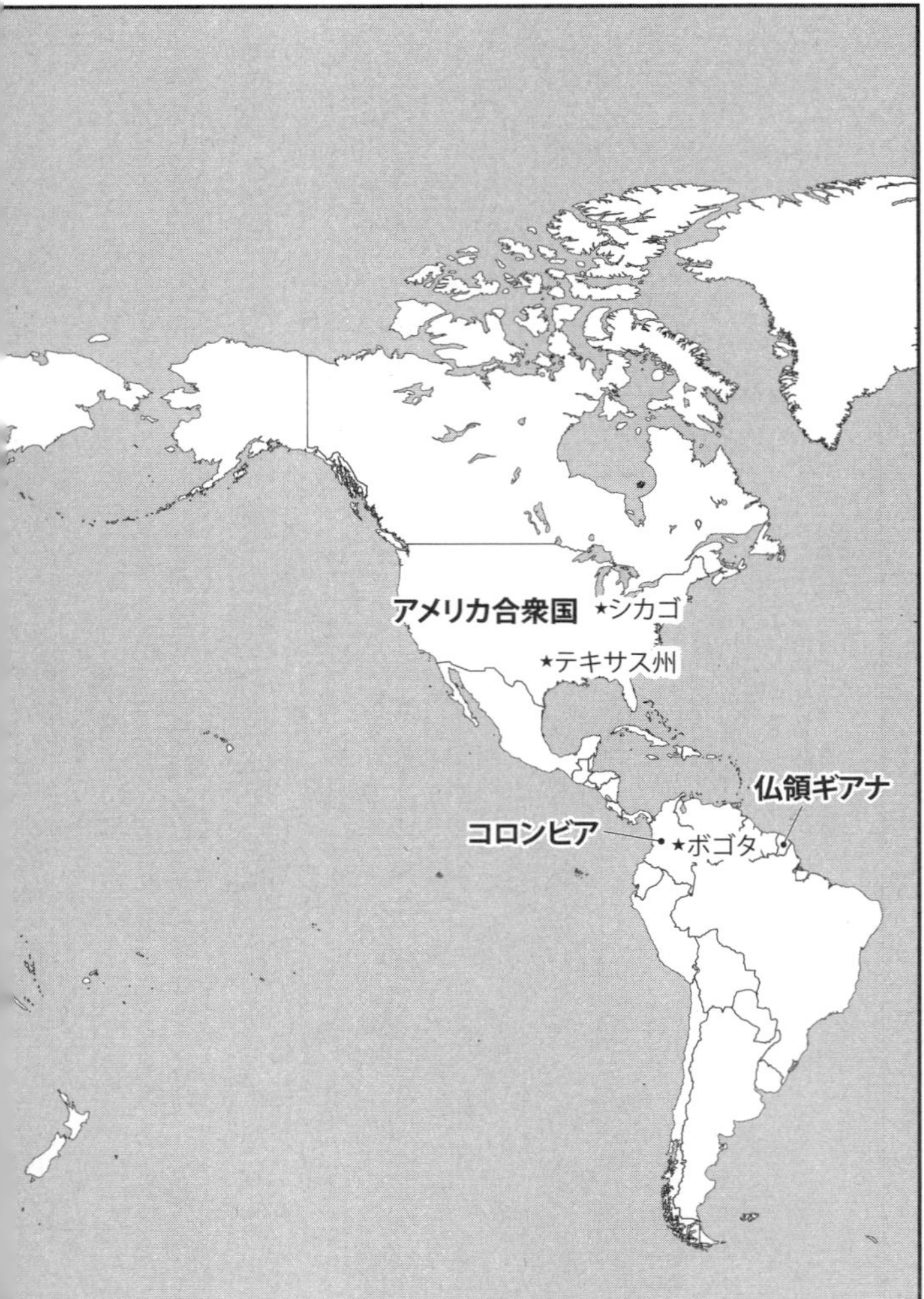
アメリカ合衆国
★シカゴ
★テキサス州
仏領ギアナ
コロンビア
★ボゴタ

『傭兵の岐路』関連地図

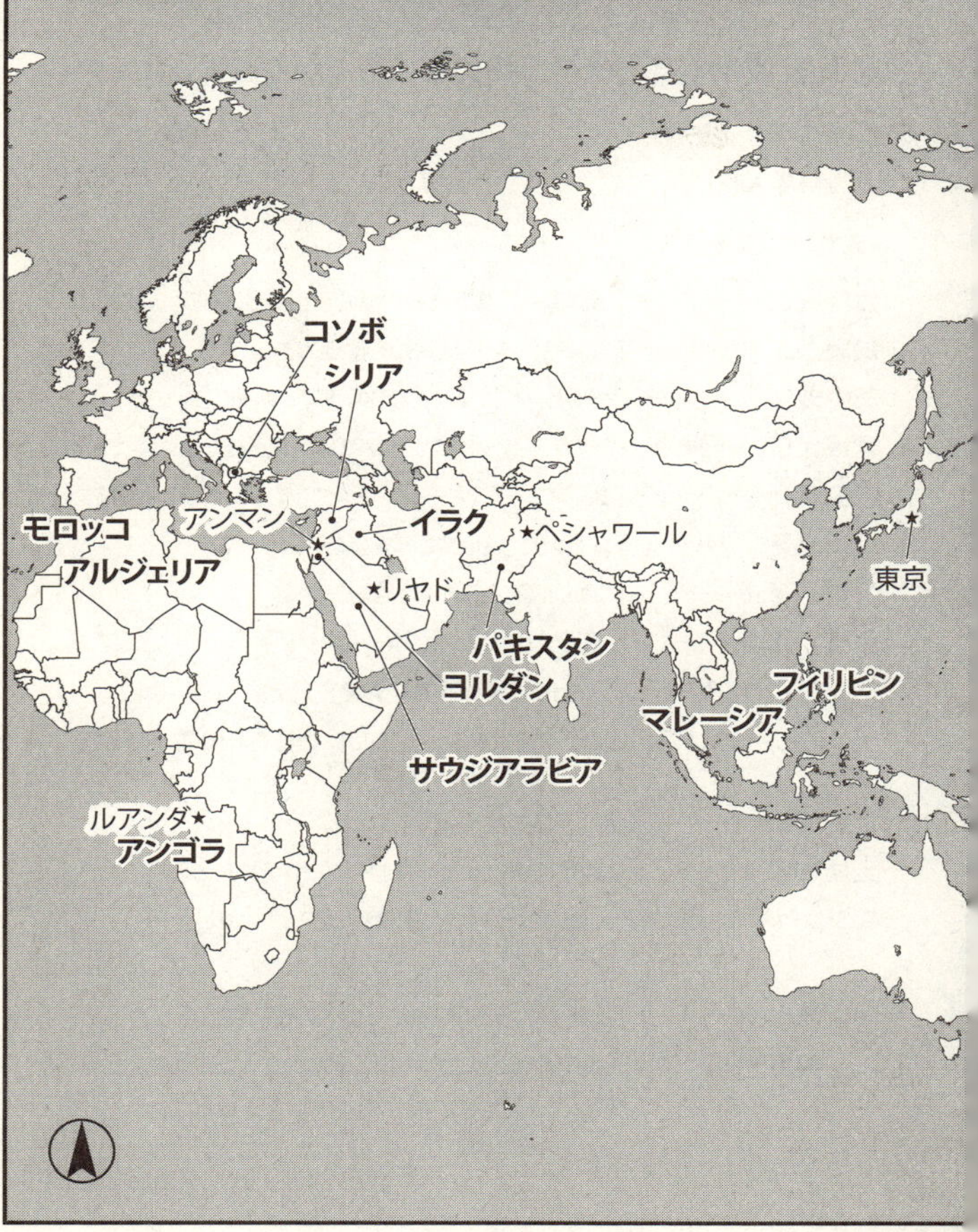

コソボ
シリア
アンマン
イラク
ペシャワール
モロッコ
アルジェリア
リヤド
東京
パキスタン
ヨルダン
フィリピン
マレーシア
サウジアラビア
ルアンダ
アンゴラ

各国の傭兵たちを陰でサポートする。
それが「傭兵代理店」である。
日本では東京都世田谷区の下北沢にあり、
防衛省情報本部と密接な関係を持ちながら運営されている。

【主な登場人物】

■元〝リベンジャーズ〟

浅岡辰也《あさおかたつや》……………………「爆弾グマ」。爆薬を扱わせたら右に出るものはいない。
加藤豪二《かとうごうじ》……………………「トレーサーマン」。追跡を得意とする。
田中俊信《たなかとしのぶ》……………………「ヘリボーイ」。乗り物ならば何でも乗りこなす。
宮坂大伍《みやさかだいご》……………………「針の穴」。針の穴を通すかのような正確な射撃能力を持つ。
寺脇京介《てらわききょうすけ》……………………「クレイジーモンキー」。Aランクに昇級した向上心旺盛な傭兵。
瀬川里見《せがわさとみ》……………………「コマンド1」。元自衛隊空挺部隊。
黒川《くろかわ》　**章**《あきら》……………………「コマンド2」。元自衛隊空挺部隊。
中條《なかじょう》　**修**《おさむ》……………………傭兵代理店コマンドスタッフ。
ヘンリー・ワット………「ピッカリ」。元米陸軍犯罪捜査司令部（CID）中佐。
エレーナ・ペダノワ…元ロシア連邦保安庁（FSB）防諜局（SKR）軍事諜報部
女性部隊〝ヴァーザ〟指揮官。「ガラ」
池谷悟郎《いけたにごろう》……………………傭兵代理店社長。防衛省出身。
土屋友恵《つちやともえ》……………………傭兵代理店の社員で凄腕のプログラマー。
マジェール・佐藤《さとう》……〝大佐〟という渾名の元傭兵。「アオショウビン」

藤堂浩志《とうどうこうじ》……………………「復讐者《リベンジャー》」。元刑事の傭兵。現在消息不明
森《もり》　**美香**《みか》……………………元内閣情報調査室情報員。藤堂の恋人。現在藤堂と行動を
共にしている。

自動車修理工場

一

磨《みが》き抜かれたタンザナイトブルーのベンツG320が、環八《かんぱち》通りを走っている。ハンドルを握る加藤豪二《かとうごうじ》は、フロントガラスに顔を突き出すように空を眺《なが》めた。ゴールデンウイークも終わり、交通量が戻った街はいつもの表情を見せている。気になるのは不安定な天候だけだ。上空に湧《わ》き立つ雲は、青空を覆《おお》い尽くさんばかりの勢いがある。つい先日も茨城県や栃木県で竜巻が起こり、死傷者まで出るという被害を出した。日本は大震災、原発事故など大災害が続き、ひたすら忍耐《にんたい》を求められているようだ。

強風で信号機が揺れ、横断歩道を渡る歩行者の衣服が旗のようにたなびいている。発達した積乱雲が大雨を降らせる可能性があった。

「嫌な天気だな」

G320は修理を終えてクライアントに納品するため、加藤は突然の雨を心配しているのだ。

加藤と仲間の浅岡辰也《あさおかたつや》と宮坂大伍《みやさかだいご》は、五年ほど前に〝モアマン〟という自動車修理工場を練馬《ねりま》に立ち上げた。辰也が代表取締役社長を務め、宮坂が副社長、加藤が営業部長となっているが、働いているのは三人だけで肩書きは世間的な形式に過ぎない。

創業当初は自動車の修理だけしていたが、三年前から中古車の販売もしている。ベンツのG320やクライスラーのジープ・ラングラー、三菱《みつびし》のジープなど、主に軍用車として活躍する車を扱っている。というのも、三人が軍用四駆にやたらに詳しいという評判が口コミで広がったためだ。おかげで商売は順調である。

環八通りから目白《めじろ》通りに入り、大泉《おおいずみ》インターを過ぎた辺《あた》りで右折した。住宅が密集する細い裏道を抜け、大泉学園のとあるマンションの駐車場にG320を停めた。車から下りると、汚れないように運転席の足下に敷いておいた新聞紙を畳《たた》んで自分のバックパックに仕舞った。

「完璧だ」

車の周囲を再度点検した加藤は、大きく頷《うなず》き納得の表情を見せた。

加藤は常人では考えられない体力とバイタリティーで仕事をこなし、その上丁寧《ていねい》だとクライアントからは評判がいい。身長一六八センチと小柄で穏《おだ》やかな顔立ちをしており、目立つことはない。だが、〝トレーサーマン〟と呼ばれる傭兵で、藤堂浩志《とうどうこうじ》が率いる世界屈指の傭兵部隊〝リベンジャーズ〟の一員だったことを知っているのは、日本では傭兵代理店と防衛省でも極めてセキュリティーレベルの高い関係者だけだ。

昨年の六月に〝リベンジャーズ〟はロサンゼルスで国際犯罪組織ブラックナイトの軍事部門である〝ヴォールク〟と壮絶な闘いをし、勝利を収めている。だが、それは米国の支部を殲滅《せんめつ》させたに過ぎなかった。

四ヶ月後、浩志はモスクワに少人数の仲間と潜入し、〝ヴォールク〟との最後の闘いに挑んだ。戦闘に参加したのは元デルタフォースのヘンリー・ワットに元ロシア連邦保安庁（FSB）の防諜局（SKR）に所属していたエレーナ・ペダノワ、それに大佐こと傭兵を引退したマジェール・佐藤《さとう》とチェチェンゲリラのルスラン・サドゥラーエフである。

日本にいる加藤をはじめとした傭兵仲間は、浩志の彼女である美香《みか》の護衛を命じられていた。彼が心置きなく闘えるようにするためだが、仲間を闘いに巻き込みたくないという浩志の方便であることは、誰しも承知していた。そのため、美香が浩志を追ってロシアに行くと言い出すと、誰一人反対せずに彼女の護衛を兼《か》ねてモスクワに乗り込んだ。

傭兵代理店の社長である池谷悟郎《いけたにごろう》からは、ロシアへの入国を試みる浩志らの厳しい状況について逐次報告を受けていた。そのため、池谷からも指示を仰《あお》ぎ、傭兵仲間は後方支援をするべくモスクワ市内に隠れ家を設け、もしもに備えて緊急手術もできる設備を整えることになった。

傭兵仲間は三班に分かれて成田《なりた》国際空港から北京《ぺきん》を経由して、モスクワに入った。メンバーは、一班を浅岡辰也、宮坂大伍、加藤豪二、二班を田中俊信《たなかとしのぶ》、寺脇京介《てらわききようすけ》、三班を元傭兵代理店スタッフだった瀬川里見《せがわさとみ》に黒川章《くろかわあきら》、それに傭兵代理店のコマンドスタッフである中條修《なかじようおさむ》である。ちなみに美香は一班と行動を共にした。

ロシアには傭兵代理店の発行した偽造パスポートで全員何の問題もなく入国できた。浩志らと違い、誰も顔の認証はされてないことは確認ずみだった。

だが彼らが入国した後に浩志らがロシアに潜入したためにモスクワでは厳戒態勢が敷かれた。ロシア当局に知られずに隠れ家となる部屋を探し、武器はもちろん医療器具を揃《そろ》えるのは至難の業といえた。そのため手術室の用意まで整え、〝リベンジャーズ〟が万全の態勢になったのは、浩志らがクレムリンの地下核シェルターに潜入する直前だった。

銃撃された大佐から緊急連絡を受けた仲間はすぐさま核シェルターの入口がある地下鉄ボロヴィツカヤ駅に駆けつけた。大佐は浩志らのチームのしんがりを務め、潜入経路が分かるように要所に小さなリボンを結びつけるなどして目印を残していた。そのため負傷した浩志と大佐を短時間で発見することができた。

運び出された二人は、傭兵仲間と一緒にモスクワ入りをしていた医師の森本克之《もりもとかつゆき》と彼のスタッフが手術をし一命をとりとめた。渋谷《しぶや》の松濤《しようとう》にある森本病院の院長である彼とそのスタッフは、防衛省の情報本部に所属する後方支援部隊であり、腕は一流であった。

二週間後、移動できるまでに回復した浩志と大佐は、警護をしていた傭兵仲間に守られヨーロッパ鉄道でロシアを脱出した。ベルリン市内の病院に二人は入院し、さらに二週間治療を受けてからヨーロッパを離れた。その間も傭兵仲間は警護に就《つ》いていたが、二人の退院を機に現地で解散した。

一ヶ月以上も修理工場を閉鎖していた加藤と宮坂は急いで帰国し、商売を再開した。だが、辰也はベルリンでバックパック一つ担《かつ》いで旅に出ると言って別れた。気ままと言えば、それまでだが、彼の気持ちも分からないでもない。ベルリンの病院を退院した浩志が〝ヴォールク〟を壊滅させたことで、〝リベンジャーズ〟を解散すると宣言したからだ。もともと〝リベンジャーズ〟はブラックナイトと闘うために結成された。その軍事部門である〝ヴォールク〟が消滅し、牙をもがれたブラックナイトの恐怖が消え去った以上、当然の成り行きといえた。

加藤と宮坂は狼狽《うろた》えることなく対処したが、副隊長として働いていた辰也には事実として受け入れるには時間が必要なのだろう。別行動を取った彼に対して、加藤も宮坂も非難することはなかった。長年チームとして活動していただけに、痛いほど彼の気持ちが分かったからだ。

駐車場でG320のクライアントに連絡をすると、待つこともなくTシャツに迷彩ズボンとラフな格好をした男が現れた。逞《たくま》しい体つきをしているが、年齢は五十五歳と決して若くはない。クライアントの代田《しろた》だ。職業は何か知らないが、金回りはいい。なぜか〝モアマン〟の顧客にはこんな厳《いか》つい男が多いのだ。

加藤に軽く右手を上げて運転席に座った代田は、さっそくエンジンをかけた。車が発するさまざまな音に耳を傾けているのだ。この手の車に乗っている人間は往々にしてメカにも詳しい。

「あいかわらず、いい仕事をするな。乗れよ。駅まで送るぜ」

しばらくして運転席から顔を覗《のぞ》かせた代田はにやりと笑った。

「そんな厚かましいことはできませんよ。これをお願いします」

加藤は両手で請求書を入れた封筒を代田に渡した。

「遠慮《えんりょ》するな。どうせ修理代を払うために銀行に行くんだ」

「実は運動不足なので、ジョギングして帰るつもりなんです」

嘘ではなかった。会社までは八キロ足らずの距離で、最短コースではなく大泉中央公園と和光《わこう》樹林公園を抜け、途中の光《ひかり》が丘《おか》公園では園内を周回して十五キロのコースで帰るつもりだった。そのため、トレーニングウェアにランニングシューズを履《は》いている。

「それでトレーニングウェアを着ているのか」

代田は低い声で笑った。

「体力を持て余しているだけですよ。失礼します」

加藤は頭を下げると、駐車場から駆《か》け出した。

二

砂埃《すなぼこり》を巻き上げる強風の中、加藤は光が丘公園の散策路を軽く流し、園内にある陸上グランドで短距離のダッシュを何本かこなした。緩急を混ぜることにより、体の敏捷《びんしょう》性を養うのだ。体力をつけるだけでは追跡と潜入のプロである〝トレーサーマン〟としての能力は維持できない。

午後四時十分、平日ということもあり、グランドを利用するのは、加藤の他にジョギングをする年寄りが数人だけだ。近くにゲートボールのスティックが置いてあるので、仲間で基礎体力を付けるためにがんばっているのだろう。とはいえ、談笑しながら歩くようなスピードでグランドを回っているだけだ。グランドの外側の芝生《しばふ》には幼児と戯《たわむ》れる若い母親の姿もある。平和な光景に思わず頰《ほお》を弛《ゆる》めた加藤は、コースの外に出て芝生に腰を下ろした。

「どうすればいいんだ？」

加藤は今では口癖《くちぐせ》になった台詞《せりふ》を呟《つぶや》いた。

浩志が率いていた〝リベンジャーズ〟の傭兵仲間は、誰しも食って行くのに困らないように職を持っている。だからこそ、損得勘定を抜きに浩志に付いて行くことができた。その〝リベンジャーズ〟がなくなってしまった今、誰しもこのまま傭兵を続けるべきかどうかの岐路《きろ》に立たされていた。

そもそも加藤は軍隊経験のある他の仲間と違い、唯一米国の傭兵学校（マーセナリースクール）出身で、軍人としてのスタートは仲間と比べればアマチュアレベルだった。都内の大学の工学部に在籍していた加藤は、就職活動をはじめてもぴんとくる職業がなかった。大学の成績が自慢できるものではなかったこともある。唯一の売りと言えば、高校時代陸上で国体に出場した抜群の身体能力と体力だけだった。そんな折り、雑誌で米国の傭兵学校の取材記事を読んだ。厳しい訓練を受け、卒業後は中東で警備の仕事に就《つ》いたり、また軍隊に入隊したりするというものである。

二〇〇一年の米国同時多発テロを機に世界情勢は悪化の一途を辿《たど》っている。社会不安を肌で感じた加藤は、記事を読んですぐに入学を決めた。日本で就職に悩んで悶々《もんもん》とするより、危険ではあるが海外で働く方がいいと短絡的に考えたのだ。

米国は中近東に軍事介入していることもあり、民間軍事会社が多数ある。軍や企業と契約を交《か》わし、紛争地の警備や輸送などを請け負《お》って傭兵を送る会社だ。大半は海兵隊をはじめとした退役《たいえき》軍人などの再就職先となっている。その軍事会社が経営する訓練学校も同じく沢山《たくさん》あった。自社の軍事ノウハウでサイドビジネスをしているのだ。

加藤が入学したのはテキサス州にある〝T・K・アサルト・スクール〟という傭兵学校だった。陸軍、空軍の二つのコースがあり、それぞれ六ヶ月と一年コースを選ぶことができた。加藤はバイトで貯めた金をつぎ込んで陸軍の短期六ヶ月コースに入学した。一ヶ月の基礎訓練を受けた後に狙撃、パラシュート降下など、さらにコースを選択する。一年コースではすべて学ぶことができるが、短期のために選ばせるのだ。

入学後、二週間に及ぶ基礎体力造りでかなりハードな訓練を受け、加藤はクラスのトップの成績を収めたが、銃の訓練では百人中七十八番という不甲斐《ふがい》ないことになった。というのも、大半の生徒は銃を扱ったことがあり、手にするのもはじめてなのは加藤を含めてほんの一握りだった。このまま狙撃コースに行っても成績が悪いまま卒業することは目に見えていた。とはいえ、パラシュート降下訓練を受けるには飛行機に乗るために授業料の上乗せが必要だった。

加藤は仕方なく一番人気のないトレーサーというコースを選んだ。この学校にしかない科目で、敵を追跡するための技術だという。百人の同期生でこのコースを選んだのはたったの五人、しかもインストラクターがネイティブ・アメリカンのマーティン・バニヤッカだと分かった白人の生徒三人が、授業を受ける前にコースを変更してしまった。

結局受講生は、加藤も含めて二人になってしまった。もう一人はボビー・アセベスという、二十六歳のメキシコ系米国人で現役のテキサス州の警察官だった。トレーサーのコースを受けるために長期の休暇を貰《もら》ったという。このコースを卒業し、犯人を追跡するのに役立てている先輩の刑事に勧《すす》められたらしい。卒業生に警察関係者が多く、実績があるため不人気なコースでも成立しているようだ。

マーティン・バニヤッカの授業は、残された足跡から人数を割り出す方法や人物の特徴を推測するなど、理論的で工学部の学生だった加藤には親しみが持てた。学内にはバニヤッカが呪術を使うネイティブ・アメリカンで講義が非科学的だと、根も葉もない噂《うわさ》が立っていた。米国は人種のるつぼだと言うが、人種差別が強い国でもあった。

半年のコースを無事終えるにあたって、加藤は帰国を戸惑《とまど》っていた。というのも日本の大学には休学届けは出したが、授業料を納付できなかったために退学処分になっていたからだ。加藤は幼い頃に母と兄を交通事故で亡くし、年老いた父親とは意見が合わずに断絶状態のため、授業料は自分で働いて払っていた。成績が悪いのはバイトに時間が取られるせいもあった。このまま日本に帰っても就職に困ることは分かっていたが、傭兵学校の短期コースを出たところで、米国でも働き口がないことは理解していた。残された道は米軍に入ることとくらいである。

学内の宿舎を出ようと荷造りしていると、バニヤッカが部屋を訪《おとず》れた。十畳ほどの広さがあるが、短期コースの別の生徒と相部屋である。相方は黒人で仲が悪いことはなかったが、互いにプライベートに触れることもなく過ごして来た。

「豪二、このまま卒業するつもりかい？」

バニヤッカの身長は一七八センチ、五十二歳だというが筋肉質で若く見える。実際、肉体的には二十代の加藤と変わりなく、驚くほどの持久力と敏捷性を持っていた。だが、思慮《しりょ》深く物静かな口調は年齢にふさわしい落ち着きを持ち合わせている。

「バイトで貯めた金も底を尽きました。しかし、日本に帰っても就職はできないでしょう。思い切って米軍に入隊しようかと思っています」

米軍で三、四年働けば、グリーンカード（永住権）が取得できるという。永住権があれば、就職口は見つかる。そのためグリーンカード取得を目的とした米国籍でない〝外国人米兵士〟は二〇一二年現在で二万人以上いると言われている。余談だが、パキスタンや中東出身者の永住審査は、九・一一以降停滞しているようだ。

「私がネイティブ・アメリカンだということは知っているね。我々はインディアンと呼ばれ、米国のTVや映画のせいで好戦的な人種のように思われているが、実はもっとも平和を愛する民族なんだ。にもかかわらず、傭兵学校で講師をしているのは、正しい戦士を育てるためだと思っているのだよ」

「正しい戦士？」

これまでバニヤッカは、自らネイティブ・アメリカンだと名乗ったことがなかっただけに、加藤は首を捻《ひね》った。

「世の中は武器が溢《あふ》れ、このままではいずれ人類は破滅してしまう。ホピ族の予言書では古くから核兵器の危険性を説《と》いているほどだ。だが悪霊に魅入《みい》られて武器を作り出し、それを好《この》んで使う人間が存在する限り、戦争がなくなることはない。私の使命は、悪霊と闘う戦士を作り出すことなんだよ」

「そっ、そうですか……」

これまで理論的な講義をしてきたバニヤッカの口から、非科学的な言葉を聞いたために加藤は引いてしまった。

「悪霊という言葉を簡単に言えば、邪心、邪気、悪意、あらゆる負のエネルギーだよ。大学の工学部で学んだ君に、宗教的な単語を使ってすまなかった」

バニヤッカは加藤の態度を見て、笑って補足した。

「なるほど、そういうことですか」

加藤も妙に身構えてしまったことを恥《は》じて苦笑いをした。

「どうだろう。後、半年、私に付き合ってみないか？」

「これから、一年コースに編入するということですか？　しかし……」

授業料さえ払えば、短期コースからの編入は可能だった。

「分かっている。授業料や生活費は私が貸してあげるよ。君なら、後でちゃんと返してくれるだろう？　一年コースの卒業生なら就職率もいい。米軍の士官学校を受けるにも有利だ。考えてみないか。条件は、通常の一年コースの講義だけでなく、私の講義を半年、余分に受けることだ」

願ってもない申し出だった。加藤は二つ返事で承諾《しょうだく》した。

「うん？」

思い出に耽《ふけ》っていた加藤は、雷の音で我に返った。グランドにたむろしていた老人たちはいつの間にか姿を消していた。親子連れも近くに置いてあった自転車に股がっている。

「降られるな」

加藤は立ち上がると、軽いストレッチをして駆け出した。

三

光が丘公園を出て一分も経たないうちに大粒の雨が降り出した。閃光《せんこう》が雨空を過《よぎ》り、落雷の轟音《ごうおん》が背中を脅《おびや》かす。

加藤は雨宿りもせずに濡れるがまま、走るペースを崩さない。走り込んで火照《ほて》った体に叩き付ける雨が気持ちがいい。加藤は超一流の追跡のプロとして鍛《きた》えてきただけに、雨風を気にすることはない。

戦地では悪天候の作戦行動は珍《めずら》しくない。とは言え雨風は体力を奪うため、馬鹿にできない。兵士にとって、時として自然も敵となる。

傭兵学校である〝T・K・アサルト・スクール〟では、豪雨を選んでの行軍訓練があった。授業料は前金で払ってあるため、わざと生徒を辞めさせようとしていると、噂になるほど厳しかった。

学校はテキサス州の南部に位置するサン・アントニオの郊外にあった。亜熱帯性気候で一年を通じて温かく、雨が多い地域だ。五月でも気温は三十度を超え、雨もよく降る。訓練は春から夏にかけて、南西部の森林地帯で行われた。

三十キロの荷物を担ぎ、二十キロのコースを一日で走破する。一見楽なようだが、荷物の重さもさることながら、雨で足場はぬかるみ、二十キロの距離が、三十キロにも五十キロにも思えてくるほど厳しいものとなる。何人も脱落者が出てくるが、加藤はいつもトップでゴールインし、監視役の教官を唸《うな》らせた。

だが、体力自慢の加藤ですら音《ね》を上げた訓練があった。マーティン・バニヤッカから受けた追跡訓練だ。バニヤッカに金を借りた加藤は、短期コースから一年コースに編入した。そのため、狙撃や降下など他の科目も受講できるようになった。もっとも、降下訓練はヘリコプターからのラペリング降下と、高高度からのパラシュート降下があったが、後者は飛行機代がオプション扱いになっていたために結局受けなかった。後々、浩志率いる〝リベンジャーズ〟に入ってから、苦労することになるが、この時は先立つものがなかったので諦めたのだ。

追跡訓練とは、教官であるバニヤッカが逃走する敵となり、その痕跡《こんせき》を見つけ出して後を追うというものだ。ルールは実に簡単で、二日間、仮想敵を追跡するだけで、途中で見つけて攻撃すればその場で終了する。もっとも熟練の教官を発見することさえ不可能な話で、バニヤッカをどこまで追い詰めたかということがポイントになった。だが油断していると、追跡している途中で逆に襲われることもあった。襲撃に対処できなければ、大幅な減点になる。この訓練は、一年コースに変えてから行われたので、生徒は加藤一人のマンツーマンだった。

はじめての訓練は学校のすぐ近くの森林地帯で行われた。地図とコンパスの他にタクティカルバックパックに三十キロの荷物を担ぎ、Ｍ１６アサルトライフルを携帯するのは、一般の行軍訓練と同じだ。だが、その上に五キロの砂袋を詰めたタクティカルポーチを持たされた。重装備で足跡や小枝の折れた痕《あと》など仮想敵の痕跡を探すのだ。その夜、疲れて眠り込んでいるところをバニヤッカに襲われ、惨憺《さんたん》たる結果に終わった。

訓練はさまざまな環境の下で行われた。大半は学校の近くだったが、中でも一番きつかったのは、サン・アントニオから三百十六マイル（約五百六キロ）西のフォートストックトンでの訓練だった。この街の南はメキシコとの国境であるリオ・グランデ川が流れる、〝ビッグ・ベンド国立公園〟となっている。だが、そこまでの九十マイル、およそ百四十四キロは広大な荒れ地である。訓練地は荒れ地から国立公園までの広いエリアだった。

　夏場は四十度近くまで気温は上がり、冬場は氷点下になる。また公園内のチソス山脈は標高二千四百メートルあり、平地から山まで起伏のある地形は気温や湿度の違いも激しい。昼間は暑さに苦しめられ、夜は凍《こご》える寒さに震えることもしばしばあった。

　バニヤッカは訓練のため足跡を残してはくれるのだが、年齢の割に足が速く、しかも一日三十キロから四十キロも移動する。追跡訓練は二週に一度の割合で行われるが最初の一ヶ月は、道しるべのようにはっきりと付けられた足跡を追うだけで精一杯だった。それはバニヤッカも理解しており、加藤が訓練に順応するにつれ、難易度は高まった。

　一年コースでは夏休みと冬のクリスマスにそれぞれ二週間の休みがあり、加藤はバニヤッカの自宅に招かれた。バニヤッカはコマンチェ族の血を引く。コマンチェ族は他の部族と違い、早くから白人と交易《こうえき》して馬を手に入れ、南部から他部族を追い払って一大勢力となった。

　彼らが力を得たのは、メキシコを統治するスペイン人の侵略と闘うためでもあった。また強力な兵力を持つ彼らは白人の米国人に利用された。そのため白人らから奴隷《どれい》として売買されずにすんだが、十九世紀末には保留地（インディアン居留地）政策を受け入れ、白人に恭順《きょうじゅん》した。だが保留地に住むコマンチェ族も例外なく白人社会から謂《いわ》れなき迫害や差別を受けた。

バニヤッカから自宅に招かれた加藤は、煙草《たばこ》のパイプを使うインディアンの歓迎の儀式を受けた。不思議なことにそれを機に、星座を見て現在位置を知る方法や、植物から方位を調べる方法など、これまで講義で難解と思っていたことが自然に理解できるようになった。バニヤッカと個人的に親しくなることにより、あらゆる先入観をなくして学ぶ姿勢が備わったためだろう。

それだけではない。追跡訓練を受けるうちに視力は二・〇から五・〇まで上がるなど、身体的な能力の劇的改善もあった。大自然に身を置き、五官を磨くことにより身体能力が高まったか、あるいは秘められた能力が引き出されたのだろうが、バニヤッカに言わせれば、精霊が加藤に宿ったということらしい。これまで非科学的なことは一切信じないことにしていたが、バニヤッカと親交を深めるうちにそれもありかと思えるようになった。世界屈指の傭兵部隊である〝リベンジャーズ〟のトレーサーマンとしての資質はこうして養われたのだ。

加藤は一年コースを修了後、傭兵学校にさらに一年間在籍して技術を磨いた。コースは修了しているので、学校の雑用をこなすことで学費を免除してもらい、バニヤッカからの訓練を積んだのだ。また不得意だった射撃も積極的に練習をし、教官並みに上達した。

二年間鍛《きた》えられた加藤は、追跡訓練でバニヤッカを捉《とら》えることができるようになり、それればかりか彼に気付かれずに尾行できるまでになった。その後学校に講師として残ることを勧められたが加藤は辞退し、傭兵として自立した。

土砂《どしゃ》降りの雨の中、加藤はひたむきに走っているように見えるが、交差点のミラーやショーウインドウのガラスで常に尾行の有無を確かめている。

「うん?」

交差点を二度曲がったが、スピードを合わせるように乗用車が百メートルほど後方にいた。シルバーの二〇一〇年型ホンダのシビックだ。

加藤は警戒モードに入った。

四

大粒の雨は道路に飛沫《しぶき》を上げて降り続けている。雷も閃光から雷鳴までの間隔《かんかく》が短くなってきた。

大通りから左折して小道に入った加藤は、信号機のない交差点で左折し、四十メートル先の次の交差点で右折した。道路に叩き付ける雨音が、聴覚を奪う。

加藤は八十メートル先の畑のある三叉路《さんさろ》を左に曲がった。見通しがいいために振り返らなくても、後方百メートルの距離をとっているシルバーのシビックを確認できた。

三叉路を左折した乗用車を見て加藤は舌打ちし、次の交差点でまた左に曲がって住宅街に入った。小さなアパートが連《つら》なる道は、S字に蛇行《だこう》して見通しが悪い。シビックが完全に見えなくなったところで、民家の脇に飛び込んだ。そこは小さな神社の参道で、鳥居の前に大きな欅がある。加藤は欅の後ろに隠れ、様子を窺《うかが》った。シビックは速度を変えることなく、神社の前を通り過ぎた。タイミングからして参道に入ったことは見られてない。雨でよく見えなかったが、二人の男が乗っていた。現段階では尾行されていたかは断定できないが、用心に越したことはない。

しばらく欅の後ろに佇《たたず》んでいた加藤は、境内《けいだい》の祠《ほこら》のような小さな社殿の階段に座り、雨宿りをした。

雨空を見上げていたらまるで連想ゲームのように昔のことが頭を過り、二年間世話になった傭兵学校の宿舎で荷物の整理をしていた時のことを思い出した。

一年コースを終えた段階で、学校の嘱託《しょくたく》ということになり、寄宿舎に六畳ほどの狭いながらも独《ひと》り部屋を与えられていた。荷造りを終えたら傭兵学校からサン・アントニオ国際空港行きのシャトル便に乗るつもりだ。

ドアがノックされたので返事をすると、マーティン・バニヤッカが入ってきた。

「空港まで送ろうと思ってね」

引き止められるかと思ったが、バニヤッカは意外に清々《すがすが》しい表情をしている。

着替えなど身の回りの小物を詰めたバックパックを担ぐと、宿舎の前に停めてあったフォードのピックアップの助手席に乗った。生憎《あいにく》の天気で朝から雨が降っていた。

「マスター、お借りした金は必ず、お返しします。本当にありがとうございました」

加藤はバニヤッカをマスターと呼んで慕《した》っていた。だが、あっさりと寄宿舎から送り出され、いささか寂《さび》しくもあった。

「そんなことはどうでもいい。それよりも私が引き止めないので、冷たいと思っているかもしれないが、私は運命に従っているに過ぎないのだよ」

運転席に乗り込んだバニヤッカは、加藤の心を見透《みす》かしたように笑顔で言った。

「運命？」

時としてバニヤッカの言葉は理解できないことがあった。大抵は彼がインディアン独特の感覚で話をする時だ。

「生きとし生けるものすべて運命がある。誰しも運命の大きな歯車の中で動いている。というより、生かされている。君は私の下で二年間過ごすことになっていた。だからこそ、一年半前に私は君にここに残るように説得したのだ」

「とすると、私がここを出てこれからどこに行こうとしているかも、分かっているのですか？」

中退とはいえ大学の工学部で学んだ加藤は、非理論的なことを以前は一切受け入れられなかった。だが、この二年の間にバニヤッカから大自然の摂理《せつり》を学び、決して科学では割り切れないものが存在することを教えられた。インディアンの古くから伝わる物語や考え方をすべて理解できるわけではないが、頭から否定するようなことはなくなった。

「詳しくは分からない。私は呪術師ではないからね。だが、君はやがて偉大な戦士と巡り合うことは分かっている」

「偉大な戦士、……ですか」

加藤はバニヤッカの言葉は比喩《ひゆ》的で、自分がやがて立派な軍人になることを意味していると、この時は思った。

「今はたった一人で悪霊と闘っている。だが、彼にはすばらしいパワーを感じる。私の夢の中に何度も出てきた。おそらく君の運命の投射が、私に夢を見ることで啓示されたのだろう。私は君を見た時、正しき戦士にしなければいけないと直感した。最初は私の後継者が現れたのかと思った。だが、そうではなかったようだ」

誇らしげにそう言うと、バニヤッカは車を出した。それから空港で別れるまで、加藤は彼とはほとんど口を利《き》かなかった。

九年も前のことである。バニヤッカへの借金は一万ドル近くあったが、傭兵として働いた金を分割で送り完済している。

「偉大な戦士と巡り合う……か」

バニヤッカの言葉を思い出した。今から思えば、偉大な戦士は浩志のことで、加藤が彼と出会うことをバニヤッカは予知していたに違いない。だが、彼の比喩的な表現に深い意味があるとは思わず、詳しくは尋《たず》ねなかった。

九年前の情景が浮かび、バニヤッカに無性に会いたくなったが、彼からは空港できつく忠告されていた。

「私は豪二を実の息子と思って接してきた。君を立派な戦士に育てたことを誇りに思っている。私はあえて君を戦場に送り出す。だから二度と私に会いに来てはならない。辛いかもしれないが、耐えねばならないのだ。戦士が故郷を懐《なつ》かしむようでは、満足に闘うことはできないからだ」

バニヤッカは自ら言い聞かせるように険しい表情で言った。

二十代半《なか》ばの加藤には、彼の別れの言葉の裏に隠された寂しさや悲しみまで読み取ることはできなかった。バニヤッカには二人の娘はいるが、息子はいない。跡取《あとと》りと思って、加藤を教育したのは事実だろう。おそらく別れに際し、心の中で泣いていたに違いない。

雨が小降りになってきた。いつの間に雷も遠ざかったようだ。

「行くか」

加藤は濡れて筋肉が冷えたために軽いストレッチをして、また走りはじめた。

激しい雷雨は環八上空の浮遊粒子を洗い流し、澄《す》み切った空から太陽が顔を覗《のぞ》かせた。

加藤は環八に出て、日差しを正面に受けながら走った。尾行されていたかは定かではないが、シルバーのシビックをまくために遠回りをし、平和台《へいわだい》の方に抜けていたのだ。

「むっ！」

加藤はしかめっ面《つら》をすると、道路沿《ぞ》いにある量販店の駐輪場に入った。五百メートル先にシルバーのシビックが停まっていたからだ。豪雨の中、加藤の後を付いて来た車と同じナンバーだった。むろん彼の視力ならば五百メートル先だろうと、はっきり認識できる。

駐輪場を通り抜けた加藤は、住宅街の裏道を縫《ぬ》って〝モアマン〟の裏にあるアパートの敷地に入った。まるで住人のようにアパートの通路を横切ると、〝モアマン〟のガリバリユームで覆われた修理工場に出る。工場の裏側には外から見ても分からないように壁と一体になった出入口があった。

アパートのフェンスを飛び越し、工場の建物との五十センチの隙間《すきま》に下りた。合鍵《あいかぎ》を使って鍵を開け、一旦ドアを押し込んでから横にスライドさせた。普段使うことはないが、手入れは怠《おこた》っていないために問題なく開いた。だが、入口は黒い壁で塞《ふさ》がれていた。

「仕様がないなあ」

加藤は苦笑を漏《も》らした。

ドアの前にはタイヤが積み上げられていたのだ。修理工場は加藤と、辰也と宮坂の三人の共同経営になっている。緊急の出入口の前は空けておくように決めてあるが、それを守るのは加藤だけで辰也や宮坂はいつも荷物を置いている。加藤が几帳面《きちょうめん》ということもあるが、辰也らは敵に囲まれても表から出て行くつもりなのだろう。

ドアを閉め、タイヤが載せてある台車をどかした。工場には修理中だった一九九七年型のクライスラーのジープ、ラングラースポーツがあったはずだが、見当たらない。宮坂が担当していたので、修理を終えて納品に出たのだろう。加藤がG320の納品に出かける際、宮坂はジープの最後の調整をしているところだった。

修理した車は工場でクライアントに受け渡しをするが、上得意や住所が近い場合は直接納品している。会社の業績は悪くないのでアルバイトでも雇《やと》えばいいのだが、三人の本職が傭兵ということもあり、部外者を入れるわけにはいかなかった。

工場の片隅《かたすみ》には仮眠室とロッカールームを兼ねた四畳半ほどの部屋がある。加藤は濡れたスポーツウェアと下着を脱《ぬ》ぎ、ロッカーから新しい下着と作業服のつなぎを出して着替えた。

「どうしようかな?」

携帯を手にした加藤は宮坂に電話をかけようか迷ったが、結局ズボンのポケットに押し込んだ。〝リベンジャーズ〟が解散した今となっては、宮坂は仕事仲間であり、命令や指示を仰ぐ必要もない。外に停まっているシビックに問題があるならば、仲間にいらぬ心配をかけないように自分の判断で解決すべきだと思ったのだ。もし、他の仲間にも関係することなら、その時報告すればいい。こんな時浩志なら、追跡のプロである自分にシビックの尾行を命じるはずだ。

緊急の出入口から外に出た加藤は、ヘルメットを手に裏のアパートの近くにある駐車場に行った。工場は狭いので自分たちの乗り物まで停められないのだ。

駐車場の一番奥には今日納品した車と同じ、メルセデスベンツG320が置いてある。浩志の車だったが、仲間に勝手に使えと言われたものだ。〝モアマン〟の三人が宝物を扱うように大事にしている。たまたま修理する車が二台あったため、外の駐車場に置いてあったが、いつもは工場の中に停めてある。

G320の手前には、辰也の二〇一〇年型クライスラーのジープ・コマンダー、宮坂の二〇一一年型三菱パジェロVRIと続き、加藤はヤマハのオフロードバイクであるYZ450Fをパジェロの横に駐車している。追跡は小回りが利《き》くバイクに限る。それに大気を肌で感じられるのがいい。

三回のキックでエンジンをかけた加藤は、ヘルメットを被《かぶ》ってYZ450Fを駐車場から出した。裏道を回り、環八に出てシルバーのシビックが見えるところに出た。距離は四百メートル、気付かれる恐れはない。加藤はバイクのエンジンを切って近くのコンビニの駐車場に停めた。

しばらくすると、ポケットの携帯電話が振動した。

——ジープを納品してきた。今日はこのまま帰るよ。戸締まり、よろしく。

宮坂からの電話だ。彼はジープを世田谷《せたがや》のクライアントまで納品した。アパートは中野《なかの》にあるため、直接帰るようだ。時刻は午後五時二十一分、帰るには中途半端な時間だ。

「……分かりました。私もそろそろ出るつもりです」

一瞬、現状を報告しようかと思ったが、宮坂が疲れているようなので止めた。昨夜はジープの修理に遅くまでかかっていた。

——お疲れ。

「お疲れさまです」

加藤は軽く頭を下げて電話を切った。チームで一番若いということもあり、加藤の受け答えは誰に対しても丁寧だ。トレーサーという分野では誰にも負けない自信があるが、正規の軍隊経験がないため、一歩引いてしまうということもある。

「おっ！」

午後六時を過ぎると、シビックは動き出した。あらかじめ見張る時間は決めていたのかもしれない。

加藤はすばやくＹＺ４５０Ｆをキックしてエンジンをかけ、環八に滑《すべ》り出た。

五

シルバーのシビックは環八の北町《きたまち》で右折し、国道254号からそのまま北池袋《きたいけぶくろ》で首都高に乗った。夕闇が迫る首都高は渋滞《じゅうたい》していた。

YZ450Fに股がった加藤は、シビックと距離を保《たも》つために側道を抜けずにゆっくりと走らせた。シビックが豪雨の中加藤の後を尾《つ》けたうえに、勤務先の〝モアマン〟を監視していたことは間違いなかった。だが、彼らが加藤や仲間に害をなす存在かどうかまでは分からない。そうかと言ってこのまま放ってはおけない。未確認の人間は敵だと思って警戒しろと、傭兵として駆け出しだった頃に加藤は浩志から教わった。

〝T・K・アサルト・スクール〟で二年間学んだ加藤は、日本には帰らずに傭兵学校の親会社である〝T・K・セキュリティーズ〟に就職した。この会社は軍事会社としては中堅で、海外で米国企業の警護などを主な業務としていた。

加藤は子会社の傭兵学校を優秀な成績で卒業していたこともあり、〝プライベート・オペレーター〟、つまり傭兵として採用された。米国籍でない者は、ゲリラの的になるトラックの運転手がせいぜいであったことを考えれば条件としてはよかった。採用されて五日後に加藤はイラクの首都バグダッドで米国企業を護衛する仕事に就いた。

二〇〇三年に米国大統領のブッシュがイラクは大量破壊兵器を保有していると主張し、米国主導の多国籍軍が攻め込んでフセイン政権は崩壊した。加藤がイラクに赴任《ふにん》した頃は、虚偽《きょぎ》の理由でイラクを攻めた米国などの有志連合軍から国際連合の多国籍軍に治安維持が継承されている。

戦後のイラクは、スンニ派とシーア派、それにクルド人勢力の対立が激化し、内戦状態に陥《おちい》っていた。イラクは宗派間や部族間の対立が激しく、それをフセインが恐怖《きょうふ》政治により支配するという特異な国家だったため、米国によるフセインの殺害はイラクをアフリカのソマリアと同じ無政府状態にし、中東に広大な危険地域を生み出すという皮肉な結果になっていたのだ。

イラク戦争で、イラクの主要都市や工業地帯は爆撃で破壊し尽くされていた。ブッシュの狙いはなんだったのか。それは世界で第三位の埋蔵量がある石油の採掘であり、戦後の復興特需《とくじゅ》であったのだろう。焦土《しょうど》と化したイラクには米国の企業が群《むら》がった。彼らは民間なので米軍に警備を依頼することはできない。そのため、〝プライベート・オペレーター〟が活躍することになった。こうして米国の軍事会社は高度な需要のもと次々と設立され、戦後特需の恩恵《おんけい》を受けることになったのだ。

毎日のように自爆テロで数十人が死亡するというバグダッドで加藤は、米国の石油会社の事務所を警護する仕事を無難にこなした。市内のホテルから同僚《どうりょう》の警備員五人と現地駐在の米国人を百メートルほど離れたビルの一室に送り届け、日中はビルの周囲を警戒し、夕刻にまたホテルに送り届けるという単調な仕事だった。周囲では日常的に自爆テロの爆発音を聞いていたが、テロリストと遭遇《そうぐう》することもなく、仕事が終わればホテルのバーで仲間と酒を酌《く》み交わすという、ある意味平穏《へいおん》な日々を過ごした。

治安が悪化する一方のバグダッドで加藤は一ヶ月ほど忍耐《にんたい》強く仕事をこなしていたが、肝心《かんじん》の駐在員が音を上げ、結局、その石油会社は調査段階で撤退《てったい》することに決定した。加藤は任務を途中で打ち切られたことに腹立しさを覚える一方で、紛争地に仕事に来る米国人たちがあさましく思え、帰還までの一週間ふつふつとした思いを抱き一人でホテルのバーで過ごした。

イラクを発《た》つ前日のことだった。ホテルのバーで米軍人と酒を飲んでいる東洋系の男を見かけた。カウンターではなく照明の届かない片隅のテーブル席に座って言葉少なに会話を交わし、最後に男は軍人に金を握らせていた。金を受け取った軍人はすまなそうな顔をして店を出て行った。麻薬の取引でもしたのかと思ったが、何かを交換した形跡《けいせき》はない。気にはなったが、男が険しい表情をしているので近寄りがたかった。

後から分かったことだが、自分を陥れた殺人犯を追って紛争地で情報収集をしていた浩志だった。

加藤は米国に帰り〝T・K・セキュリティーズ〟を辞めた。軍事会社の傭兵は単なる米国資本の警備員に過ぎないことが分かったからだ。それに軍事会社とは異なる傭兵代理店という別の業態があることを仲間の傭兵から聞いていた。さっそくテキサス州にある傭兵代理店を訪《たず》ねて登録し、代理店から仕事を受けるようになる。二〇〇三年四月最初の仕事でアフリカのアンゴラに渡った。

アンゴラは一九七五年から二〇〇二年まで内戦が続いた。当初ソ連とキューバの支援を得ているアンゴラ解放人民運動（MPLA）とザイールの支援するアンゴラ民族解放戦線（FNLA）、南アフリカが後押しするアンゴラ全面独立民族同盟（UNITA）が武装闘争をしていた。だが、MPLAが首都ルアンダを掌握《しょうあく》し、国政の担《にな》い手になるにつれ、米国がFNLAとUNITAを支援し、内戦を激化させた。米ソの代理戦争になったのだ。

一九九一年のソ連崩壊による冷戦の終結でMPLAとUNITAは米ソの後ろ盾《だて》を失った。だがUNITAがダイヤモンドの密輸で資金を得て、内戦は資源闘争へと変化していく。その後国連主導の下、ゲリラの資金源を絶《た》とうとしたがなかなかうまくいかず、MPLAの新政府が南アフリカの軍事会社〝エグゼクティブ・アウトカムズ〟を雇い、一挙に終結に向かわせた。だが、その圧倒的な軍事力は、南アフリカ政府をも震撼《しんかん》させ、〝エグゼクティブ・アウトカムズ〟は一九九八年に政府により解体されている。

イラクと違い和平を目指すアンゴラ政府側に立つことは、明確なビジョンがあった。内戦はすでに終了していたので、ただの山賊《さんぞく》に成り下がったゲリラの残党の掃討《そうとう》が主たる任務だ。加藤が参加したのは、新政府が新たに雇った傭兵部隊で、契約期間は二ヶ月。部隊も一ヶ月前に編成されたばかりだった。驚いたのは自分以外にも日本人の傭兵が三人もいたことだ。

ルアンダ郊外の陸軍基地に着いた加藤はアンゴラ人の将校に連れられて傭兵部隊の兵舎に行き、部隊の指揮官に引き合わされた。目の前に現れたのは二週間前にイラクのホテルのバーで見かけた男で、名前は藤堂浩志だと教えられた。

「あなたをイラクのバーで見かけたことがあります」

あまりの奇遇に加藤は敬礼をした後で言った。

「私語だろうと、二度と日本語を話すな。チームは十一人、日本人はおまえも入れて四人。共通語は英語だ。日本語で話せばチームの和を乱す。分かったか」

浩志に英語でいきなり怒鳴《どな》られた。

傍《そば》でその様子をにやにやと見ていたのは、辰也と宮坂だった。

「我々の任務は、ゲリラ残党の掃討と政府軍の教育だ。おまえは、何のスペシャリストだ？」

テキサスの傭兵代理店の話では、現地の部隊長に直接紹介したと聞いている。

「傭兵代理店から情報は入っていないのですか？　それに政府軍の教育だなんて聞いてい

ません」

加藤は浩志の高圧的な態度に思わず、聞き返した。

「俺が書類を鵜呑《うの》みにする馬鹿だと思うのか。戦闘は遊びじゃない。おまえが履歴書《りれきしょ》通りだとしても、使えるかどうかは分からない。俺たちは命のやり取りをしているんだぞ」

また怒鳴られたが、浩志の言っていることが正しいことは加藤にも分かった。

「失礼しました。私はマーティン・バニヤッカに学んだ追跡のプロです」

加藤はどうせ分からないだろうと思ったが、師匠《ししょう》であるバニヤッカの名前を出した。少しでも箔《はく》をつけたかったのだ。

しばしの間、浩志から睨《にら》みつけるように見られていたが、加藤は視線を外さなかった。

「装備を整えて俺に付いて来い」

浩志はふと背を向けて言ってきた。

「どちらへ？」

辰也が尋ねた。

「散歩だ」

浩志は面倒くさそうに答えた。

加藤は自分の部屋で荷物を整理していると、辰也が軍服と銃を担いで現れた。

「俺は浅岡辰也だ。爆弾のプロで爆弾グマと呼ばれている。おまえは何て呼ばれている？」

辰也は頬に傷痕があり、無精髭《ぶしょうひげ》にまみれていた。爆弾グマのあだ名は妙にあてはまる。

「私は特にあだ名はありません」

「ニックネームがあると便利だ。無線のコードネームに使えるからな。それじゃ、俺が付けてやる。追跡のプロだから、〝トレーサーマン〟でどうだ。かっこいいだろう」

辰也は得意げに言った。他人にあだ名を付けるのが得意らしい。

「あっ、ありがとうございます」

苦笑がてら辰也から軍服と銃を受け取った。

「これは？」

加藤は見たこともないアサルトライフルを渡されて首を捻《ひね》った。

「ＡＲ１０だ。珍《めずら》しいと言えば珍しいが、この国では傭兵はＡＲ１０が支給される。アンゴラの宗主国だったポルトガルから流れてきたんだ。ソ連系のゲリラはＡＫ４７、米国系のゲリラはＭ１６、どこの国も銃の出所は政治的な絡《から》みがある。世界中の紛争は大国が作り上げているようなものだからな」

辰也は簡単にＡＲ１０の歴史を説明しながら銃の扱い方を教えてくれた。

ＡＲ１０は米国のアーマライト社製の七・六二ミリＮＡＴＯ弾使用のアサルトライフルだ。一九五六年に開発された銃で、軽くて精度が高いと評判だったが、米軍に採用されずにむしろ海外で生産されて使われた。一時は生産終了していたが、近年になって改良型が復活している。

「ところで、隊長の藤堂さんにもあだ名はあるんですか?」

加藤は興味本位に聞いてみた。

「リベンジャーだ」

辰也はまじめな顔で答えた。

「リベンジャー。……復讐者《ふくしゅうしゃ》ですか」

「藤堂さんは過去を語らない。だが、噂によると、自分を陥れた殺人犯を追って、世界中の紛争地を渡り歩いているそうだ。だからいつしかリベンジャーと呼ばれるようになったらしい」

「……そうなんですか」

加藤は浩志を見かけたバグダッドの夜を思い出し、金で情報を買っていたのかと納得した。

「あの人はとても厳しい人だ。だが、それは何よりも部下を絶対死なせないという信念を持っているからだ。悪く思うなよ」

辰也はそう言うと、加藤の肩を叩いて部屋を出て行った。おそらくそれを伝えたくて、わざわざ銃と軍服を持って来てくれたのだろう。

「ありがとうございます」

部屋を出て行く辰也の背中に、加藤は慌てて頭を下げた。

六

アンゴラは南部アフリカの西側に位置し、首都ルアンダは大西洋に面している。気候は南半球の熱帯収束帯と亜熱帯に属し、気温が高い八月から翌年の五月までの雨期と乾期の二つの季節がある。国土のおよそ六十五パーセントが、海抜千メートルか千六百メートルの標高にあるため、アフリカの中では比較的過ごし易《やす》い。

加藤はアンゴラの傭兵部隊に合流して十分後には、散歩と称するパトロールに駆《か》り出されている。一台の軍用ジープに乗り、乾燥したブッシュを突っ切る未舗装《みほそう》の道路を猛烈な砂塵《さじん》を巻き上げながら走っていた。四十年以上も内戦が続いたアンゴラで舗装された道路はなかった。だが、至《いた》る所に中国人労働者の姿を見かける。

終戦後、政権を握ったMPLAを援助していた中国が、膨大《ぼうだい》な資金援助をし、二十万人の中国人労働者を送り込んでインフラの整備を行っているのだ。そのため原油の四分の一を中国に送り、最大の輸出先となった。だが、他のアフリカ諸国と同様、中国は利益を還流させないと批判が起きている。二〇〇四年にはやくも反中デモが起きているが、新政府は武力制圧している。

「どうして傭兵になった?」

ハンドルを握る浩志は、助手席に座る加藤にぼそりと尋ねてきた。

後部座席には、同じ部隊のイタリア人であるジャン・パタリーノとドイツ人のミハエル・グスタフが座っている。外出時には必ず二人以上で行動するようにしているらしい。また、辰也や宮坂を同乗させなかったのは、日本人だけで固まると、指揮に影響するという配慮のようだ。

「九・一一以来、平和な日本にいるのが嫌になり、大学を中退してテキサスの傭兵学校に入りました。とはいえ、テロリストと闘いたいという理由があったわけではありません。今から考えれば、怠惰《たいだ》な大学生活や就職活動から逃《のが》れるためだったかもしれません。イラクではじめて仕事をしましたが、あの国での仕事はがっかりしました。でもここの仕事は平和な国家を作るという明確なビジョンがあります」

今さら見栄《みえ》を張っても仕方がないと、加藤は正直に答えた。

「明確なビジョンか、インテリらしい」

サングラスをかけている浩志は少し頰を弛めたようだ。笑ったのかもしれないが、会ったばかりなので表情を読むことはできない。

「正直言って、一度もまだ人を撃ったことはありません。それに銃の種類もまだよく知りませんが、射撃は自信があります」

あまり自慢はしたくないが、自己主張しなければ海外では通用しないことは理解していた。

「武器マニアじゃないんだな」

なぜか、浩志は頷いてみせた。

「武器マニアだったら、傭兵というか、軍人に向いていそうですが、違うんですか？」

加藤は傭兵学校に入ったばかりの頃、銃のことを知らないばかりに成績が振るわなかった。

「武器が好きで軍人になる奴は、人をやたらと殺したがる。もっとも軍人に向いてない連中だ。俺の部隊にはそういう兵士はいらない」

浩志は意外なことを口にした。

「そうなんですか」

武器が好きでない指揮官クラスの軍人がいるのかと、加藤は首を傾《かし》げた。とはいえ、傭兵学校時代、個人で所有している銃を自慢していた米国人がいたが、やたら好戦的で好きになれなかったことを思い出した。

「武器を持った奴は死んで行く。これは軍人に限らない。人を殺すための武器を持つことは、逆に殺されても仕方がない。それを肝《きも》に銘《めい》じることだな」

「分かりました」

加藤は素直に返事をした。浩志の言っていることに違和感を覚えなかったからだ。

四十分ほど走り、低いブッシュの荒野はやがて背の高いヤシが生《お》い茂《しげ》る平原に変わり、日干《ひぼ》しレンガの粗末《そまつ》な家が道の両側に建っている風景になった。

「ミハエル。部隊に出動命令を出せ」

浩志が突然、後部座席のミハエルに無線連絡を命じると、その隣のジャンが銃を構え、車内に緊張感が漲《みなぎ》った。

浩志は村が見えなくなると、雑木林にジープを入れて全員に下りるように命じた。

「どうしたんですか？」

「さっき通った村だが、いつもなら子供が外で遊び回っている。それに夜でもないのに家のドアが閉まっていた」

言われてみると、人気《ひとけ》のない村だと漫然《まんぜん》と眺めていた。

「俺のすぐ後ろにいろ」

浩志は先頭に立ってヤシの雑木林に分け入った。加藤は遅れまいと、肩から担いでいたＡＲ１０を構えて歩いた。傭兵学校であらゆる場面を想定して、行軍訓練はしている。バグダッドでは襲撃の危険を身近に感じながらも平然と仕事をこなした。だが、加藤はこれから銃撃戦があるかもしれないというストレスからか、掌《てのひら》にじっとりと汗が滲《にじ》み出し、何度も軍服で拭《ぬぐ》いながら歩いた。

浩志が拳を上げて、しゃがんだ。

加藤も膝《ひざ》をついて姿勢を低くすると、背後のジャンとミハエルが左右に分かれて銃を構えた。十メートル先で雑木林は途切れる。村の裏側に到着したのだ。

浩志が腕時計を見た。ミハエルが隊に連絡して、まだ十五分しかたっていない。仲間が来る、二十数分をどう対処するか考えているのかもしれない。ハンドシグナルで浩志は、ジャンとミハエルに待機を命じ、加藤に付いて来るように命じた。

二人は雑木林を三十メートルほど迂回《うかい》し、村の中心にある家の裏に出た。二人は足音を忍《しの》ばせて家に近付いた。

浩志は加藤に援護するように指示すると、ドアを開けて中に飛び込んだ。加藤も続けて入って行くと、薄暗い部屋の中で年寄りが数人の子供を抱きしめていた。その傍《かたわ》らに若い男もいた。若い男は加藤らを見て、一瞬ぎょっとした表情をしたが、政府軍の軍服であることに気付くと、ぎこちない笑顔をみせた。一方、老人と子供はぶるぶると震えている。

「俺たちは、政府軍の者だ。ゲリラは、今、どこに、いる?」

浩志はゼスチャーも交《まじ》えて片言のポルトガル語で話した。

「やつらは、食い物を盗んで出て行きました」

男は早口で言って、左手で村の裏手を指した。加藤はむろん分からない。

「おまえの言っていることは、さっぱり分からん」

浩志は英語でそう言うと、いきなり男の顔面を蹴《け》り上げた。

「なっ！」

加藤は危うく大声を上げるところだった。

浩志は大の字になって気絶している男を足で転がした。すると男は右手にまさかりのような大型のナイフを隠し持っていた。しかも近くにボロ布に包まれたＡＫ４７もあった。

「他のやつらはどこにいる？」

浩志は改めて、年寄りに尋ねた。

「ゲリラは、村長の家にいる」

年寄りはほっとした様子で答えた。気絶した男に脅《おど》されていたようだ。

「何人だ？」

浩志が尋ねると、老人は五人だと片手を上げて答えた。

「場所は？」

そう言って浩志は、部屋の地面に道路と家を指で描いた。すると老人は、地面の地図に指で家を描き足し、道路と反対側の大きめの家を指差した。

情報を仕入れた浩志は、加藤を連れて再び雑木林に戻った。援軍を待つようだ。

「どうしてあの男がゲリラだと分かったんですか？」

「未確認の人間は敵だと思え。あいつは右手の武器を隠すためにわざと左手を上げていた。それに、政府軍の軍服を着ていても俺たちは傭兵だ。老人のように震えているのが普通だ」

浩志の説明に、加藤は大きく頷いた。

ダン！　ダン！

道路を隔《へだ》てた家の方から銃声がした。

「行くぞ！」

浩志は舌打ちをすると、右手を大きく上げ、三十メートル離れた場所にいるジャンとミハエルに合図を送り、猛然と走りはじめた。

四人は道路を渡り、老人から教えられた村長の家の近くまで来た。

浩志は拳を上げて停止を命じ、ジャンとミハエルを家の裏側に行かせた。

村長の家は、幅が十二メートル、奥行きが五メートルはあり、日干しレンガで作られているのは他の家と同じだが、屋根はヤシの葉ではなく、木の板で葺《ふ》かれていた。小さな窓にはガラスも戸板もなく、ひさしの陰になるように高い位置に付いている。加藤では無理だが、ミハエルやジャンは背が高いので、窓から攻撃ができるはずだ。

正面のドアが開き、ＡＫ４７を構えた二人の黒人が入口の左右に立った。浩志と加藤は咄嗟《とっさ》に家の陰に隠れた。

浩志はＡＲ１０を肩にかけ、腰のナイフを抜いた。加藤に付いて来るように指先で示したと思ったら、家の角から飛び出して行った。

慌てて加藤は浩志の後に続くと、一人の黒人はナイフが首に刺さり断末魔の痙攣《けいれん》をしており、もう一人は浩志に首を絞《し》め落とされていた。

浩志は気絶した男を転がし、ドアを蹴破って建物に突入した。激しい銃声が一瞬だけした。浩志と家の裏側の窓からジャンとミハエルが同時に銃撃したのだ。加藤も突入したが撃つ間もなく終わっていた。

正面に四人の黒人が撃たれて倒れており、傍には手足を押さえ付けられていた裸の女が呆然《ぼうぜん》と横たわっていた。男たちは全員頭に銃弾を撃ち込まれて死んでいる。

「あっ！」

部屋の隅の方で老人と男が胸を撃たれて踞《うずくま》っていた。ゲリラに撃たれたに違いない。加藤は走り寄って二人の状態をみたが、村長とみられる老人は心臓を撃たれてすでに死亡しており、比較的若い男は、右胸を撃たれている。

「加藤、私に任せてくれ。これでも医者の免許を持っているんだ」

ジャンが自分のバックパックから救急道具を出しはじめた。

加藤は立ち上がって振り返った。

「ミハエル、加藤、残党がいないか調べてくれ」

浩志が何気ない様子で、加藤に命令してきた。加藤が驚いてミハエルを見ると、親指を立ててウインクをしてきた。隊の一員として認められたのだ。後から分かったことだが、現地で傭兵部隊を補強するにあたって、浩志は傭兵代理店に補充の要請を出していた。傭兵代理店から送られて来たリストを見て、経験不足にもかかわらず、バニヤッカの弟子として教育を受けたことに目を付けた浩志が加藤を指名したのだった。

「うん？」

加藤はブレーキをかけてＹＺ４５０Ｆを停めた。

追っていたシルバーのシビックは市ケ谷《いちがや》の防衛省に入って行ったのだ。尾行していたのが防衛省の関係者なら、情報本部の人間なのだろう。傭兵代理店は情報本部傘下《さんか》の特務機関である。その上部組織なら加藤らの素性《すじょう》を知っていてもおかしくはない。だが、尾行されたということは監視されていることになる。

「どういうことだ？」

加藤は首を捻ると、ＹＺ４５０Ｆを走らせた。

針の穴

一

環七《かんなな》通りを一九九七年型のクライスラーのジープ、ラングラースポーツが走っていた。

ハンドルを握る宮坂大伍は、信号に捕まる度《たび》にフロントウインドーから空を見上げて憂《ゆう》鬱《うつ》そうな表情をみせた。

仲間三人で経営する自動車工場〝モアマン〟は昨年末から辰也が抜けて二人で営業している。それぞれに顧客を抱えて互いに干渉《かんしょう》しないようにしてきた。傭兵という仕事柄、いつ死ぬか分からない。そのため、誰がいなくなっても後々面倒にならないように独立採算制にするなど、色々と工夫している。

環八通り沿いの事務所にしている店の賃料は三分割しており、支払いは辰也の口座から自動引き落としになっている。宮坂と加藤は辰也の口座に振り込んでいるために辰也がいなくても問題はないが、このまま彼が戻らなかった場合は、年内には解約しようと思っていた。

もともと修理工場だけでも仕事ができるように工場の土地や建物は昨年の春先に三人で共同購入していた。もし死んだら残りの仲間に権利を委譲するという遺言書まで作成し互いに持っている。

〝リベンジャーズ〟の解散を受けて、バックパッカーとなり世界を放浪している辰也を宮坂は羨《うらや》ましく思うことがあった。彼に言わせてみれば、もともと根無し草なために旅をしているのが気楽でいいらしい。だが、宮坂や加藤はどちらかというと、一定の場所にいる方が落ち着く。

昨年のロシアでの作戦を終え、十二月の半ばにベルリンから加藤と一緒に帰国した宮坂は、正直言って自分の中野のアパートに帰った時はほっとしたものだ。帰国早々に再開した仕事も順調である。客には中古の部品の仕入れで海外へ行くため臨時休業すると、断りをいれておいた。事実、ベルリンで入院している浩志と大佐の警護に就くかたわら、部品を大量に購入していた。現在の悩みは、副業と思っていた修理工場の経営が面白くなってきたために、再び傭兵として働けるか心配になってきたことだ。

世田谷通りとの交差点でまた信号に捕まってしまった。

「まずいな」

暗くなってきた空を見上げて宮坂は首を振った。

加藤が担当していたベンツのG320と納品日がたまたま重なった。宮坂は加藤が外出した後、追いかけるように午後四時前に工場を出たのだが、渋滞で環七を抜けるのに時間がかかっている。クライアントは世田谷の上馬《かみうま》なので、うまくいけば後十分もかからないはずだが、空模様が気になるのだ。修理工場を出る前にボディーをワックスで磨いただけに雨で汚したくなかった。

信号が変わり、交差点を右折して世田谷通りに入り、次の信号で左折した。この辺りは昔からの住宅街で大きな構えの家も多い。細い路地に入り、白いタイル貼りの家の前の駐車スペースにジープを入れた。

「なんとか、降られなかったな」

宮坂は運転席から下りてほっと胸を撫《な》で下ろした。ボディーに汚れがないか再度点検をして玄関のインターホンでクライアントを呼び出した。

ジーパンにサンダル履きの若い女が現れた。クライアントは四十八歳の会社員で娘のような女は女房である。仕事が遅くなるので車の鍵を彼女に渡してくれと、頼まれていた。夫婦で修理工場に来たことがあるので、はじめて会うわけではない。女はさっそくジープの運転席に座り、エンジン音を聞くと、宮坂に微笑《ほほえ》んだ。夫婦でツーリングすると聞いたことがある。外見と違い、クライアントの妻はメカに詳しいようだ。

納品を終えた宮坂は路地を抜けて世田谷通りを渡り、商店街に入った。まっすぐ進めば、東急世田谷線の松陰《しょういん》神社前駅がある。宮坂は急ぎ足で世田谷線の踏切《ふみきり》を越えて北に進んだ。電車を乗り継《つ》ぐよりも小田急《おだきゅう》線の梅ケ丘《うめおか》駅まで行こうと思っているのだ。

「腹減ったな」

魚屋の隣にある大衆食堂の看板を見たら腹の虫が鳴いた。夢中で仕事をしていたので、昼飯を食べていなかった。

「あれっ」

くぐもった雷の音が聞こえてきた。低くたれ込めた雲は雨を降らせたくて仕方がないようだ。梅ケ丘の駅前まで我慢《がまん》しようかと思っていたが、宮坂は暖簾《のれん》を潜《くぐ》って店に入った。客は一人もいない。女将《おかみ》と見られる中年の女が、カウンター脇のテレビを見ていた。四人掛けのテーブルが三つ、大きな店ではない。

「生姜《しょうが》焼き定食、ライスは大盛りね」

壁に貼り出されているメニューで注文し、宮坂は椅子に座った。

視力は加藤ほどではないが、三・〇である。それに動体視力は極めていい。あだ名は〝針の穴〟。針の穴をも撃ち抜くという狙撃の腕を持ち、どこの傭兵部隊でも狙撃兵として雇われ、そう呼ばれるようになった。

「お待ちどおさま」

漫然と店の外を眺めていると、目の前に生姜焼きを盛った皿が置かれた。

「おっ」

割り箸《ばし》を取ると、稲光《いなびかり》がし雨が降ってきた。

「ついているな」

生姜焼きを頬張り、宮坂は微笑んだ。

二

激しい雷鳴が轟《とどろ》き、叩き付ける雨が瞬《また》く間に路地を水で溢れさせた。

雨の降りはじめからわずか数分で食事を終えてしまった宮坂は腕時計を見た。午後四時二十六分、今から会社に帰っても書類を整理するだけで他にすることはない。

「ついでに晩飯も食べるか」

生姜焼き定食を食べたばかりにもかかわらず、焼き魚定食を頼んだ。体が大きいだけに傭兵仲間では辰也と並んで大食いである。

宮坂が高校を卒業して自衛隊を選んだのは、一任期（二年）を終えれば高卒よりも就職に有利ということと、食事に苦労しないと思ったからだ。事実、食事はいくらお代わりしても文句は言われなかった。

宮坂は神奈川県の工業高校を卒業後すぐに自衛隊の普通（歩兵）科連隊に入隊した。身長一八二センチと大柄で高校まで柔道部に所属し、県大会で常に上位に入るため大学から誘いがかかってはいたが、父親はすでに死去しており、家庭の事情が進学を許さなかった。

連隊では厳しい訓練が続く毎日だったが、体力、持久力は自信があり、そつなく訓練はこなした。中でも射撃訓練は何より好きで、標的の中心に弾が集まると仲間内でもすぐに評判になった。

入隊から二年目に入った春に、いつものように射撃訓練を終えた宮坂は銃の手入れをしていた。二〇一二年現在でも海上自衛隊と航空自衛隊では使われているが、宮坂の部隊は後継の８９式小銃ではなく７・６２ミリ弾を使用する６４式小銃であった。

ちなみに世界標準となった５・５６ミリ弾を使用する８９式が採用されたことにより、６４式小銃はすでに生産を終了している。

「宮坂、ちょっと来い」

銃の手入れを終えたところで、訓練の教官である一等陸曹に呼ばれた。後に付いて訓練施設の裏に行くと、宮坂と同じぐらい背の高い自衛官が立っていた。階級章は諸外国でいえば少佐に当たる、三等陸佐である。宮坂は敬礼して直立不動の姿勢になった。

「訓練は見せてもらった。いい腕をしている。君には特別の訓練を受けてもらおうと思っているが、やる気はあるかね」

名乗ることもなく、三等陸佐は唐突に質問をしてきた。

「あります！」

軍人である以上、宮坂はこう答えるしかなかった。

「分かった。君の意思を尊重《そんちょう》し、明日から私の部隊で訓練を受けてもらう」

三等陸佐は頷いてみせた。

翌日に宮坂と同じように他の部隊から命令を受けた四十名の隊員と一緒に富士《ふじ》の演習場で訓練を受けた。不思議なことに訓練をする部隊名は教えられずにひたすら射撃訓練と身体能力を試すような基礎訓練が二週間続けられ、最後に三十キロの荷物を背負って十六キロの行軍訓練が行われた。

日々の基礎訓練も厳しく、最終日の行軍訓練は制限時間を決められていたために半数近くの隊員が脱落した。宮坂は行軍訓練こそは五位だったが、射撃訓練では常にトップの成績を上げていた。

翌朝、総合で二十位までに入れなかった隊員は各部隊に帰され、残りの二十名は兵舎の食堂に集められた。椅子《いす》やテーブルが片付けられ、ちょっとした講堂のようになっている。訓練の責任者である三等陸佐が前に出た。彼の名は未《いま》だに教えられていない。階級で呼ぶことだけが許されている。また、訓練に参加した隊員も番号で互いを呼び合い、名乗ることは許されていなかった。それだけ機密性が高いのだ。

「これから番号を呼ぶ者は前に出ろ。七番、十一番、十三番……」

三等陸佐は番号を読み上げたが、宮坂は三番だったのでいきなり飛ばされた。

「おまえたちは普通科連隊における対人狙撃手としてさらに訓練を受けることになった。各自荷物をまとめて、三十分後に新たな訓練施設に移る。以上、解散」

呼び出されたのは十七名で、それぞれ普通科の部隊に配属される狙撃手の候補生として選ばれた。部隊の狙撃兵は観測員という標的を監視する隊員と組むことになる。

宮坂は選ばれなかった他の二人の隊員を横目でちらりと見た。いずれも宮坂と狙撃訓練で一、二を争った者ばかりだ。とはいえ、宮坂はまだ二十歳になったばかりの一士で、他の隊員は年上で一等陸曹と階級も三つも上だ。

「君たちは将来、連隊における狙撃班の候補として選ばれた。だが、規定として、レンジャー資格保有者で非喫煙者《ひきつえんしゃ》という条件がある。ただし、レンジャー課程は陸曹以上の階級でなければ受けることは許されない。十八番と三十二番、おまえたちは来月にレンジャー課程を受けろ」

二人は三等陸佐に敬礼し、食堂を出て行った。

陸曹の階級は陸曹長、一等陸曹、二等陸曹、三等陸曹があり、諸外国で言えば、上級曹長、曹長、軍曹、伍長に当たる。

レンジャーとは米国陸軍の特殊部隊であるレンジャー部隊をモデルとしてはいるが、あくまでも訓練であり、課程を修了したものはレンジャー資格者となる。演習ではレンジャー資格者を集めた特殊部隊を編成することもあるが、現在では隊員の資質や技術のボトムアップと幹部候補生の育成という側面を持つ。

またレンジャー課程を受けるには、陸曹クラスかそれ以上の階級を要求される。宮坂は下から三番目の新入社員と同じ一士であり、二階級も一度に昇格することはとてもできない。

「宮坂一士、今回の訓練ではおまえがトップの成績だった。だが、おまえがいくらがんばってもすぐに陸曹になれるものではない。だが、来年度編成される狙撃班にはおまえの腕が是非《ぜひ》とも欲しい。これから十ヶ月後にレンジャー課程を受けるために陸曹まで昇格しようと思わないか」

三等陸佐は額《ひたい》がつくほど顔を近づけて言った。

「可能なのでありますか？」

常識ではとても考えられないことを聞かれて思わず質問で返した。

「おまえ次第《しだい》だ。軍は階級社会だ。上下関係があってこそ、命令が行き渡る。どうしても陸曹以上じゃないとだめなんだ。二階級特進させるには、それなりに苦労が伴《ともな》う。覚悟《かくご》はあるか」

「あります！」

二週間前と同じ返事をした。前回と違って自ら志願した。何よりも期待されていることが分かったからだ。

「よろしい。私の名は、吉村勝実《よしむらかつみ》だ。おまえは私の部隊がとりあえず、引き受ける」

はじめて名乗った吉村三等陸佐は宮坂の肩を叩いた。

昇進試験は筆記試験、体力検定、身体検査、それに勤務評定や面接もある。それらはいずれもクリアせねばならず、勤務評定が悪ければ落とされることはもちろんある。

吉村三等陸佐に面倒をみると約束されたのだが、訓練を免除されることもなく、日中は厳しい訓練を受け、兵舎に帰ってからは受験勉強と休む暇《ひま》はなくなった。それでも宮坂は持ち前の体力で訓練をこなし、夜遅くまで猛勉強をした結果、九月の昇進試験で陸士長に合格し、年が明けて二月には三等陸曹に昇格することができた。


「お待ちどおさま」

女将が満面の笑みを浮かべ、焼き魚の皿とご飯に味噌汁とお新香を添えて宮坂のテーブルに載せた。何も言わなかったが、ご飯は大盛りになっていた。

「ほっけか。これはおいしそうだ」

山のように盛られたご飯に驚くこともなく、宮坂は箸を取って、皿からはみ出している大振りのほっけを突っついた。

本降りになったらしく、雨が路面を叩き付ける音が店の中まで聞こえてくる。だが、宮坂はほっけに舌鼓《したつづみ》を打ち、幸せそうな顔をしていた。

三

宮坂は〝リベンジャーズ〟では静かな方である。そうかと言って、同じように寡黙《かもく》な瀬川や黒川のような生真面目《きまじめ》というわけでもない。彼の独特な落ち着きは、標的を待ち構えて長時間待機するという狙撃手としての忍耐力を養われたために他ならない。

生姜焼き定食と違い、焼き魚は時間をかけて食べた。午後四時四十九分、食事が終わるのを見計《みはか》らったように雨は止んだ。宮坂は再び小田急線の梅ヶ丘駅を目指し、商店街を歩きはじめた。

「うん?」

松陰神社の参道がある交差点を左折する際、背後に人の気配を感じたので、道を渡って神社の境内に足を踏み入れた。そして鳥居の前で柏手《かしわで》を打ってお参りをすると、参道の奥には入らずさりげなく振り返った。一瞬だが、視界の片隅にスーツ姿の男が過った。男は対角線上の街角に隠れたようだ。

「さて、どうしたものか」

交差点を左に曲がって梅丘方面に向かうつもりだったが、宮坂は神社から出るとまっすぐ進んだ。数分で淡島《あわしま》通りに出ると、若林陸橋《わかばやしりつきよう》を歩いて環七を渡った。

宮坂は早い時間から開いている飲み屋を捜《さが》している。下北沢《しもきたざわ》なら飲む店には困らない。尾行者が諦《あきら》めるまで酒を飲んでいようと考えたのだ。

代沢《だいざわ》十字路を左折し、茶沢《ちやざわ》通りを北に進む。しばらく歩き住宅街を抜けた辺《あた》りを左に入れば傭兵代理店である質屋の丸池屋《まるいけや》がある。宮坂はそのまま通り抜け、代沢三叉路を左に曲がり、駅前通りへ入った。まだ明るいが、通りは人で溢れている。下北沢に来るのも久しぶりだったが、辰也とよく飲み明かした居酒屋の看板を発見し、ポケットから携帯電話を取り出した。

「宮坂だ。ジープを納品してきた。今日はこのまま帰るよ。戸締まり、よろしく」

仕事仲間でもある加藤に連絡をした。時刻は午後五時二十一分になっていた。

――……分かりました。私もそろそろ出るつもりです。

加藤に尾《つ》けられていることを連絡しようかと思ったが、今のところ危険は感じていないので止めた。それに変に心配かけることもない。

「お疲れ」

――お疲れさまです。

年齢的には三つしか離れていないが、丁寧な物腰をするだけに宮坂は加藤を弟のように思っていた。

「いらっしゃいませ！」

店に入るなり威勢《いせい》のいい声で出迎えられ、カウンター席に座った。

「生、ジョッキ、大で」

腹は膨《ふく》れているが、酒は別腹だ。待つこともなく出された大ジョッキのビールを一気に三分の二ほど飲み干し、お通しで出された煮物をつまんだ。

宮坂は高校を卒業してすぐに自衛隊に入ったので、酒を覚えたのは自衛隊に入ってからのことだ。自衛隊では基地はもちろん兵舎での飲酒は原則禁止されている。それでも基地内の飲酒による自衛官の不祥事《ふしょうじ》が後を絶たず、問題となっている。

二月のはじめに三等陸曹に昇格した宮坂は、通常は五月に行われるレンジャー課程の訓練を特別な配慮で受けることになった。訓練は正規の訓練がはじまるまでの二ヶ月半で修了する。晴れてレンジャー課程を修得すれば、狙撃班に合流することができるのだ。

狙撃班にとっても最年少の隊員ということになる。もちろん宮坂の生まれ持った能力と並ならぬ努力によるものだが、隊が何かと厚遇しているのも事実であった。そのため、同僚や先輩からの妬《ねた》みや謂れなきそしりを受けることになる。

吉村三等陸佐の部隊で年末年始にかけて昇格が決まった三人の隊員を祝うささやかな飲

み会が基地の近くにある赤提灯《あかちょうちん》で行われた。一番年下の宮坂はどんぶりにビールや酒をつがれて飲まされた。

休暇中に高校の同窓生と飲んだことはあるが、浴《あ》びるほど飲むことはなかった。誰しも宮坂を飲みつぶしてやろうという魂胆《こんたん》があったようだ。だが、宮坂は意に介さず、平気で飲み続けたために最後は相手にされなくなった。その後、隊で宮坂は大酒飲みと言われるようになった。

翌月のレンジャー課程は富士駐屯《ちゆうとん》地内にある富士学校で行われた。驚いたことに季節外れの訓練にもかかわらず、富士学校には十二名の隊員が集合した。彼らはみな特別に訓練を受ける者ばかりだ。

体力や気力を養う基礎訓練から潜入、襲撃、伏撃などの実戦的な行動訓練が行われる。腕立て伏せからはじまり持久走などの体力運動は、問題なくこなし、格闘技も教官を唸らせた。だが、実戦的な行動訓練はこれまでと違い、演習の要素も取り入れ、さらに過酷《かこく》なものだった。しかも通常の五月の訓練と違い、二月、三月の富士は真冬に近い気象で時に吹雪《ふぶき》にも見舞われ、訓練生の行く手を阻《はば》んだ。

二ヶ月半にも及ぶ過酷な訓練を終え、四月末の最後の四日間は第九想定（最終訓練）に入った。

一日目はいきなり三十キロの荷物を担いだフル装備で、二十キロの山道を行軍させられた。食事はミリ飯（戦闘糧食）のレトルトの白米にサバの缶詰を冷たいままかけた粗食を二人で分けるというもので、十二時間にも及ぶ訓練で許された食事はたったの一回だけであった。体力自慢の宮坂もこれには泣かされた。

訓練中は教官から何をされようと、訓練生は「レンジャー」と答えて口答えは許されない。教官は生徒を観察し、戦時ストレスを疑似《ぎじ》体験させるために極限状態に追い込むように厳しく指導するのだ。

二日目も同じように一食だけで行軍訓練が行われ、その上サバイバル訓練として生きた鶏《にわとり》を調理して食べることまでさせられた。五月からはじまる訓練では生きたトカゲや蛇《へび》も食べねばならない。もっとも空腹になると人間何でも食えるということが分かる。

三日目からは行軍と戦闘訓練がなされた。ただし、寝ることは許されない。前日朝早く起床しているために訓練終了までは五十時間以上不眠不休で行動しなければならないのだ。少しでも目を閉じれば、教官の怒号が飛ぶ。

四日目、体力も尽きて限界も超えた体に鞭《むち》打って敵の陣地を攻撃し、すぐに移動する。これを二度繰り返して訓練は終了した。教官から「状況、終わり！」と訓練終了を告《つ》げられると、その場に全員跪《ひざまず》き、中には声を出して涙する者もいた。だが特別な訓練に参加した強者ばかりだけに、落伍者は一人もいなかった。

学校に戻る前に、補給車が現れ、野外で食事が振る舞われた。空《す》きっ腹に急にご飯を食べてはいけないということだろう、豚汁と一膳のご飯だけだったが、四日ぶりの温かいご飯に誰しも舌鼓を打った。食べられることだけで幸せを感じた一瞬である。

「鰹《かつお》の刺身を貰おうか」

ビールのお代わりを頼むついでに刺身も頼んだ。うまい酒に肴《さかな》があれば、これ以上の幸せはない。宮坂は尾行されていたこともすでに忘れていた。

四

宮坂の誕生日は九月なので、二十歳で三等陸曹になり、レンジャー課程も修了したのだが、通常の訓練をこなすだけではあり得ないことであった。だが、それも宮坂の天賦《てんぷ》の才能ともいえる射撃の腕を見込んだ吉村三等陸佐あってこその話である。

吉村の隊に戻った宮坂は、狙撃班に合流する前日にある事件に遭遇する。

起床の点呼で宮坂のベッドの下から日本酒の一升瓶《いっしょうびん》が見つかったのだ。日頃大酒飲みと呼ばれていただけに、自室で飲んだと疑われた。むろん身に覚えのないことだが、信じてもらえないと思い、何も言わなかった。頼りの指揮官である吉村三等陸佐もへたにかばい立てすれば経歴に傷がつくとでも思ったのか、沈黙を通した。宮坂は多分に裏切られた気分に陥った。

結局一週間の謹慎《きんしん》処分を受けることになった。明らかに誰かが宮坂を貶《おとし》めるために置いたことは分かっていたが、日頃から妬まれていただけに庇《かば》おうとする同僚もいなかった。だが、処分は二日目に解《と》けた。なんと一升瓶の中身がただの水だったのだ。おそらく悪戯《いたずら》で置いたが、大事になり犯人は名乗り出られなくなったのだろう。

慌てて宮坂は一日遅れで富士学校の狙撃班の訓練に合流したが、遅刻した罰として腕立て伏せ二百回とグランドを二十周走らされ、体力的なハンディーを負わされた。

射撃訓練がはじまると、普通科連隊の各隊から選《よ》りすぐりの隊員が集められただけに誰しも優劣《ゆうれつ》を決めかねる状態になった。もっとも訓練が開始されて一週間は、スコープを付けた64式小銃を使用していたために当たり前といえた。最大五百メートルの射程距離では差がつかないのである。

翌週に入ってから、狙撃兵の使う銃が支給された。レミントン・アームズ社製のM24で、世界中で狙撃銃として使われている。装弾数五発、ボルトアクション方式で有効射程距離は八百メートルあった。二〇一二年現在も自衛隊では狙撃銃として使われている。最初に導入した米軍ではボルトアクションのため、連射による威嚇《いかく》ができないということでナイツアーマメント社のセミオート式狙撃銃のSR25を導入している。

射程距離が三百メートル伸び、使い慣れないということもあって、実力の差が出るようになった。はじめこそ戸惑いを見せた宮坂だったが、すぐにその天性の才能は発揮された。後に〝針の穴〟と呼ばれる男は、八百メートル先にある的のど真ん中を射貫いた。しかも全弾ぶれることなく当てたのだ。

射撃というのは、その時の気象条件、本人の体調によっても状態は変わる。まして射程距離が長くなればなるほど、ぶれの幅《はば》は大きくなる。だが、宮坂にはまったく影響しないようであった。別に特別なことをしているわけではない。彼は微妙な気象条件の変化を読み取り、的確に照準を補正していたのだ。それができないからこそ狙撃は難しいのだが、宮坂はそれをいとも簡単にやってのけた。

狙撃班に所属して半年を過ぎる頃、宮坂は次第に訓練に明け暮れる毎日に嫌気がさしてきた。軍隊というのは日々の訓練が大事であり、できれば戦闘など経験しない方がいい。だが、若い宮坂にとって隊で一番の実力を無駄にしているような気がしたのだ。また、人間関係も次第にうまくいかなくなっていた。

若くして常にトップの成績を収める宮坂は妬みの対象になった。今から考えればたわいもないことだが、持ち物を隠されるとか、靴ひも同士を結ばれるとかよく悪戯された。裏を返せば、それだけかわいがられていたのだが、宮坂は多分に自分の実力に自惚《うぬぼ》れていたのだろう、最初こそ笑えたのだが、ささいな悪戯も疎《うと》ましく感じるようになり、同僚と口を利かなくなった。

ある時、演習で狙撃班から代表して一名が、政府要人の前で狙撃の模範を見せることになった。実力からいえば宮坂だが、一番階級が低い三等陸曹では失礼だと却下《きやっか》された。とはいえ、食ってかかるような性格ではない。宮坂は上官に退役届けを出して、訓練を自主的に拒否した。上官だけでなく部隊長からも説得されたが、宮坂の意志は固かった。

結局無断欠勤を一ヶ月続け、除隊処分となり、自衛隊を離れる。だが、兵舎から荷物をまとめて出ようとする宮坂を吉村三等陸佐がわざわざ見送りに来てくれた。

「自衛官を辞めるきっかけが、私の隊での事件と関係しているのなら、非常に残念だ。私はすべてを分かっていたが、庇うつもりはなかった。庇えば特別扱いをしていることになり、さらにおまえの立場を悪くするからだ。だが、おまえ自身はどうだ。抗弁したか？　自衛隊といえども身の潔白《けっぱく》は主張すべきだったのだ。大事なのは己の正義を通すことだ。自衛官としてそれができなければ、国民を守ることもできない。正義があるからこそ、軍隊ではなく自衛隊なのだ」

吉村はきっぱりと言い切った。

「吉村三等陸佐……」

目から鱗《うろこ》が落ちるようだった。自衛隊不信に陥っていた宮坂は何に付けても疑惑の目で見ていたからだ。吉村が庇ってくれなかったのも、己の経歴を汚すのが嫌だからだと思っていた。

「おまえの腕を腐らせるのは惜しい。隊を離れたら、傭兵代理店を訪ねてみてはどうかな」

「傭兵代理店?」

聞き慣れない単語だった。

「米国でも軍事会社の陰に隠れているが、世界情勢に合わせて誕生した新しい業種だ。傭兵を紛争地に紹介している。日本にもできたばかりの会社がある。そこで仕事を紹介してもらい、世界屈指のスナイパーとして実戦で闘ってみろ。言っておくがこれは極秘情報だ。他言無用、分かったな」

吉村は射るような眼差しで宮坂を見つめて言った。

「分かりました」

その時は上の空で聞いていたが、宮坂は除隊して一週間後に下北沢の傭兵代理店を訪ねている。今から考えれば、吉村はただ者ではなかったに違いない。諸外国と違い、日本の傭兵代理店の存在は政府と防衛省、それに自衛隊でも一部の極めてセキュリティーレベルが高い人間しか知らない情報だからだ。

「吉村三等陸佐に紹介されたんだったな」

独り言を呟き、三杯目のジョッキを空けると、宮坂は腕時計を見た。

「七時半か。まだいるかな?」

お代わりをしようかと思ったが、首を振って上げかけたジョッキを下ろした。

〈こんな時、藤堂さんなら、尾行者を叩きのめすよな〉

そう思うと、自分がひどく不甲斐なく感じた。

勘定《かんじょう》をすませた宮坂は、人ごみでごった返す駅前通りに出た。

五

若者で賑《にぎ》わい、日々変わりゆく街、下北沢。だが、下北沢という駅名はあっても、町名はない。世田谷区の北沢《きたざわ》、代田《だいた》、代沢周辺を下北沢と呼んでいるに過ぎない。

宮坂は駅前通りから左に曲がり狭い路地に入った。先ほどまでの喧噪《けんそう》が嘘のように路地裏に人影はなく、静まり返っている。間口が狭いマンションやアパートが続く角で左に曲がり、その先にある三叉路で右に曲がった。この界隈《かいわい》は車も入れない路地が多い。尾行を確認するにはうってつけと言えよう。

「なんだ。諦《あきら》めて帰ったのか」

尾行がないことを確認すると、宮坂は舌打ちをした。

「さて、どうするかな」

このままアパートに帰るのも、腹の虫が収まらない。こんな時は、辰也を飲みに誘ったものだが、先日アフリカにいると連絡をもらったばかりだ。あるいは射撃の練習を理由に浩志の住んでいた芝浦《しばうら》の倉庫まで出かけることもあった。傭兵代理店の武器庫だったものを浩志の隠れ家にし、その一部を射撃訓練ができる防音のサイトに改修されていた。浩志は嫌な顔一つせず、射撃訓練に付き合ってくれた。不思議なことに浩志と一緒に銃を撃っただけで、心のもやもやは解消された。もっともそれは三年以上前の話だ。

浩志はミャンマーで行方《ゆくえ》不明になった明石柊真《あかししゆうま》を助け出すために出国してから、さまざまな事件や作戦行動に駆り出されたために日本に帰っていない。昨年の十一月にロシアで〝ヴォールク〟との闘いで勝利を収めたものの、その後は誰にも居場所を告げずにベルリンから立ち去っている。仲間に危害が及ぶのを恐れ、世界のどこかで息を潜《ひそ》めるように彼女である美香と一緒に暮らしているはずだ。

「丸池屋に行ってみるか」

宮坂は駅に戻ろうとしたが、回れ右をして傭兵代理店に向かった。

十四年前、自衛隊を除隊した後、同じように路地裏をうろついたあげく、傭兵代理店である丸池屋に行った記憶がある。

紹介してくれた吉村三等陸佐からは表向きは質屋だが、裏稼業は傭兵代理店だと教えられた。その時点で実は腰が引けていた。質屋が傭兵を紛争地に送り出す斡旋《あっせん》業をしているなど、胡散《うさん》臭いにもほどがあるからだ。だが、米国の軍事会社に就職するには英会話に自信がなかったため、背に腹は代えられずに訪ねたのだ。案の定、丸池屋に行ってみると、応対に出たのは馬面の怪しげな中年男だった。男は社長である池谷悟郎であり、この頃は髪もまだ黒々としていたため、余計悪人面に見えた。

池谷はなぜか宮坂のことを知っていたらしく、登録に際し、英語が話せればBランクになるのに惜《お》しいと言われ、Cランクにされてしまった。丁寧な応対だったが、馬鹿にされたと思った宮坂は発奮し、英語の猛特訓をした後、単身米国に渡った。

あらかじめ調べておいた軍事会社を三社ほど見学し、ノースカロライナ州にある大手の〝ブラック・ベレー〟に就職する。この会社で軍事研修を受けながら米国内の警備の仕事をこなした宮坂は、一九九九年にコソボ紛争に米軍の支援部隊として、〝ブラック・ベレー〟から派遣された傭兵チームに加わった。

コソボ紛争は、一九九六年にバルカン半島のコソボ独立を求めるアルバニア人に対し、ユーゴスラビア軍とセルビア人勢力が武力行動を起こして勃発《ぼっぱつ》した。この紛争に一九九九年にNATOが参戦した。欧米諸国は当初、コソボ解放軍をテロリスト呼ばわりしていたが、ユーゴスラビア軍とセルビア人の民族浄化によるアルバニア人抑圧や虐殺《ぎゃくさつ》が激化し態度を変えたのだ。

一九九九年にNATO軍による大規模なセルビアへの空爆の後、コソボ治安維持部隊が進駐した。三十六カ国、およそ一万六千人が参加し、米国はコソボの東部の治安部隊となり、宮坂も米軍として地域の警備にあたった。

一年後、任期を終えてコソボから米国に帰国したばかりの宮坂は、ホテルに宿泊していた。

朝の六時、内線電話がけたたましく鳴った。

「ハロー」

寝惚け眼《まなこ》の宮坂はモーニングコールかと思い、ベッドから受話器を取った。

——宮坂さん。お久しぶりです。傭兵代理店の池谷です。

「なっ！」

宮坂は危《あや》うくベッドから落ちそうになった。

——コソボから戻られるのをお待ちしていました。

「どっ、どうして、それを……」

驚きのあまり声を失った。コソボから帰ったことは〝ブラック・ベレー〟しか知らないはずだ。まして宿泊ホテルまで池谷が知っているはずはないからだ。

——蛇《じゃ》の道は蛇《へび》と申します。あなたが〝ブラック・ベレー〟に勤めていることは知っておりました。傭兵代理店に登録された方の追跡調査を行っているのです。

池谷は自慢げに言った。会社に内通者がいるのか、金で情報を買ったのだろう。

「……そうなんだ。驚いたな」

下着姿の宮坂はベッドに座った。

――そろそろうちの仕事をしませんか。あなたは今Bランクに昇格していますから、どこでも働けますよ。

丸池屋を訪ね、傭兵の登録をしてから二年経っていた。英語が話せないためにCランクにされ、紹介できる仕事は反政府ゲリラに対応するフィリピンの傭兵部隊程度だと言われた。あまりにも危険なため、なり手がないことで有名だ。その屈辱《くつじょく》を起爆剤にして宮坂は日本語が通じない世界に飛び込み、今では流暢《りゅうちょう》に英語を話すまでになっていた。

「Bランク……ねえ」

コソボから帰って来たばかりなので、しばらく軍人としての仕事はしたくなかった。落ち着いたら、また米国内の警備や警護の仕事でも引き受けようかと思っていたところだ。それにBランクになった途端に、掌を返したように猫なで声で勧誘してくる池谷の態度が気に入らなかった。

――〝ブラック・ベレー〟では、これまでスナイパーとしての仕事はされましたか？

先ほどまでとは違い、池谷の声が低くなり、口調もがらりと変わった。

「えっ？」

宮坂は思わず聞き返した。

〝ブラック・ベレー〟では、傭兵は契約社員という形で雇われている。狙撃の腕は誰よりも高く評価されているが、会社の仕事は傭兵をチームとして現地に送り込み、警護や警備の仕事をするだけなので、スナイパーという仕事そのものがないのだ。

――今のまま仕事を続けられても、あなたはただの使い捨ての傭兵に過ぎません。それは大手軍事会社ならどこでもそうです。うちならスナイパーとしてのお仕事をご紹介できますよ。

「…………」

痛い所を突かれてしまった。自衛隊を除隊したのは、スナイパーとして実戦に出たかったからだ。いじめが本当の原因ではない。

――失礼ながら、これが最初で最後のチャンスだと思ってください。あなたが、スナイパーとして成功を収めれば、ランクもAとなり、世界中の傭兵代理店から仕事が舞い込むでしょう。

「……分かりました」

池谷の巧《たく》みな言葉に宮坂は心を動かされた。

――実はある紛争地で至急スナイパーが必要だと、要請を受けています。二十四時間以内に現地に飛んでもらえませんか。

「二十四時間以内！」

宮坂は声を上げた。

――航空券の手配はしてあります。ユナイテッド航空午前九時二十分発の便ですので、そろそろホテルを出ないと間に合いませんよ。

「なっ！　勘弁してくださいよ」

――とりあえず、ローリー・ダーラム国際空港にタクシーで向かってください。詳しいお話は携帯にお電話をかけます。

「えっ！」

電話は切られてしまった。

慌てて着替えた宮坂は、身の回りの品をスーツケースに詰め込んで部屋を飛び出した。

六

翌日の午前九時、宮坂はペシャワールの旧市街にある商店街の片隅で、開店したばかりのチャイ屋の店先にある椅子に腰掛けていた。

ペシャワールはパキスタンの北部に位置し、隣国アフガニスタンへはわずか四十キロという街である。一九七八年からはじまったアフガニスタン紛争により、パキスタン国内になだれ込んだアフガン難民は二百十五万人もおり、ペシャワールとその近郊に多くが暮らす。

宮坂は前日の夜中にイスラマバードの国際空港に到着し、出迎えてくれた現地のガイドであるモハメドの運転する車でペシャワールに着いていた。朝の八時に迎えに来たモハメドと商店街の屋台で朝ご飯をすませ、チャイ屋の店先の日陰でチャイを飲みながら喧噪な通りを眺めていた。

足下には大きなスーツケースを置いている。いかにも旅行者という格好の宮坂を通りすがりのパキスタン人が奇異の目で通り過ぎて行く。旧市街は治安が悪いため、観光客は珍しいようだ。

「モハメド、日本の代理店からは二十四時間以内に現地に飛べと言われたけど、どうなっているんだ？」

向かいの席にのんびりと座っているモハメドに、宮坂は尋ねた。大きめのパジャマのような民族衣装のサルワール・カミーズを着て、煙草を吸っている姿は街並に溶け込んでいた。イラクで中近東の人間の時間感覚を知っているだけに、脱力感が漂うガイドの態度に驚くことはないが、狙撃兵が至急いると要請されているだけに多少の苛立《いらだ》ちは覚えた。

パキスタン人のモハメドは、三十前後らしいが、年齢はよく分からない。

「私は、あなたを空港からホテルに案内して、翌日朝飯を食べてから、ここにいるように言われただけね。だから、何のためにここでチャイを飲んでいるのかも分からないよ」

モハメドは肩を竦《すく》めて笑ってみせた。

「……知らないんだ。なるほど」

呆気《あっけ》に取られたが、腹を立てたところでどうにもならないと諦めた。六月中旬、初夏というのに日向《ひなた》は三十度を超えている。その上、狭い路地をリキシャと呼ばれる小型三輪車のタクシーや荷車が砂煙を立てて走って行くので、やたら埃っぽい。焦ってみたところで余計な汗《あせ》をかくだけだ。

隣の席にチャイのポットとグラスを持った新たな客が座った。肩から使い古された布製のバッグをかけている。

「宮坂か？」

「えっ！」

宮坂は驚いて隣の男をまじまじと見た。サルワール・カミーズを着ているので、てっきりパキスタン人だと思っていたが、サングラスに日焼けした顔をよくよく見ると、日本人のようだ。年齢は三十代半ばか、引き締まった顔をしている。

「藤堂浩志だ。傭兵部隊のリーダーをしている。おまえを迎えに来た」

男は日本語で名乗ると、ガイドのモハメドに百ルピーを渡して追い払った。

「仲間と合流するまでは日本語を使え。ただしチームの中では英語だけだ」

パキスタン人は英会話が堪能《たんのう》なために、会話を聞かれないように街中では日本語を使えということだろう。

「至急と言われて来たんですが、どこに部隊は駐屯しているんですか？」

傭兵代理店の池谷からは、ノースカロライナ州の国際空港で出発便を待つ間、パキスタンに着いたらガイドに従えと携帯電話で教えてもらっただけだった。

「すでに配置に就いている」

浩志はそう言うと、チャイを一気に飲み干して立ち上がった。

「とりあえず、その格好じゃまずい。付いて来い」

慣れた様子で人ごみを縫って歩き、浩志は沢山の布がぶら下げられた店の奥に入っていった。宮坂はスーツケースを通行人にぶつけないように必死に付いて行く。

「これに着替えろ」

渡されたのは、すでに仕立てられたサルワール・カミーズでサイズも大柄な宮坂に合っていた。傭兵代理店からあらかじめサイズのデータを聞いていたのだろう。

「わざわざ指揮官に迎えに来てもらって恐縮です」

着替えたところで、宮坂は改めて礼を言った。

「外出はめったにできない。チームは五人、たまたま俺の順番だった」

浩志は面倒くさそうに言った。別に宮坂を特別扱いしているわけではなさそうだ。

「はあ、そうですか」

よく分からない説明だったが、宮坂は先を急ぐ浩志に付いて行った。

しばらく歩き、旧市街から出た浩志は、街はずれにある倉庫街のような人通りのない路地に入った。壁が崩れかけた建物の横に錆《さび》だらけの古いダットサントラックが停めてある。運転席のパキスタン人らしき男が宮坂をぎろりと睨《にら》みつけた。浩志は助手席のドアを開け、顎で宮坂に荷台に乗れと指示をしてきた。

仕方なくスーツケースを抱えて荷台に乗ると、浩志は宮坂にボロ切れを渡し助手席に座った。渡された布はフェイスタオルより長い。何に使うか迷ったが、舗装もしていない道を車が走り出してすぐに分かった。凄《すさ》まじい砂煙と、灼熱《しやくねつ》の太陽にさらされた宮坂は慌てて布を頭から巻き付けて口元も覆った。

数十分アフガニスタンの国境方面へ向かい、途中で難民キャンプの脇を抜け、トラックは怪しげなバザールの外れにある廃屋《はいおく》の横で停められた。

荷台から下りようとする宮坂に、助手席から下りた浩志から水の入ったペットボトルを無言で投げ渡された。

「ありがとうございます」

生温《なまぬる》いが、さっそく水を口に含んで濯《そそ》ぎ、道端に吐き出した。布を巻いてしっかりと口を閉じているつもりでも、いつの間に砂が舌に絡み付いていたのだ。

バン！　バン！

すぐ近くで銃声がした。宮坂は身構えたが、浩志は気にもとめずに車の運転をしていた男と何か話をしている。男は何度か頷くと、車を出した。

「行こうか」

砂煙を上げて通りの角を曲がったトラックを見送った浩志は、肩から布製のバッグをかけて手招きをした。

「近くで銃撃があったようですが？」

コソボで警備の仕事をしていた時も、たまに米軍とテロリストの小競り合いで散発的な銃声を聞いたことがあった。

「近くに銃工場がある」

素っ気なく答えた浩志は、廃屋の壁の隙間に消えた。あとで分かったことだが、近くには日用品から爆弾まで売っている〝スマグラー・バザール〟という密輸市場があり、そのはずれに手製の銃を作っている工場があった。完成した銃を試射するため、銃声が頻繁《ひんぱん》に聞こえるらしい。コソボに行き、紛争地には慣れているはずだが、ここの様子はまた違っていた。

「待ってください」

宮坂は浩志を追って廃屋に入った。

七

〝スマグラー・バザール〟はアフガニスタンからの密輸品が主に売られている自由マーケットだ。パキスタンの州に属さないアフガニスタン国境地帯周辺は政府の支配も及ばず、辺境の部族が治める〝トライバルエリア〟と呼ばれている。

廃屋に入った浩志は、屋根が崩れた家を抜け、その隣の二階建ての建物の裏口を開けて中に入った。薄暗い部屋にはかまどらしきものがあるので台所のようだが、使われていないらしく埃を被っている。奥の方に石で組まれた階段があった。

「ここは部族長から許しを得て、バザールの露天商から借りた。俺たちはこの街に〝ハシシ〟を買い付けに来た売人ということになっている」

浩志は部屋の隅に置いてある椅子に座ると、英語で話しかけてきた。

「〝ハシシ〟?」

宮坂は聞き慣れない言葉に首を捻った。

「大麻をチョコレート状に固めた物だ」

そう言うと、浩志は近くにあるゴミ箱の蓋《ふた》を開けて宮坂に十センチ四方の黒い塊《かたまり》を投げて寄越した。〝ハシシ〟らしいが、宮坂は傭兵部隊が麻薬の売人をしている理由が分からなかった。

「俺が説明するよ、浩志。サブリーダーのアンドレア・チャンピだ」

階段から下りて来た白人が、気さくに握手を求めてきた。身長は一七三センチほど、色の濃い栗毛の髪を短く刈り上げ、口ひげを生やしている。

チャンピはイタリア人らしく、浩志とはフランスの外人部隊からの仲間だと前置きをしてから話しはじめた。嫌みのない口調で、ラテン系らしく話し好きのようだ。

「この街には、オサマ・ビンラディンが度々訪れるという情報が入っている。我々の最終任務は、彼を確認次第、クライアントに正確な位置情報を報告するか、チャンスがあれば狙撃することだ」

ビンラディンはアルカイーダの司令官であり、さまざまなテロ活動を指揮している。

「狙撃って……」

この場合、戦闘でないため暗殺にほかならない。宮坂は口をあんぐりと開けた。

「だが、殺す前にすることがある。ビンラディンが現れたら、アジトに踏み込み、テロの証拠品を見つけ出す。狙撃はあくまでも最終手段だ。遠方からの狙撃は簡単だが、暗殺すれば、米国はイスラム世界から非難され、アルカイーダのテロを激化させるだろう。つまり、殺しの理由を見つけることが先決だ」

浩志は宮坂の戸惑いを見抜いたらしく補足してきた。

「そのため、俺たちはタリバーンが支配している辺境の地で三週間以上も、不良外国人の振りをして粘《ねば》っているのさ。こんな芸当はとてもじゃないが、米軍の特殊部隊にはできないからな。それに多人数じゃ怪しまれるから、五人だけでがんばってきたが、アジト攻略にスナイパーが俺一人じゃ、足りないんだ」

チャンピはそう言って、肩を竦めてみせた。彼も腕のいいスナイパーらしい。

アジトは宮坂らがいる建物から六百メートル西にある豪邸らしい。そこから五百メートルほど西に峠《とうげ》があり、宮坂とチャンピは峠の別々の場所からスナイパーライフルのＳＲ２５で豪邸を狙い、浩志ら潜入チームのサポートをする作戦のようだ。

「クライアントのことを代理店から聞いたか？」

チャンピが質問をしてきた。

「いえ、突然召集されたので……」

宮坂は池谷の策略にはまり、米国から飛んで来たが詳しいことは何も聞かされていなかった。

「俺たちは米国の企業家から仕事を貰っている。なんでもアルカイーダのテロで一人息子を喪《うしな》ったそうだ。個人的恨みだと言っているが、おそらくバックはＣＩＡだろう」

「ＣＩＡ！」

衝撃的な発言に宮坂は目を丸くした。浩志は苦笑を漏らしながらも否定しないので、本当なのかもしれない。

「驚くことじゃないさ。米国は昔のつけを払い、俺たちはその尻拭《しりぬぐ》いをしているわけだ」

チャンピは笑いながら説明をした。

自国にイスラム革命が飛び火することを恐れたソ連は、一九七九年にアフガニスタンに侵攻する。それを東西冷戦における局地戦だと認識した米国は、反乱軍を組織し、資金と武器提供をした。その指揮官がビンラディンであり、アルカイーダの母体は米国が作り上げたのである。

一九八九年のソ連の撤退後、周辺国と米ロの影響を受けた各武装勢力により、アフガニスタンは内戦状態に陥る。一九九四年、パキスタン軍統合情報局（ＩＳＩ）の援助を受けたタリバーンによって、アフガニスタンは次々と攻略されて行く。皮肉なことに米国はＩＳＩを通じてタリバーンを支援していたが、タリバーンはイスラム原理主義を唱《とな》え、反米化する。その後、一九九六年にビンラディンはタリバーンに客人として迎えられるのだ。

「まったく馬鹿な話だ。アルカイーダもタリバーンも米国が作り出したようなものさ。もっとも大国が世界中で戦争の種をまき散らすおかげで、俺たち傭兵は仕事にありつくというわけだ。長話をしたな。二階に来いよ。アジトを見張っている仲間を紹介しよう」

「よろしくお願いします」

チャンピに続き、宮坂も階段を上がろうとした。

「宮坂、クライアントの確認は必ずしろ。味方だとは限らないんだぞ」

黙って宮坂とチャンピを見ていた浩志が、口を開いた。この時はまだ宮坂には浩志の言葉の意味がまったく分からなかった。

それから辺境の地に変化はなく、監視活動も二週間目に突入した。

「見ろ、車列が豪邸に入って行くぞ。浩志に伝えろ」

見張りに立っていたチャンピが一緒に組んでいる宮坂に言った。

「出撃準備！」

いつの間にか浩志は二人の背後に立っており、仮眠していた仲間を起こした。

午前二時、六人の男たちは六百メートル西にある豪邸の背後にある峠に向かった。まずは宮坂とチャンピの狙撃ポイントを確保してから豪邸に踏み込むという作戦だ。

先頭を走っていた浩志が突然右手を上げて立ち止まった。

「退却！　急げ！」

わけも分からず宮坂らは浩志の命令に従い、来た道を戻った。その数秒後、豪邸が爆発した。振り返ると夜空からミサイルが撃ち込まれ、また爆発した。

「プレデターだ！」

前を走るチャンピが叫《さけ》んだ。

プレデターは米軍の無人航空機で、偵察やヘルファイアミサイルなどによる攻撃が遠隔操作で可能だ。

「アジトには戻るな！」

しんがりの浩志が先頭を走るチャンピに命じた。

「そうだった」

チャンピは苦笑がてら北東に向かった。〝スマグラー・バザール〟の一キロ北側の荒れ地で二十分ほど待っていると、来た時と同じダットサントラックが現れた。しかも荷台にはメンバー全員の荷物が積まれている。出撃と同時に荷物を積み込んで待ち合わせることになっていたようだ。

「すみません。説明してもらえますか？」

宮坂はトラックの荷台に乗ると、浩志に尋ねた。

「ＣＩＡは俺たち以外にもこの地域に傭兵を送り込んでいた。彼らから連絡を受けた米軍がプレデターで攻撃したということだ。問題は攻撃後の脱出だ。俺はたまたまプレデターの機影を夜空に発見したが、住民はそんなことは知らない。街にいる怪しい外国人を襲撃犯だと思うだろう」

「あの街は誰でも銃を持っている。間違いなく殺されていたさ。浩志はそれを予測して、車の手配までしていたんだ」

浩志の説明にチャンピが親指を立てて補足した。その後に分かったことだが、プレデターの攻撃で死んだのは、ビンラディンでもアルカイーダ関係者でもない民間人だった。

「クライアントは、味方だとは限らないって、藤堂さんから言われたよな」

宮坂は懐かしそうに言って、丸池屋の前に立っていた。

丸池屋

一

コンクリートが剝《は》げ落ちた壁に蔦《つた》が絡まり、大仰《おおぎょう》な看板を掲《かか》げている質屋が下北沢の閑静《かんせい》な住宅街にある。傭兵代理店業を裏で営《いとな》む丸池屋だ。

以前は店内に鉄格子《てつごうし》で仕切られた古風なカウンターがあったが、今は防弾のガラス張りになり、郵便局のような雰囲気を醸《かも》し出している。質屋は傭兵代理店の隠れ蓑《みの》になっているが、高級ブランドのバッグや貴金属を売りに来る固定客もおり、それなりに商売として成り立っていた。

店の奥には天才的なプログラマーでありハッカーでもある土屋友恵《つちやともえ》の仕事部屋と、ブリーフィングルームとしても使っている会議室があった。三年ほど前までは長い廊下があったのだが、応接室を改装して会議室にした際に潰している。そのため、友恵の仕事部屋の出入口は会議室にある。

会議室には、店の帳場のドアと友恵の部屋のドアの他にも別の出入口が二つある。一つは隣の住宅に通じる地下通路への出入口で、床板に偽装が施《ほどこ》されていた。もう一つは社長である池谷悟郎の仕事部屋の出入口で、友恵の部屋のドアと並んでいる。

スメタナの交響詩〝モルダウ〟を池谷は自分の仕事部屋で聞きながら、コレクションの一つであるS&W　M29をガンオイルを染み込ませたやわ布で磨いていた。44マグナム弾を使用し、かつては最強の銃と言われたM29は池谷のお気に入りである。

型破りな刑事が狩猟用のハンドガンとして開発されたM29を使って悪と闘うアクション映画〝ダーティハリー〟は、当時学生だった池谷にとって衝撃的だった。まるでショットガンなみの破壊力があるハンドガンとして描かれていたために、全長三〇六ミリもあるシンプルで無骨なフォルムに一目惚れしてしまったのだ。それがきっかけで、モデルガンを収集していたが、防衛庁に勤めていた頃から、密《ひそ》かに実銃を集めるようになった。

「ふう」

大きな溜息《ためいき》を漏らし、池谷はM29をテーブルに置いて革張りのソファーに深々と体を沈めた。以前は好きなクラシックを聞きながらコレクションの拳銃の手入れをすれば、ストレスが溜まっていても気が晴れたが、最近ではそれも効果がない。

普段は暇な質屋の仕事もそうだが、傭兵代理店も登録してある傭兵に動きがなく、かといって積極的に仕事を取って来る気概《きがい》もなく開店休業状態だった。とはいえ還暦《かんれき》を過ぎた歳のせいだとは思っていない。最大の原因は浩志がリベンジャーズを解散し、傭兵としての登録を抹消《まつしよう》したことだ。これまで彼は何度も窮地《きゆうち》に立たされ、行方不明になったこともあったが、リストに名前が載っているということで代理店と関係が切れたことはなかった。だが、昨年のモスクワでの戦闘から帰還した浩志は池谷にリストから名前を消すように指示をし、美香とともに姿を消した。以来、一度も連絡はなく消息も分かっていない。長年浩志を陰で支えてきただけに、池谷は生き甲斐を失ったかのような喪失感があった。

「引退か……」

これまで何度も頭に飛来した二文字を呟いた。とりあえず質屋は店を開けておくにしても、傭兵代理店業から身を引くべきだと思いはじめていた。

十八年前、防衛庁情報局（現情報本部）の調査課の課長だった池谷が、亡くなった父である藤次郎《とうじろう》から丸池屋を引き継ぐ際に裏稼業である傭兵代理店を設立した。今でこそ、軍事会社や傭兵代理店は珍しくもないが、当時は米国やフランスなど、正規の代理店は数えるほどしかなかった。創業にあたっては手探りの状態が続き、軌道に乗るまでは必死で働いた。

「池谷課長、お父さんの具合はどうかね？」

普段顔を見せたこともない防衛局局長である工藤進《くどうすすむ》が、調査課の部屋に顔を見せた。就業時間も終わり、残業も三十分程度ですませていた。午後六時、池谷にとっては定時に机の脇に置いてある通勤バッグを手にしたところだった。

「歳も歳ですから、医者からは覚悟しておくように言われてしまいました。ご心配をおかけしてすみません」

入局が五年先輩の工藤に声をかけられた池谷は、恐縮して頭を下げた。

「癌《がん》と聞いていたが、やはり難しいんだね。どうだい。久しぶりに一杯やらないか？」

堅物《かたぶつ》で有名な工藤が珍しく誘って来た。

「いいですけど……」

楽しい酒になるとは思えないので苦笑しながら池谷は答えた。普通の私立大学を出た池谷と違い、工藤は防衛大学を出たキャリアで、歳は四つしか違わないが、情報局の責任者として働いている。まじめな男で部下からの信頼も厚い。だが、ゴルフや釣り、まして池谷のように銃マニアというわけでもなく、根っからの仕事人間である工藤が池谷は苦手だった。

庁舎を出た二人は、外苑《がいえん》東通りから六本木《ろっぽんぎ》通りに曲がり、交差点の喧噪から逃れるように坂を下りた。当時防衛庁の本庁舎はまだ六本木にあった。二〇〇〇年に市ヶ谷に移転し、跡地は後に東京ミッドタウンになっている。

夏の終わりの残照に赤く染まった坂道を渡り、路地裏の住宅街にぽつんとある赤提灯の暖簾を潜った。間口が狭く、カウンターと四人席のテーブルが三つという小さな店だ。二十年近く営業しており、クラブやバーの移り変わりが激しい六本木とは無縁の店で、懐具合が寒い公務員にはうってつけの安居酒屋だった。

生ビールを頼んだ二人はカウンターではなく、テーブル席に着いた。

「現在の状況を君はどう見ている？」

ジョッキの半分ほどを飲んだ工藤は、苦い表情で尋ねてきた。

当時防衛庁長官に就任した衆議院議員の鬼胴《きどう》が権力の座を利用し、防衛庁を半ば私物化して不正の限りを尽くしていた。しかも、鬼胴の腹心の部下である情報局副局長の山岡《やまおか》が睨みを利かせていたために、長官の不正を局内で調べることすらできなかった。

「どうと言われましても……」

池谷は工藤が何を聞きたいのか分かっていた。

情報局は日本のＣＩＡと言われるように国内外の日本の国政に影響を与える情報を収集することにある。中でも調査課は逮捕権こそ持っていないが、特別捜査官を抱える実行部隊で、海外にも捜査官を情報員として送り出す部署であった。だが、その調査課が鬼胴の不正で腐敗して行く防衛庁を黙視しているという、情けない状態に陥っていたのだ。

「何とかしたいとは、思わないか？」

工藤はコップをテーブルにこつんと置き、鋭い視線を投げ掛けてきた。五十過ぎの店のオヤジとアルバイトの三十代の女がカウンターの中にいる。だが、時間が早いせいか、他に客はいない。静まり返った店内の空気がぴんと張りつめた。

「……もちろん、何とかしたいとは思っていますよ。しかし、現実的にはかなり障害があります」

店の者に聞かれてもいいように、池谷も具体的なことは言わない。だが局内には副局長系の職員が各部署に配置され、身動きが取れない。調査課も副局長の息がかかった人間が係長に就いており、課の捜査官を鬼胴の不正の捜査に向けることなど不可能であった。

「池谷君、君が足がかりを作ってくれないか。私は信頼できる人間を一人一人当たって来た。新たな組織を作り、腕利《うでき》きの捜査員をそこから送り出すんだ」

「局内に新たに部署を作れば、かえって目立ち、すぐに潰されるだけだと思いますが」

池谷は工藤の単純な発想に首を捻った。

「誰も局内とは言っていない。新しい機関は庁とは関係のない、民間に作るのだよ」

工藤はゆっくりと首を横に振りながら小声で言った。

「しかし、外に作ったところで、敵も優秀な捜査官を味方に引き入れています。すぐに存在を暴かれてしまう可能性はありませんか」

「分かったところで、怪しまれない組織を作ればいいんだよ」

にやりと工藤は笑ってみせた。

「商社とか貿易会社ですか？」

どちらも海外に人材を派遣しても怪しまれない。

「君が局を辞めて、そんなまともな会社を作ったら、それこそ怪しまれるだろう」

池谷は現役の捜査官をしていた二十代後半から三十代後半まで欧米に派遣されており、語学が堪能で優秀な情報員として局内では知れ渡っていた。

「それではいったいどんな会社ですか？」

池谷はじれったくて質問で返した。

「傭兵代理店だよ」

「傭兵代理店？」

聞き慣れない言葉に池谷は思わずオウム返しに聞き返した。

「その通り」

工藤は大きく頷いてみせた。

二

池谷が工藤から極秘の使命を帯《お》びたことを知ったかのごとく、入院していた父、藤次郎は翌週に他界した。

決まり文句《もんく》の一身上の都合《つごう》という理由で退職届けを出した池谷は、それとなく亡くなった父の跡を継ぐと局内の職員には触れ回った。実家が下北沢の大地主で、アパートやマンションのオーナーであることを知っている者は多く、早期退職を疑問に思う者は誰もいなかった。むしろ、防衛庁長官の鬼胴の威を借る副局長の山岡の振る舞いに辟易《へきえき》としていた局の職員から羨望《せんぼう》の目で見られた。池谷の父親が質屋を営んでいたのは、単なる趣味に過ぎないことも有名だったからだ。

父親の莫大《ばくだい》な遺産は、藤次郎に池谷以外の身寄りがないこともあり、書類上の手続きだけで簡単にすませることができた。慣れない質屋の仕事だったが、子供の頃から店先で遊んでいたために帳場に座ることも違和感がなかった。

質屋を継いで一年後のことである。店の古風な格子戸が音を立てて開いた。家屋は藤次郎が四十年前に建てたままの姿で、店構えを変えようとは思っていない。

「いらっしゃいませ……」

書類の整理をしていた池谷は戸の開く音に条件反射で挨拶《あいさつ》をしたが、客の顔を見てはっと息を止めた。

「ほう。本当に質屋を継いでいたのかね」

カウンターの鉄格子の向こうに、副局長の山岡の嫌みな顔があった。

身長は一六五センチと小柄だが、締まった体つきの工藤局長と違い、五十一歳ながらでっぷりと太り局内では誰よりも貫禄《かんろく》がある。しかもまるで政府要人のように一八〇センチを超す屈強なボディーガードを二人も連れていた。

「店を潰すわけにはいきませんから」

池谷は長い顔をさらに伸ばして笑ってみせた。

「定年まで十年以上ある。思い切ったことをしたものだ。そう言えば結婚もまだだったな」

山岡は粘り着くような視線で言った。海外生活が長くて婚期を逃したが、趣味が実銃を集めることなので、もともと諦めていた。

「自分ではこの歳までお役所勤めをよくしたものだと、感心しております。立ち話もなんです。奥でお茶でもいかがですか。副局長にわざわざお越しいただき、それでなくとも恐縮しております」

歯の浮くような台詞を言って、池谷は立ち上がった。

「君と世間話をしている暇はない。実家が金持ちだと、役人ごとき仕事に未練はないのか。腕利きの情報員だった君が、しがない質屋のオヤジに落ちぶれたのをこの目で確かめに来ただけだ。時間の無駄だったよ」

皮肉を連発させた山岡はくるりと背を向けて出て行った。

「さて、そろそろ店を閉めますか」

山岡を外まで見送った池谷は夕焼け空をしばらく眺めた後、隣の家の前で道路工事をしているのを確認して中に入り、出入口の引き戸に鍵をかけた。

カウンター横にある鉄製のドアを開け、帳場から廊下に出た。廊下板が微《かす》かに音を立てて振動している。池谷は気にもとめずに奥に進み、天井から吊《つ》るされているブルーシートをたくし上げた。驚いたことに廊下の突き当たりは板が剝《は》がされ、大きな穴が開いていた。池谷は穴の手前に置いてあったスポーツシューズを履き、立てかけてある梯子《はしご》を下りた。

穴の深さは三メートル近くあり、底は隣家に向かう横穴になっている。作業服を着た男が、二メートル先で先端にシャベルを取り付けた電動ハンマーで穴を掘っていた。

「ご苦労様です！」

池谷は騒音に負けない大声で挨拶をした。

聞こえなかったらしく、男は作業の手を止めない。しばらくするとショベルの先端から光が漏れてきた。男は電動ハンマーで見る見るうちに穴を拡《ひろ》げて人が通れるほどの大きさにすると、電源を切った。隣家も池谷の持ち物で地下道を通じて行き来できるように工事していたのだ。地下道は隣の住宅の先にある倉庫から掘り進められており、三軒を貫く坑がすべて開通したことになる。

「やりましたな」

池谷は手を叩いて喜んだ。

ハンマーで作業していた男が振り返って笑顔をみせた。すると、穴の向こうからヘルメットを被った大柄な男が現れた。

「韮崎《にらさき》一等陸尉、お疲れさまです」

池谷は男に敬礼した後、丁寧に頭を下げた。

「これで、騒音を出す工事は無事終了です。今日中に鉄骨で補強し、明日からコンクリートを打ちます。地上の道路工事も今日で最後ですね」

韮崎は軽く敬礼を返し、無精髭の伸びた顎《あご》を触りながら言った。彼は丸池屋の秘密工事の責任者であり自衛隊の施設科に属している。施設科は道路や橋梁《きょうりょう》や飛行場などの構造物の建設や維持だけでなく、戦時においては逆に構造物の破壊もする、諸外国の工兵隊にあたる。ＰＫＯで道路や橋の建設や修理をするために紛争地へ派遣されて活躍する部隊だが、韮崎の部隊は、施設科の中でも機密性が高い工事を専門としていた。

「進捗《しんちょく》状況はどうですか？」

「予定通り今週中に終わらせるつもりです。しかし、私も長年、自衛隊の基地建設に携《たずさ》わってきましたが、街中で偽装までする極秘の工事ははじめてです。正直言って一刻もはやく終わらせたいですよ」

隣の家の前の道路工事は、地下通路を作る際の騒音や工事車両の出入りを隠蔽《いんぺい》するために行われている偽の工事だ。工事計画は池谷が防衛庁を辞めてから密かに進められていたが、韮崎の都合で着工されたのは一年後になってしまった。その間、傭兵代理店は芝浦の倉庫で開業している。

地下トンネルの基礎工事が終わってから、さまざまな機器を設置し、芝浦の倉庫から武器の搬入《はんにゆう》も終えて下北沢で稼働《かどう》できるようになるまでに、実に三年近くかかることになる。

「今しがた防衛局副局長の山岡さんがお見えになりました。民間人になった私の様子を見に来ただけだと思いますが、くれぐれもご用心ください」

渋い表情で池谷は言った。

「副局長が来ましたか。抜け目のない男ですからね。工事車両の出入りは見張りを立てましょう。それにしても、池谷さんが辞めてから一年もたっているのに、どうしてこのタイミングで来たのでしょうか?」

韮崎は厳しい表情になった。工事に使われる機材や資材を積んだトラックの搬入は、丸池屋の反対側にある倉庫から行われている。

「私が傭兵代理店を開業しているのは、知っているはずです。だから、工事のことも本当は知っているのだと、暗に言いたかったのかもしれませんね。もっとも傭兵代理店も隠れ蓑だとは絶対思わないでしょう。いずれにせよ。工事が終われば、本格的に動き出すことができます。楽しみですよ」

池谷は鼻の穴を拡げて頷いた。四十四歳独身。鬼胴の組織を壊滅させ、防衛庁から腐敗を根絶させるために闘志を燃やしていた。

「あの頃は若かったな」

ふと代理店業をはじめた当時を思い出した池谷は苦笑を漏らした。

三

一九九九年三月、モロッコ、カサブランカのホテル〝ハイアット・リージェンシー〟の一階にある〝バー・カサブランカ〟に池谷はいた。

一九四二年に米国で製作された映画〝カサブランカ〟に出て来るバーを彷彿《ほうふつ》とさせ、店内には主演のハンフリー・ボガートや元恋人役のイングリッド・バーグマンの写真が飾《かざ》られていたが、残念ながら今はない。

「いかがでしょうか、佐藤さん。お願いを聞いていただけませんか?」

池谷はテーブルを挟んで気難しい顔で座っているマジェール・佐藤に頭を下げた。日本に傭兵代理店を設立して五年、会社はまだまだ成長段階だった。そのために池谷は世界中を渡り歩き、各国の傭兵代理店とパイプを築くなど地道な努力をしている。一方、佐藤はすでに有能な傭兵として名を馳《は》せており、大佐と呼ばれていた。

大佐は世界中の傭兵代理店に登録されている。池谷はフランスの代理店に頼み込んで紹介してもらい、二年前に彼の登録をすませていた。現在はインターネットでどこの代理店で登録しても世界中の代理店で登録リストに載るのだが、当時は個別に登録されていた。そのため登録リストに質のいい多くの傭兵の名が連なることは代理店の格をあげることになったのだ。もっともそれは、他社はともかく日本の傭兵代理店にとって、真の目的を隠蔽する工作に過ぎなかった。

池谷の経営する傭兵代理店の実態は、防衛庁情報局の特務機関であり、防衛庁を食い物にしている鬼胴代議士が作り出した武器や麻薬の密輸組織を捜査する目的があった。そのため、情報局の信頼できる捜査員を傭兵として登録し、密輸の実態を調べるべく海外に送り込んでいたのだ。また、各国の傭兵代理店は裏社会とも繋がっており、世界中の裏情報を得ることができ、捜査の役に立った。

「日本人の藤堂浩志が、優秀な傭兵だと噂で聞いたことがある。代理店のランクでもおそらく、Ａになるだろう。私も気になっていたが、登録したいのなら、彼に直接頼めばいいじゃないか」

大佐は筋肉で盛り上がった肩を竦めてみせた。

「彼には大きな貸しがありまして、本人には知られずに支援をしたいのです」

「傭兵を扱う代理店が、支援？　慈善事業でもするつもりか？」

バーボンを炭酸で割ったグラスを片手に大佐は、訝《いぶか》しげな目で見た。

「嘘ではありませんよ」

池谷は馬のように首を横に振った。

「いいや、他に何か理由があるんだろう。隠し事はなしだ。すべてを話せないのなら、私に頼み事などしないことだ」

大佐は鼻で笑った。

「すべて……ですか」

池谷は長い顔をさらに伸ばし、腕組みをして考えた。付き合いは浅いが大佐が信頼できる人間であることは分かっている。それに彼にはこれまでも他社に聞けない代理店のノウハウについてアドバイスを受けていた。

「これからお話しすることは、絶対に秘密ということでお願いします」

両目を見開いた池谷は、声を潜めて言った。

「私の口が固いことは知っているだろう。無用な心配はしないでくれ」

大佐はうんざりとした表情で答えた。

「実は私は日本政府の情報機関の出身で、今でも傭兵代理店の経営の傍ら、密かに政府に協力しています」

池谷は特務機関の長である現在の身分を隠し、真実を話した。

「すると、藤堂は真犯人を追って刑事を辞め、傭兵になったのか。恐るべき執念《しゅうねん》だな」

大佐は首を振って感心して見せた。

「彼がフランスの外人部隊を退役してから、私はそれとなく彼のことが気になり、身辺調査をしてみたところ、犯人のタレコミがあったらしいのです」

池谷は浩志が退役してしばらくの間、海外にいる情報局の情報員を彼に付けていた。鬼胴の捜査が行き詰まっていたため、藁をも摑《つか》む思いだった。すると、浩志の宿泊しているホテルに彼宛のメールが届いた。捜査員は後でゴミ箱をあさって見つけたのだが、犯人の高原《たかはら》と思われる人物の所在地が書かれていたのだ。

「つまり、藤堂を追っていれば、犯人に辿り着く可能性もあるんだな。そのために傭兵登録をして、彼を管理下におくつもりか」

大佐はじろりと睨みつけてきた。

「彼を利用することにはなりますが、登録することで彼を守ることができます」

池谷は身を乗り出して言った。

「ものは言い草だな。まだ会ってはいないが、藤堂が気に入った。おまえさんの目的とは関係なく協力しよう」

　大佐はようやく首を縦に振った。

「それで、藤堂は今どこにいる？」

「アルジェリアのティアレです。高原に似た日本人がいるという情報を彼は得たようです」

「何、ティアレか」

　大佐は絶句した。というのも、先週までティアレから二百キロ南にあるラグアトで反政府ゲリラを討伐する傭兵部隊の指揮官をしていたからだ。隣国モロッコのカサブランカに来ていたのは、休養するためだった。

「だめでしょうか？」

　池谷は念を押すように尋ねた。

「私の年齢を知っているか？　四十七歳だぞ。この間まで務めていたアルジェリアの仕事はさすがにきつかった。だから契約した一ヶ月で私は更新しなかったのだ」

「存じております。ただ、先方はいつでも契約の再開を望んでいるとも聞いております」

　事前に池谷はフランスの代理店に問い合わせをして、大佐のスケジュールを確認していた。

「抜け目のないやつだ。そこまで調べていたか。それで、わざわざ、カサブランカまで来たんだな」

大佐は仏頂面《ぶっちょうづら》になった。

「藤堂さんが、大佐の後を追うようにアルジェリアに入られたというのは運命の悪戯かもしれません。お二人は、きっと深い縁があるのだと私は思いますよ」

ヨーロッパに仕事に来ている時に偶然浩志の情報を得た池谷は、近くで大佐が働いていることは知っていた。そこで急遽《きゅうきょ》予定を変更してカサブランカにやって来たのだ。

「さすがに体力が持たない。藤堂との仕事を最後に引退するか」

大佐は生まれ故郷のマレーシアでのんびりと過ごせるように色々と準備をしていたようだ。実際彼はこの年に引退を宣言し、クアラルンプールで観光会社を立ち上げてランカウイ島に引きこもることになる。だが、各国の軍とのしがらみから、求められれば特殊部隊の訓練や指導など若い兵士の育成をしている。悠々自適に暮らしながら、趣味で仕事をしているようなものだ。

「なるほど、趣味に生きるか。仕事と思うからいけないんだ。そういう手があったか」

物思いに耽っていた池谷はポンと膝を叩き、テーブルに置いたS＆W　M２９を専用の木箱に仕舞った。

四

丸池屋の隣にある住宅の二階には、スタッフの仮眠室が五つある。コマンドスタッフの瀬川と黒川と中條、それに友恵が使っていた。緊急事態に備えて用意されたもので、その他にも食堂やシャワールームが二階にはある。

四人とも近くのマンションに住んでいるため通勤しているが、プログラミングなどで徹夜することが多い友恵は、週の半分を仮眠室で過ごす。

「どうやら、帰ったようだな」

窓のカーテンの隙間から道路を覗いていた瀬川は、溜息をついた。

「今日も午後六時です」

傍らの椅子《いす》に座っている黒川は腕時計を見て呆《あき》れ気味に言った。

「彼らが公務員だという証拠だ。それに我々にある程度、プレッシャーをかければそれでいいと思っているんだろう。本気で見張るつもりなんかないさ」

瀬川は苦笑がてら答えた。

「そうとも言えませんよ。夕方すごい雷雨に襲われても、身じろぎもしませんでしたから。それにしても、朝の九時から夜の六時まで毎日見張って何になるんでしょうか？」

黒川は困惑した表情で言った。

三日前から丸池屋を二人の男が見張るようになった。瀬川と黒川は後を尾けて、彼らが防衛省に入るのを確認している。

「社長は知っているはずだが、聞いても答えてくれない」

瀬川はベッドに座り、天井を見上げた。部屋は黒川がいつも使う仮眠室で、六畳にベッドとパソコンデスクに椅子が置かれているだけだ。廊下を隔《へだ》てて中條、その隣が瀬川の部屋がある。彼らは私物を一切置かないようにしているため、どの部屋を使っても同じだが、便宜《べんぎ》上決めているだけだ。もっとも、瀬川の向かいの友恵の部屋は着替えを入れた衣装ケースをはじめとした私物が山のように置かれ、壁にはピンナップの写真が飾られて彼女以外使えないようになっている。

「今日も泊まりで見張ろう。ちょっと早いが、食事にするか」

瀬川は黒川を誘って部屋を出た。廊下の突き当たりは階段になっているが、その手前に彼らが食堂と呼んでいる十畳ほどのスペースがある。小さな流しの横に業務用の大きな冷蔵庫が置かれ、中には食料がぎっしりと詰め込まれている。基本的には冷蔵庫横の電子レンジで温めて食べられるものばかりで、一週間は外出しなくてもいいように備蓄されているのだ。二人は使い捨ての皿の上に冷凍のご飯を載せ、その上にレトルトのカレーをかけて電子レンジで温めた。

四人掛けのテーブルの上に温めたカレーライスを載せた二人は、ペットボトルの水を添えて対面に座った。

「情報本部の捜査員が我々を見張っていると思われるのですが、我々に何か問題でもあるのでしょうか？」

黒川は不安げな表情で尋ねた。

「去年のロシアでの攻防で、〝ヴォールク〟は壊滅し、なおかつブラックナイトのナンバー2も死んでいる。闇の組織とはいえ、ロシアにとって大打撃のはずだ。ロシアは血眼《ちまなこ》になって犯人を探し、監視カメラの映像も徹底的に調べただろう。変装はしていたが面が割れている藤堂さんやペダノワは割り出された可能性もある」

「その時護衛をしていた我々の存在も気付かれたかもしれないということですか？」

モスクワからワルシャワを経由し、ベルリンへ列車で脱出した。その際、浩志と大佐には美香と瀬川と田中と加藤が付き添い、ワットとペダノワには辰也と宮坂に京介と黒川が護衛に就いた。二つのチームは違う列車に乗り、それぞれ二つの一等のコンパートメントに分乗し、団体で行動をしているように見せないようにしていた。

瀬川らは中国人や韓国人や米国人国籍の偽造パスポートを使っていたが、監視カメラで浩志の近くにいる人間が東洋系となれば、身元は分からなくても仲間の傭兵だと疑われても仕方がないだろう。ロシア政府は非公式に日本の情報員がモスクワで破壊活動をしたと抗議をしてきたと、池谷は情報本部から報告を受けている。

「米国政府は極秘に三軍とＣＩＡを協力させていたが、日本側は池谷社長の独断で行われたから、何も知らない日本政府は言いがかりだと逆にロシア政府に抗議したらしい」

「今の政権は世間知らずだからと、社長は距離を置いています。どのみち協力を打診《だしん》したところで断られるのがオチですから、社長の行動は正しかったと思いますよ」

黒川はカレーを掬《すく》ったスプーンを口元で止めて相槌《あいづち》を打った。

「まったくだ。これまで藤堂さんに何度日本は救われたか分からないのに、命が狙われるようになった藤堂さんや怪我をした美香さんに冷たかった。ロシアで非合法な活動をするといえば、協力どころか妨害《ぼうがい》されただろう」

瀬川は腹立たしげに言った。

「とするとロシア政府に抗議された日本政府は、真偽を確かめるために情報本部を動かしている可能性がありますね」

黒川は大きく頷いた。

「と、私は睨んでいる。政府のやることはいつも姑息《こそく》だ」

スプーンをテーブルの上に置いて腕組みをした瀬川は、話しながらもカレーライスを食べ終わっていた。

「本当に変わりましたね。瀬川さんは」

まだ半分も食べ終わっていない黒川は、瀬川の紙皿を見て言った。

「私は昔から食べるのは速かったぞ。軍人は早寝早糞がモットーだからな」

「違いますよ。ここに勤務になった頃は、瀬川さんはまだばりばりの自衛官で、政府の批判をするような人じゃありませんでしたから」

黒川は苦笑いをした。

「そうだっけ？　私はそんな堅物だったかな」

瀬川は首を捻った。


「馬鹿野郎！　的《まと》になりたいのか。さっさと降下しろ！」

瀬川はロープを伝って下りて来る隊員を怒鳴りつけた。

陸上自衛隊習志野《ならしの》駐屯地で輸送ヘリ、〝ＣＨ４７〟からの〝ファストロープ降下〟訓練が行われていた。〝ファストロープ降下〟とは、一本のロープで次々と降下するため、命綱は使わない。着地後敏速に行動できるが、その分危険が伴う。

瀬川は第一空艇《くうてい》団、いわゆる空挺部隊に所属し、三等陸佐、諸外国の軍でいえば少佐だった。小隊を率いて敵陣を攻撃する訓練をしている。

「仲間を殺す気か！　遅れるな！」

瀬川の檄《げき》に応えようと、重武装の隊員は必死に走る。彼が率いる小隊は、空艇団の中でもひと際《きわ》精鋭と言われていた。二〇〇一年の米国同時多発テロ以来、局地戦や市街戦も想定され部隊の訓練は厳しくなっているが、その中でもひと際厳格だと評判が立つほどだ。

訓練を終えた瀬川は、部下を従えて演習場から兵舎がある駐屯地の中央部に向かってランニングをしていた。彼は歩いて帰ることなど決して許さなかった。

前方から〝73式小型トラック〟が走って来る。73式といってもこの頃はすでにジープからパジェロに車体は更新されており、呼称だけ七三年に採用されたという形式を引き継いでいるに過ぎない。

〝73式小型トラック〟が瀬川の目の前で停まり、運転席から体格のいい自衛官が下りて来た。瀬川をはじめ小隊はその場で立ち止まって敬礼をした。

「瀬川三等陸佐、装備を部下に持たせ、私に付いて来てくれ」

男は命令すると、すぐに運転席に戻った。

背嚢《はいのう》と89式小銃を一番若い部下に渡し、瀬川は走って兵舎に向かうように小隊に命じて助手席に乗り込んだ。

「あいかわらず厳しいなあ」

ハンドルを握る男は苦笑を漏らした。

「山中《やまなか》二等陸佐、どうされたんですか、ご自分で運転されて？」

瀬川はヘルメットを脱いで膝《ひざ》の上に置いた。

「私にも分からない。上官に命令されただけだ。質問はしないでくれ」

山中は首を振った。

彼は四歳年上の瀬川の直属の上官であり、部隊の幹部である。中佐クラスである二等陸佐の山中に命令の内容も告げずに車の運転をさせることができるのは、部隊のトップかさらにはその上ということになる。

瀬川はただ頷いて前を見た。

五

二〇〇五年型のトヨタのランドクルーザーが、湾岸の湿《しめ》った空気を黒いボディーに絡ませながら東関東自動車道を走っている。助手席には車内で私服に着替えさせられた瀬川が座り、ハンドルは山中二等陸佐が握っている。〝73式小型トラック〟は演習場の駐車場ですぐに乗り換えていた。

車を替え、私服にまでさせられるのは極秘の行動に違いない。瀬川はどうせ聞いても無駄だろうと、質問もせずに助手席に甘んじている。だが、都内に向かうなら京葉《けいよう》道路を使うはずだと訝しく思った。

東関東自動車道からそのまま首都高に入ってしばらく走り、山中は新木場《しんきば》で高速を下りた。夢《ゆめ》の島《しま》の交差点を右折して明治《めいじ》通りに入り、一つ目の信号を右折して夢の島公園の駐車場で停まった。

「〝第五福竜丸《ふくりゅうまる》展示館〟を見学して来てくれ、私はここで待っている」

「はっ！」

「基地の外で、敬礼はするな」

敬礼をしようとした瀬川の腕を摑んだ山中は、車外を窺って溜息を漏らした。

「これから先は、一般人として行動するのだ」

「はっ、はい」

瀬川は腕時計の時間を確かめ、助手席から飛び出した。午後四時を回っている。中学校の社会科見学で来たことがあるが、夕方には閉館した記憶があった。

怪しまれないように小走りに歩き、三角屋根の〝第五福竜丸展示館〟に辿り着いた。やはり閉館は午後四時だった。だが、入口のドアに鍵はかかっていない。瀬川は周囲を見渡し、中に入った。

館内は昔と変わっていなかった。全長約三十メートル、高さ十五メートル、幅六メートルの第五福竜丸が、高さが二十五メートルある鉄骨の展示館に収まっている。

一九五四年三月一日、米軍が太平洋のマーシャル諸島のビキニ環礁《かんしょう》で行った水爆実験により、マグロの遠洋漁業船である第五福竜丸は被曝した。放射能除去後に東京水産大学の実習船として使われた後、廃船になる。一旦は廃棄《はいき》されたが市民団体をはじめ多くの人々に救われ、一九七六年に原水爆の悲劇を訴える象徴として展示されるようになった。スーツ姿の中年の男が、第五福竜丸を見上げている。八百平方メートルある館内には他に人影はない。

深閑とした館内を瀬川は警戒しつつ男に近寄った。

「第五福竜丸が被曝したのは私が小学校に入学した年だった。当時日本は各地にある米軍基地で住民とのトラブルが絶えなくてね。そこに水爆実験で再び被爆国になった日本は、反米一色になった。子供だったが、私も大人の真似をしてヤンキー、ゴー、ホームと叫んだ記憶がある」

中年の男は振り返りもせずに突然話しはじめた。

瀬川は男の声になぜか聞き覚えがあるため、首を捻った。

「危機感を覚えた米国はさまざまな工作活動をCIAやその他の機関に展開させた。懐柔策としてテレビ、映画、食品などありとあらゆる米国文化を日本に持ち込み、親米化というより、日本を米国化させたのだ。同時にそれを利用する者も現れた。当時読売新聞と日本テレビの社長だった正力松太郎《しょうりきまつたろう》だ。彼は世界の最先端技術であった原子力の日本における指導者として米国に売り込み、米国の威を借ることで政界に進出し、首相になろうとした。そのために原子力はクリーンだと世論を導き、併《あわ》せて市民感情を親米に誘導した。

その背後にはもちろんＣＩＡがいた」

瀬川は男の会話の意図が見えず、首を傾げるばかりだった。

「一般市民の知らないところで、魑魅魍魎《ちみもうりょう》が跋扈《ばっこ》し、歴史は作られて行くんだよ。今の自衛隊もそうだ。かつて長官だった男が犯罪組織を作り、自衛隊を食い物にし、武器や麻薬で世の中の暗部を拡散し、国防だと大手を振っている」

男が鬼胴巌《いわお》衆議院議員を批判していることに瀬川は気が付いた。

「一肌脱いでくれないか？」

男はそう言って振り返った。

「とっ、統合幕僚長！」

瀬川は敬礼しそうになり、慌てて両手を伸ばして直立した。中年男は陸海空自衛隊の最高位者であった。普段は遠くから制服姿を見るだけだったので、気が付かなかったのだ。

「リラックスしてくれたまえ、怪しまれるじゃないか」

統合幕僚長は苦笑をみせ、また船を見上げた。

「はっ！」

瀬川は後ろ手になり、半歩足を開いた。

「これまで鬼胴にさんざん煮え湯を飲まされて来たが、我々もただ手をこまねいて見ているだけでなく、それなりに対処してきた。だが、年々敵の組織は巨大になり、犯罪の手口も巧妙になっている。そのためある特務機関を強化することになった」

統合幕僚長はようやく本題に入った。

「君に特務機関のコマンドスタッフとして働いてもらいたい」

「コマンドスタッフ……でありますか？」

特務機関とはすなわち極秘の組織になる。どんな職種かも見当がつかなかった。だが、機密の組織ということになれば、自衛官としての身分を失うことになるのは必至だった。

「君はそもそも特殊作戦群に転属が決まっていた。だが、特戦群よりも、さらに極秘の機関で、しかも実戦的な働きを要求される。君をおいて適任者はいないと、第一空挺団の団長が言っていたよ」

特殊作戦群は、陸自唯一の特殊部隊であり、世界水準の部隊と言われている。

「ありがたきお言葉です」

「引き受けてくれるか？」

「もちろんです」

瀬川は敬礼する代わりに、踵《かかと》を揃《そろ》えて再び直立の姿勢になった。

「君のような精鋭が味方に付いてくれれば、鬼に金棒だ」

統合幕僚長は低い声で笑ってみせた。

「君は軍歴が抹消《まっしょう》されることを心配しているだろう。それは心配ない。空艇団に所属したまま出向という形にする。君を皮切りにスタッフを増員するつもりなのだ。そのため敵に存在を知られてもいいように組織造りをしてきたからね」

瀬川の心配は読まれていたようだ。

早い段階で鬼胴に妨害されることを嫌い、傭兵代理店は設立してから六年もの間、池谷が一人で運営し、四年前からまだ学生の友恵が助手として加わっているに過ぎなかった。そこで海外の傭兵代理店なみに瀬川をはじめとしたコマンドスタッフを入れて、会社としての体裁を作ることにした。規模が大きくなれば、当然鬼胴にも情報が流れるが、それは承知の上でのことである。

「質問をお許しください。特務機関の名前は何でしょうか？」

不動の姿勢のまま瀬川は尋ねた。

「我々はK機関と呼んでいるが、通常は傭兵代理店という会社を隠れ蓑にしている」

統合幕僚長は咳払《せきばら》いをした後、小声で言った。

「傭兵代理店、でありますか」

瀬川も声のトーンを落とした。

一週間後、兵舎から引っ越しをした瀬川は、指定された場所に行って愕然《がくぜん》とした。目の前にあったのは古びた質屋だったからだ。K機関は傭兵代理店を、傭兵代理店は胡散臭い質屋を二重に隠れ蓑にしていたのだ。

「丸池屋……」

瀬川は絶句した。彼が三十歳を迎えた年だった。

六

「どっ、どうしたんですか。急ににやにや笑って？」

黒川が瀬川の顔を見て薄気味悪そうに言った。

「いや、なんでもない。昔を思い出したら、確かに私は堅物だったと笑えたんだ」

現役の自衛官だった頃を思い出した瀬川は自嘲《じちょう》した。

「なんせ空挺団で一番の鬼指揮官と言われていましたからね」

「馬鹿を言え、一番は一色《いっしき》だろう。あいつはいつも私にライバル心剝《む》き出しで、部下に檄を飛ばしていたぞ」

一色とは、特殊作戦群に所属していた一色徹《とおる》で、瀬川とは空挺団の同期である。優秀な男で昨年米国の駐在武官だったが、浩志と〝ヴォールク〟の戦闘に参加して重傷を負った。今はリハビリで元の体に戻り、特殊作戦群の指揮官に復帰している。

「確かにそうですけど、一、二で甲乙つけがたいですね。まあ裏を返せば、一番優秀だったということですから、いいじゃないですか」

瀬川がむきになったため、黒川は慌てて補足してきた。

「取って付けたように言うなよ。うん？」

携帯が鳴ったので、瀬川は電話に出た。

――瀬川君、宮坂さんからこちらに向かっていると連絡がありました。対応してくれませんか。

池谷から連絡が入った。外部から丸池屋や傭兵代理店への電話は、池谷の携帯に転送されるようになっていた。

「了解しました」

瀬川は携帯電話を仕舞うと、黒川と急いで一階のセキュリティールームに駆け込んだ。一階には応接室と資料室、それに監視カメラの映像を映し出す十台のモニターが並べられたセキュリティールームがあった。

「中條、宮坂さんが駅の方角からこっちに向かっているそうだ」

瀬川がセキュリティールームで監視活動をしていた中條に指示した。監視カメラは丸池屋を中心に半径五百メートルにわたって、さまざまな場所に設置されている。

「発見しました。代田五丁目の裏通りを歩いています」

「周辺の監視カメラの映像に替えてくれ」

中條は機敏にスイッチを操作し、上段にある五台のモニターの映像を切り替えた。

「尾行はないな。宮坂さんは第二応接室に入ったことがないはずだ。悪いが黒川、迎えに行ってくれ」

すばやくモニターを確認した瀬川は黒川に命じた。

第二応接室とは、瀬川らがいる住宅の一階にあり、第一は丸池屋の奥にある作戦室のことだ。もとが応接室だったので、未だに呼称は変わっていない。

「中條、念のため監視カメラの映像をすべて出してくれ」

黒川が部屋から出て行った後も、瀬川は警戒を怠らなかった。監視カメラは全部で四十台近くあるため、すべての画面を四分割で表示させた。

「うん？」

瀬川は首を捻ると、自分でスイッチを操作し、モニターの映像を拡大させた。

「やっぱりそうか」

独り言を呟くと、瀬川は部屋の中央の床板を持ち上げ、地下道に入った。地下道は丸池屋からスタッフの宿舎にもなっている住宅の下を通り、隣の〝有限会社世田谷電工〟という看板が掲げられた倉庫まで繋がっている。

倉庫の一階に出た瀬川は、表のシャッターを上げて外に出た。ほどなくして現れたバイクが瀬川の前で停まった。

「瀬川さん、どなたか来られるんですか？」

バイクに乗っていたのは加藤だった。

「加藤さんを待っていたんですよ。宮坂さんもつい今しがたお見えになりました。とりあえずバイクを倉庫に入れてください」

「えっ、本当ですか」

加藤は目を見開いて聞き返してきた。まさか監視カメラの映像で認識されていたとは思ってもいないだろう。

瀬川は加藤を連れて地下道から住宅に戻り、応接室に入った。

「あれっ、加藤も来たのか？」

赤い革張りのソファーに座っていた宮坂が、加藤を見て首を傾げた。

「宮坂さんこそ、家に帰ると言っていましたよ。そう言えば、納品先は近かったですね。寄り道したんですか？」

加藤が宮坂の隣に座ったところで、応接室の床板が持ち上がり、地下道から池谷が顔を覗かせた。

「宮坂さんに加藤さんまで、お二人揃ってよくいらっしゃいました。何かご用件でもありましたか？」

ビジネススマイルを浮かべた池谷は階段を上がり、二人の前のソファーに座った。

尋ねられて二人は顔を見合わせた。

「宮坂さんからどうぞ」

「俺は後でいいよ。加藤こそ、何か用があったんだろう?」

「そんな、先輩を差し置いて」

「すみません。それでは、宮坂さんからお願いできますか?」

池谷が身を乗り出し、譲《ゆず》り合う二人に割り込んできた。

「それじゃ……」

宮坂が話そうとすると、天井の照明が赤く点滅しはじめた。

瀬川が近くにあった内線電話の受話器を取り上げた。

――丸池屋の店先にバイクに乗った不審者が二人います。

中條からの連絡だ。セキュリティールームのモニターで確認したのだろう。

「分かった。私と黒川で調べてみる」

瀬川は受話器を置くと、黒川に目配せをした。

「どうしました?」

池谷が厳しい表情で瀬川に尋ねた。

「店の前にバイクに乗った不審者が二名います。黒川と調べてきます」

「頼みましたよ」

池谷は瀬川と黒川を送り出した。

「念のために、いつでも出動できるように準備しておきます」

「加藤さん、そこまで……」

池谷が呼び止める間もなく、加藤は床板を持ち上げ、地下道に消えた。

「お話は、皆さんが戻ってからにしましょうか？　中條は不審者と報告してきましたが、下北沢は若者が集まる街なので、よくあることなんですよ。心配なのは店の壁にスプレーで落書きされることですね」

池谷はソファーに座り直し、元のにこやかな顔になった。

ドーン！

轟音とともに部屋が揺れた。

「なっ、何ですか！」

池谷が首を竦めて声を上げた。

「見てきます」

宮坂は部屋を飛び出し、住宅の外に出た。

丸池屋周辺が煙に包まれ、路上に瀬川と黒川が倒れている。何かが店先で爆発したに違いない。宮坂は慌てて二人に駆け寄った。

「大丈夫か！」

「大丈夫……です」

瀬川が咳き込みながらも答えた。

「黒川、しっかりしろ！」

宮坂は気を失っている黒川を揺すった。彼の方が店に近い場所に倒れている。

「だっ、大丈夫です。……いえ、腕をやられたようです」

意識を取り戻した黒川は起き上がろうとして顔を歪《ゆが》めた。爆発物の破片でも当たったらしく、左腕から血が流れている。

「瀬川、消防車の手配をしてくれ」

宮坂はそう言うと、加藤に連絡をするべく携帯電話を取った。

「任せてください！」

バイクが宮坂の横を走り抜けて行った。連絡するまでもなく、加藤が行動を起こしていたのだ。

「なっ、なんてことだ！」

振り返ると、池谷が呆然と立ち尽くしていた。

「外に出るとバイクの男たちの姿はなく、店先に不審物が置いてありました。黒川が確かめようと近付いたところで爆発したんです」

瀬川は簡単に報告すると、黒川に肩を貸して立たせた。

「状況が摑めるまで、ここに居候《いそうろう》した方がよさそうだな」

宮坂が腕組みをして言った。

「手伝ってください！」

両手に消火器を抱えた中條が住宅から飛び出して来た。丸池屋の店先から炎が上がりはじめたのだ。

「おう！」

宮坂と瀬川が消火器を受け取り走り出した。

崩落

一

四十年前に池谷悟郎の亡き父藤次郎が建てた丸池屋は、店先に置かれた発火製の時限爆弾で延焼し、屋根の一部は崩れ、壁のコンクリートも剝げ落ちた。全焼は免《まぬが》れたものの、もはや建て直すしかない。

池谷の財力をもってすれば新たにビルを建てることなど容易《たやす》いことだが、頭が痛いのは質屋になぜ爆弾が仕掛けられたのかと、連日マスコミが騒ぎ立てることである。池谷をまるで犯人のように追いかけ回し、世田谷はおろか都内でも有数の資産家であることが暴露されるのに時間はかからなかった。

芝浦ふ頭にある大手運送会社の巨大な倉庫の隣に、寄り添うように八十坪ほどの倉庫が建っている。池谷が傭兵代理店を設立した時に購入した物件である。下北沢の実家がある質屋に秘密工事をする必要から、傭兵代理店として三年ほど使用したが、その後は長らく放置されていた。その後、地下の一部を射撃訓練場に改造し、隠れ家として使えるようにバストイレまで設置した。

池谷は以前浩志が逃亡生活を送っていた頃使用していたパイプベッドに座り、テレビのニュース番組を見ていた。マスコミの取材攻勢に驚いた池谷は、爆破事件の二日後の未明に芝浦の倉庫に逃げ込み、それから、四日が経つ。店の二階は自宅を兼用していたために、どのみちホテル暮らしをするつもりだったが、マスコミの目を恐れたのだ。

天井の赤い警告灯が点滅した。池谷は腕時計で時間を確認し、ベッドから降りた。時刻は午前零《れい》時五分前。疲れた足取りで出口の近くにあるモニターを見た。地上部の倉庫のシャッターが上がり、二台のバンが入って来る様子が映っている。

バンが倉庫の中央部に停められ、シャッターが閉じると、宮坂と加藤と田中俊信、それに瀬川と黒川の五人が車から下りてきた。

池谷はモニターの画面を切り替え、倉庫周辺に異常がないか調べた。

「尾行の心配はなさそうですね」

独り言を呟き、池谷は地下に通じる二重のロックを解除した。

「夜中に、ご苦労様です」

地下室に入って来た宮坂らを池谷は慇懃《いんぎん》に迎えた。

男たちは地下倉庫の住居スペースになっている左奥に椅子を並べて座った。事件後、丸池屋はマスコミの目が光っていたため、一堂に会することができなかった。さすがに一週間近く経ち、周囲の目は気にならなくなってきたが、念を入れて池谷が隠れている倉庫に集合をかけたのだ。ちなみに中條は事件の捜査を続ける警察への対応と、焼け跡に不審者が入らないように下北沢で一人で監視活動をしている。

「現段階で、藤堂さんとは連絡は取れていません。ワットさんはペダノワさんと、ヨーロッパをご旅行中です。今頃パリにいらっしゃるでしょう。浅岡さんは昼過ぎに連絡が取れましたが、サウジアラビアからヨルダンに向かわれているそうです。京介さんは、またフィリピンの傭兵部隊で働いています」

出欠を取る要領で、池谷は不在者の近況を説明した。

「京介は、またろくでもない部隊に入ったのか。好きだなあ」

宮坂が首を振りながら言うと、仲間から苦笑が漏れた。

フィリピンのジャングルで反政府ゲリラと対峙する傭兵部隊に京介は志願している。給料の安さももちろんあるが、好戦的なゲリラだけでなくマラリアなど衛生面でも問題が多い。報酬《ほうしゅう》に見合った仕事ではなかった。だが生死の保証もないだけに京介にとっては、生きている実感があるのだという。

「まず、これまでみなさんが経験された事実だけ、列挙してみましょうか。瀬川君、まとめてくれないか」

池谷は瀬川に音頭《おんど》をとるように振った。以前なら浩志か、サブリーダーの辰也が前に立つのだが、二人ともここにはいない。チームの三番手は宮坂だが、人前に出るのはどちらかといえば苦手としている。そのため、自衛隊で指揮官としての経験がある瀬川に番が回って来るのだ。

軽く頭を下げた瀬川は椅子から立ち上がった。

「私がこれまでみなさんからご報告を受けた情報を順に追ってお話しします。六日前、加藤さんと宮坂さんは、お二人とも何者かに監視され、加藤さんは逆に彼らを尾行した結果、防衛省に彼らが入って行くのを確認されています。実は爆破事件が起きる三日前から丸池屋にも監視の目があり、私と黒川で尾行したところ、同じく防衛省に辿り着きました」

「本当かよ」

瀬川が一区切りつけたところで、仲間から驚きの声が上がった。

「それから、偶然かどうか分かりませんが、不審者に気が付いた加藤さんと宮坂さんが丸池屋に来られたタイミングで、爆発物が店先に仕掛けられました。爆弾は時限製で、殺傷力こそ低いものでしたが、発火製の薬品が入っていたために火事になりました。事件までの推移は以上です」

簡単に説明を終えると、瀬川は座った。

「現段階で監視活動をしていたのが、防衛省のどの部門かまでは分かっていません。瀬川たちも、現在は自衛隊とは縁が切れていますので、防衛省の中まで潜入することができませんでした」

瀬川の後を継いで、池谷が席を立った。

「しかし、自衛隊の中でスパイのような活動をしているのは、情報本部だけじゃないですか。それとも他にも部署はあるのですか？」

宮坂が珍しく積極的に発言した。

「確かにそうですが……」

池谷は苦りきった表情になった。彼は情報本部の前身である情報局出身のため、態度がはっきりしないのも無理はない。

「それじゃ、仮に情報本部の情報員だとしたら、どういうことが考えられますか？」

瀬川が突っ込んだ質問をした。

「正直言ってよく分かりません。ただ、昨年のモスクワでの一件は、私は上部組織に内緒でことを進めました。藤堂さんと敵の戦闘をロシア政府は調査し、非公式に日本政府に抗議してきたのはおよそ十日前です。それを受けて我々の存在を知っている情報本部が監視活動をすることにより、警告している可能性は充分考えられます。ただ、爆破事件と情報本部は無関係だと思います」

池谷は長い顔を横に振ってみせた。

「古巣を庇う気持ちは分かりますが、傭兵代理店を潰すために実力行使をしたとは考えられないのですか？」

瀬川は容赦《ようしや》のない質問を浴びせた。

「馬鹿な。そこまでして何のメリットがあるというんだね」

池谷は眉間《みけん》に皺《しわ》を寄せて瀬川を睨みつけた。

「それではお聞きしますが、あんな事件があった以上、下北沢で仕事を続けて行くのは困難だと思います。それでなくとも池谷さんは、ワイドショーで、暴力団や犯罪集団と関係しているのではと疑われているんですよ。正直言って、質屋でさえ、あの場所で再び開業するのは難しいんじゃないですか？」

今度は黒川が発言した。爆発で左腕を五針縫う怪我《けが》をしている。直接被害を受けただけに遠慮がないのだろう。

「嘆《なげ》かわしい話です。これまで日本のために一生懸命、陰で働いてきたのに……。私はある意味、抹殺《まつさつ》されました」

池谷はがっくりと肩を落とした。マスコミに名前が出てしまった以上、特務機関の長を続けることは不可能であり、社会的にも存在を否定されたのと同じである。

「瀬川、悪いけど、今後の対策を指揮してくれないか」

宮坂は池谷を気の毒そうに見ながら、言った。

「異議無し」

加藤が一番に手を上げ、

「賛成！」

「お願いします」

田中と黒川も賛同した。

「私からもお願いします」

池谷が力なく頭を下げた。

二

深夜の芝浦の倉庫で池谷らが打ち合わせをしている頃、辰也はヨルダンの首都アンマンを目指していた。三日前エチオピアからサウジアラビアの首都リヤドに入っていた辰也は、地元の傭兵代理店でちょっとした仕事を見つけていた。

サウジアラビアから密かにシリアの反政府軍に武器を運び込むトラックの護衛をするという仕事である。別に金に困っているわけではない。市民を圧政で苦しめるシリアの現状をこの目で見たかったのと、反政府軍に肩入れしてみたかったからである。

　午後五時五十八分、リヤドから十八時間かけ、ヨルダンとの国境へはあと二十キロほどになった。砂漠を突き抜ける道の風景に変わりなく、三度目の給油のためガソリンスタンドに立ち寄った。ガソリンは不足していないが、灼熱《しゃくねつ》の砂漠地帯の横断は車を下りて休《きゅう》憩《けい》しなければ体がまいってしまうからである。高級車ならともかくエアコンもろくに効かないトラックでは熱中症になりかねない。だが、普通の乗用車でも、真夏に車内をエアコンで冷やすあまり、車体の温度差でウインドウが割れてしまうことがあるため、砂漠を長時間走る場合は設定温度に注意を払わなければならない。

　お国柄どこのガソリンスタンドもほぼ例外なくモスクが併設されており、聖なる場所でしばし休憩をとる。中にはエアコンも効いているモスクもあるので、しばしのオアシスに無神論者である辰也も思わず跪きたくなるというものだ。

　武器を積んだトラックは二台、前後に護衛の四駆が一台ずつ付いている。トラックは中国製、四駆も年式の古いトヨタのランドクルーザーと三菱のパジェロで、エアコンガスが抜けているのか、ガスの流路が詰まっているらしく吹き出し口から冷風が出てくる車は一台もない。

　トラックの荷は、木箱に入れた食料品や小麦粉を入れた袋を満載していた。どれもシリアの首都ダマスカスの食品会社宛の荷物ということになっている。むろん一番上に置かれた木箱や袋だけが本物で、後は武器が詰められていた。ちなみに食品会社はサウジアラビア人が経営しており、おそらく背後にはサウジアラビアのＣＩＡと言われる〝サウジアラビア総合情報庁〞が関係しているに違いない。

四台とも二人の軍人が交代で運転をしているが、彼らは臨時ボーナスを支払われた下級兵のようだ。なぜなら反体制派に武器を供与するとなれば、政府軍や警察に見つかれば銃殺は間違いない。八人とも五十代後半らしく、食い詰めた退役軍人なのかもしれない。サウジアラビアも裏で応援はしているものの、現段階では小規模の援助を小出しにしているのだろう。武器の輸送にはさまざまな団体や組織が関与しており、シリアの〝ムスリム同胞団〞や米国のＣＩＡ、それにイスラエルの影も見え隠れする。

それぞれの車にはＭ１６Ａ２を支給された二人の傭兵が乗っているのだが、顔ぶれは四人がロシア系で、残りの四人はアジア系である。というのも容赦のない弾圧で世界中を敵に回しているシリアを応援している国は、今やロシアと中国だけで、政府軍に取り調べを受けて武器が見つかっても、ロシアか中国からの政権側への援助だと誤魔化《ごまか》そうというせこい作戦だ。ロシアも中国も西側諸国に敵対する国を援助し、その見返りとして武器を売りさばく死の商人として暗躍《あんやく》しているため、怪しまれないというわけだ。

「タツヤ、あいつら信頼できると思うか？」

モスクの陰で生温いペットボトルの水を飲んでいると、一緒にトラックに乗り込んでいる台湾人のワン・ジャンホが話しかけてきた。彼は台湾の陸軍に六年在籍していた職業軍人で、退役後傭兵として主に中東で働いているようだ。身長は一八〇センチあり、首回りや腕も太く逞《たくま》しい。

「あいつらって、中国人の二人か？」

辰也はモスクの反対側で休んでいる中国人の二人を顎で示した。

「同じチームにいるのなら、共通語である英語を使うべきだろう。にも拘《かかわ》らず、やつらは仲間がいても平気で中国語で話をする。何か企《たくら》んでいるような気がしてならない」

台湾と中国の二国間問題もあるが、ワンの言うことはもっともである。チームの指揮官が決まっていないため、注意する者がいないのだ。もっともフリーの傭兵は胡散臭い人間が多い。紛争地を流浪《るろう》しているのだから、ある意味まともな方がおかしいのかもしれない。

辰也らは地元の傭兵代理店を通して、軍に雇われた。リヤド郊外の陸軍基地に行ってみると、作戦担当指揮官であるサウジアラビア人の少佐が用意された車に傭兵を適当に二人ずつ分け、車に乗って護衛せよという、実に単純な命令が与えられた。肝心の指揮官は同行していない。現場の指揮官がいないということは、辰也らは傭兵というより、車に付けられたただの警備員というわけだ。

「疑われても仕方がないよな」

辰也は苦笑を浮かべた。もし、浩志がこの場にいたのなら、出発する前に担当指揮官に文句を言っていたことだろう。あるいは仕事すら受けなかったかもしれない。

辰也が浩志とはじめて会ったのは、二〇〇二年のコロンビアの首都ボゴタであった。十九世紀にスペインからの独立戦争を起こしたコロンビアは幾度《いくど》も政変が起こり、左翼《さよく》ゲリラであるコロンビア革命軍をはじめとした反政府武装集団との内戦状態に陥っていた。

ゲリラは麻薬の密売や誘拐《ゆうかい》の身代金で資金は潤沢《じゆんたく》にあり、最新鋭の武器を保持して政府軍を圧倒していた。近年になって内戦状態は脱したものの政情が不安定なのは変わらない。

辰也は日本の傭兵代理店からの依頼を受けて、左翼ゲリラに誘拐された日本人を救出する傭兵部隊に参加するために真夏のボゴタに入っていた。拉致《らち》されたのは東和《とうわ》物産という商社の社員だが、父親は長谷川利雄《はせがわとしお》という防衛省の幹部らしく、傭兵代理店の存在を知っていたようだ。

山に囲まれ南北に長いボゴタの中西部に位置するエルドラド国際空港でタクシーに乗り、街の反対側にある〝ダンヌ・ノルテ・ホテル〟の前で辰也は下りた。広い通りに面した八階建てのこぢんまりとしたホテルだ。

「おお」

空港から世界屈指の危険な街と言われる風景を見てきただけに、フロントの美人スタッフが辰也に気付きにこりとしたのを見て、ほっと溜息を漏らした。無精髭を生やしているものの、この頃はまだ左頬にある傷痕はなかった。

辰也は高校を出てすぐに陸上自衛隊に入隊したが、上官とけんかして三年で退役し、フランスの外人部隊に入隊している。五年の任期を終えた後、フリーの傭兵になって六年経っていた。アフリカ、中近東の紛争地を主に渡り歩いていたが、南米に来るのははじめてである。

紛争地の荒廃《こうはい》した市街地は何度も経験している。戦争が市民の心を蝕《むしば》み、生きる力すら奪ってしまった悲惨な光景はある意味見慣れていた。コロンビアは歴史的な建造物も多く、美しい街並をしているのだが、裏通りはどこも汚く、危険な香りがする。それだけに美人の笑顔は千金に値《あたい》した。ちなみにコロンビアはミスユニバースで常に上位に入賞するほど美人の産地としても有名である。

チェックインをすませた辰也は、同じホテルに泊まっている浩志に連絡を取った。日本の傭兵代理店の池谷から、ホテルを指定され、傭兵部隊の指揮官である浩志を訪ねるように言われてきたのだ。

部隊はボゴタで編成されて、山岳地帯に潜む反政府ゲリラから人質を救出するというのが今回の作戦である。これまでもゲリラと闘ったことはあるが、敵陣の攻撃とか、物資の輸送の護衛などで、人質奪回という特殊部隊のような作戦ははじめてであった。

指揮官もホテルに泊まっているはずだが、フロントを通さず教えられた携帯電話の番号に携帯電話をかけた。

「藤堂さんですか。私は傭兵代理店から紹介を受けた浅岡辰也と申します」

日本人の傭兵と聞いてきたが、念のために英語で話した。

国籍は日本というだけで詳しい話は聞いてないからだ。ただ、辰也と同じフランスの外人部隊出身ということだけ池谷からは聞かされていた。もっとも外人部隊では強制的にレジオネール名という偽名を使い、本名を名乗ってはいけない規則がある。そのため本名を聞かされても、誰だか分からない。

——十分後にロビーで集合だ。銃はホテルの外で渡す。

ドスの利いた男の声がすぐに返ってきた。

「えっ、これから作戦行動に出るんですか？　荷物は……」

午後六時四十分、これから行動するということはどうやら夕食は抜きになりそうだ。

——身一つで来い。詳しくはサブリーダーのチャンピに聞け。

「なっ！」

質問しようとしたら、電話を切られてしまった。

辰也は舌打ちをして携帯電話を仕舞った。契約期間は二週間、延長はない。というのはゲリラが二週間後に人質を殺害すると最後通告を出してきたからだ。これまでさまざまな傭兵部隊で働いてきたことはあるが、日本人が指揮官というのははじめてであった。もともと海外で活躍する日本人の傭兵は欧米人に比べ圧倒的に少ないだけに珍しい。それゆえ、指揮官として経験不足ではないかという一抹の不安があった。

「どうなることやら」

溜息を漏らした辰也は、スーツケースに隠していたコンバットナイフを入れたホルダーを足首に巻き付けて部屋を出た。

三

二〇〇一年二月にボゴタの北部の街で、帰宅途中の矢崎《やざき》総業の現地法人副社長が誘拐された。コロンビアの治安局の捜査は進展せず、二年九ヶ月後の二〇〇三年十一月に左翼ゲリラであるコロンビア革命軍に副社長は殺害され、死体で発見された。

辰也が人質救出を目的とした浩志が率いる傭兵部隊に参加したのは、二〇〇二年八月で、矢崎総業の拉致事件もまだ解決されていなかった。誘拐されたのは、長谷川直也《なおや》、三十四歳、商社マン。チアの自宅に戻る途中で何者かに誘拐され、消息を絶った。

乗っていた車の運転手が殺害されたために安否が心配されたが、三日後に左翼ゲリラから身代金を要求された。以来直也の父親は地元の警察を通じて三度も交渉《こうしょう》を進めたが、失敗に終わっている。父親の財力があると判断した犯人が、交渉の度に身代金の額を上げたからだ。おそらく警察に犯人側との内通者がいるのだろう。

拉致されてから、四ヶ月経ったが、犯人側との交渉もうまく行かず、現地の警察の捜査も遅々《ちち》として進まなかった。そのため、長谷川は治安局を見限り、傭兵代理店に依頼したのだ。

辰也はロビーに降りて仲間を探した。

「あれか？」

フロントの前のラウンジで三人の外国人がたむろしている。観光客のような格好をしているが、体格がよく、隙がない。長年、傭兵稼業をしていれば、同じ臭いを持つ人間はすぐ分かる。そのうちの一人が辰也に気付き、右手を上げた。

「浅岡か？　俺はサブリーダーのアンドレア・チャンピ、スナイパーだ。外人部隊にいたんだって？」

黙って頷くと、チャンピは気さくに話しかけてきた。身長は一七三センチほど、イタリア人でリーダーの藤堂浩志とは付き合いが長いらしい。

「辰也・浅岡だ。外人部隊は六年前に退役した。爆弾が得意だ」

辰也はフランスの外人部隊で爆弾処理と爆弾作製をしっかり叩き込まれた。

「私はジャン・パタリーノ、仲間から〝ドクターJ〟と呼ばれている。どこでも手術ができるから、安心して怪我をしてくれ」

隣に立っていた大男が握手を求めてきた。冗談《じょうだん》かと思ったが、元外科医らしく、サバイバルのプロで、従軍医のようなことまでしているようだ。辰也は一八〇センチあるが、八センチほどパタリーノの方が高い。その上、髪が長くモデルのようないい男だ。フランス人らしいが、もの静かでラテン系には見えない。

「俺は、カルロス・セルバンテス、カルロスでいいぜ」

パタリーノの隣に立っていた男は、身長一七八センチほどのずんぐりとした体型をしており、色が黒く口ひげを生やしている。コロンビア人らしいが、黒人の血が混じっているのだろう。カルロスは、現地の傭兵代理店で雇われたようだ。スペイン語が話せるというだけでも、使えそうだ。辰也は簡単な挨拶程度ならできるが、会話まではできない。

「ボスは?」

肝心の日本人の指揮官が見当たらない。

「俺たちは今、ボスとは他人の振りをしている。すぐに分かるさ。出発するぞ」

チャンピがそれとなく辰也にラウンジを見るように目配せをしてきた。

「なっ!」

危うく声を上げるところだった。

ラウンジにはスーツ姿の髪を短く切りそろえた日本人らしき男が、コーヒーを飲みながら新聞を読んでいる。傭兵どころかビジネスマンにしか見えない。

「彼が……藤堂か？」

辰也は我が目を疑い、チャンピの耳元で尋ねた。

「そうだ。すでに作戦ははじまっている。打ち合わせをしている暇がない。行くぞ」

チャンピは顎を引いて付いて来るように指示してきた。彼の後に従うと、他の二人も付いて来た。

ホテルのエントランスを出て駐車場に置いてあった一九九四年型ＳＵＶのフォードのエクスプローラーに四人は乗り込んだ。運転席にはカルロス、助手席にはチャンピ、そのすぐ後ろにパタリーノ、その隣に辰也が収まった。

「とりあえず、ハンドガンだけ渡しておく。作戦の指令は直接指揮官である浩志から聞いてくれ」

チャンピからグロック１７と予備のマガジンを一つ手渡された。

「分かった」

辰也はグロック１７からマガジンを抜いて状態を調べてからジーパンにねじ込み、予備マガジンを足首に巻き付けてあるコンバットナイフのホルダーに差し込んだ。見た目は手ぶらだが、これで充分武装したことになる。治安が悪い国では手ぶらに限る。バッグなど持てば、襲ってくださいというのと同じだからだ。

待つこともなくアタッシュケースを持った浩志が、玄関口まで出てきた。黒縁《くろぶち》のメガネをかけており、腕時計で時間を見ている。すると、彼の前にシボレーの黒いインパラが停まった。一九九六年型である。５７００ccの大排気量を持ち、ゆとりのあるボディーはいかにもアメ車といった風格がある。

運転しているのは、ラテン系の痩《や》せた男だ。

「あいつはジミー・サンダース、おまえと同じフランスの外人部隊出身の爆弾のプロだ。痩せているために竹と爆弾を合わせて、〝ボンブー〟というあだ名で通っている。俺たちじゃ、どう見てもボディーガードだから、〝ボンブー〟があの役にぴったりなんだ」

助手席に座っているチャンピが教えてくれた。

サンダースの顔に見覚えがないため、辰也とは外人部隊の所属か任期が違っていたのだろう。フランス国籍を持つが、亡命キューバ人でスペイン語も話せるためにコロンビア人に扮《ふん》するには都合がいいようだ。

浩志はインパラに乗り込んだ。どこから見てもおかかえの運転手を雇っている金持ちのビジネスマンだ。

インパラは、市内を南北に走るアウトビスタ通りを北に向かう。田園地帯を三十分ほど走り、シックなレンガ色のマンションが建ち並ぶ北部のチアという街に入った。誘拐された長谷川直也が住んでいた高級住宅街である。辰也らのエクスプローラーは百メートルほど離れて尾行している。コロンビアは地震がないため、耐震構造にする必要性もなくレンガ造りの建物が多い。

　コロンビアは金持ちでも安全上一戸建ての住宅に住むことはまれである。もし、塀に囲まれた個人住宅に住みたいのなら、一個小隊の特殊部隊を警備員として雇わなければならなくなるからだ。その点、マンションなら出入口は一つで、銃を持った警備員もシェアできるというメリットがある。もっとも警備員も泥棒《どろぼう》から賄賂《わいろ》をもらって、窃盗《せっとう》を見過ごすこともあるというから油断はできない。

　辰也は首を捻った。浩志がビジネスマンに扮しているのは、てっきり囮《おとり》になっているのかと思っていたからだ。チアのような高級住宅街で犯罪が行われるとは思えない。それに日は暮れかかってはいるが、まだ明るい。長谷川直也が誘拐されたのは帰宅途中の街はずれではないかと、辰也は考えている。なぜなら、運転手は殺されて郊外で死体が発見されており、車ごと行方不明だからだ。

　インパラが六階建てのマンションの前で停まった。車から下りた浩志はアタッシュケースを持って玄関の前に立った。マンションから二人の警備員が現れた。住人を常に一人にしないように配慮されているのだろう。それを確認したのか、インパラはマンションを離れた。辰也らはワンブロック離れた街角で待機している。

インパラとすれ違う形で、型の古いフォードのバンが通りに入って来た。

「何！」

辰也は思わず声を上げた。

バンが浩志の背後に急停車し、中から目出し帽を被った二人の男がＡＫ４７を構えて下りて来たのだ。浩志は男に背中から銃を突きつけられ、バンに乗せられた。驚いたことにその間、警備員は背中を見せて見ない振りをしているのだ。

「ビンゴ！」

チャンピが嬉しそうに叫んだ。隣を見ると、やはりパタリーノもにやにやしている。一方カルロスは硬い表情で、車をＵターンさせた。彼の様子が普通であり、浩志を信頼しているのかもしれないが、チャンピとパタリーノの態度はどうみても異常としか思えない。

「…………」

辰也は口をあんぐりと開け、遥《はる》か前方を走るバンを見つめた。

四

十九世紀初頭にスペインから独立したコロンビアは、現在のベネズエラ、コロンビア、エクアドル、パナマの全域と、ガイアナ、ブラジル、ペルーの一部を含むグラン・コロンビアとも呼ばれる大国家として独立した。だが一八三一年に内紛により崩壊し、現在に近い規模まで縮小された。

一八八六年にコロンビア共和国として独立するも、一九四六年からはじまる政権争いは内戦にまで発展した。その後キューバ革命の影響からコロンビア革命軍をはじめとしたゲリラ組織が生まれ、現代にいたるまで政情不安は続いている。かつて南米のアテネと呼ばれるほど発展した首都ボゴタは、世界屈指の治安が悪い都市になったのである。

辰也らを乗せたエクスプローラーは、ビジネスマンに扮した浩志を誘拐したフォードのバンを追っていた。途中で急停車する不審な行動を見せたが、バンはチアの西の外れにある南北に通るカレーラ十番通りを南に向かって、ゆっくりと走っている。

「これって、予定通りの行動なの？」

浩志が拉致されてから十分ほど経っている。辰也は堪り兼ねてサブリーダーであるチャンピに尋ねた。

「もうすぐ分かる。俺たちはこの一週間、まったく同じ行動をしてきた。浩志はビジネスマンに扮し、チアの高級住宅から俺たちの泊まっているホテルの近くにある東和物産のオフィスに出勤する。そして、仕事帰りにホテルのレストランで夕食を食べた後、ラウンジでコーヒーを飲んで帰るという退屈な作業を繰り返してきた。俺たちと合流して、すぐに浩志が誘拐されたんだ、おまえは運がいいぞ」

「とすると、チアの住宅街で誘拐されることは分かっていたのか?」

「作戦を開始するまえに、浩志と俺と〝ドクターJ〟の三人で色々調べた。俺たちは根っからの軍人だが、浩志は違う。彼は元刑事で優秀なんだ。彼のアイデアで毎日同じパターンで行動していた。拉致されるにはパターンを変えてはいけないらしい」

チャンピは車の前方を見たまま答えた。

浩志は警視庁の元刑事で自分を罠に陥れた殺人犯を追ってフランスの外人部隊に入隊し、その後備兵となって紛争地を渡り歩いている。彼の執念を称《たた》え、いつの間にかリベンジャーと呼ばれるようになったとチャンピは誇らしげに説明を加えた。

「それにしても誘拐された場所は特定されていないのに、大胆な作戦だな」

辰也は首を捻った。いわゆる刑事の第六感というものなど信じていなかった。

「浩志は誘拐されたクライアントの息子と同じ行動をしていた。帰宅ルートを調べ上げ、マンションの警備員の身辺調査もした。するとやつらの銀行口座に長谷川が誘拐された直後に金が振り込まれていたことが分かった。浩志は誘拐されたのは、マンションに違いないと推測したんだ」

「それで長谷川の後釜《あとがま》として赴任《ふにん》して来たビジネスマンということで囮になったのか。なるほど、人質の交渉が終わっていないのにビジネスマンを送り込んだことにして、犯人側を刺激したんだな」

「そういうことだ。誘拐されるタイミングは色々考えられたが、長谷川が乗っていた車の運転手は元職業軍人でガードマンの役目も果たしていたらしい。むろん銃も持っていた。そんな奴を襲うのは簡単じゃない」

「とすれば、マンションに送り届けてほっとした瞬間が危ないな。しかし、警備員がグルだったとはな」

辰也は感心しながらも半ば呆れてしまった。

「それが、コロンビアという国なのさ」

チャンピは肩を竦《すく》めてみせた。

コロンビアでは徴兵制が敷かれているが、金持ちは賄賂やコネで免れるために職業軍人以外は地方の農家の出身者が多い。彼らは任期が終わっても、田舎には帰りたがらず都市にたむろした。そのため、政府は雇用対策として警官に採用するのだが、安月給で生活ができず、犯罪に手を染めることになる。

銃を持つ警官が犯罪に走るのだから、治安が悪くなるのは当然だ。もちろん治安を悪化させているのは警官だけでない。ゲリラや麻薬組織もテロや誘拐を繰り返し、首都ボゴタでは事件多発地域に住む住民は、子供から年寄りまで犯罪に加担するという物騒な街なのだ。

「コロンビアでは誘拐はビジネスになっている。ゲリラから専門の組織まで、身代金を資金源にしている犯罪組織は沢山あるんだ」

「つまり、ただ囮になって誘拐されるだけじゃなく、同じ組織に犯行を繰り返すように仕向けないとだめということか」

コロンビアの情勢を聞かされ、辰也は唸った。

「合図だ」

前方を見ていたチャンピがほっと溜息を漏らした。

浩志を誘拐してから十分ほど走った犯人のフォードのバンが、コタという街の手前で停車してハザードランプを点灯させたのだ。

「行くぞ！」

エクスプローラーをバンのすぐ後ろに停めさせたチャンピが助手席を飛び出した。後部座席の辰也とパタリーノも車を下りてバンに迫った。

「車から下りろ！」

バンの運転席まで走り込んだチャンピがグロックを手にスペイン語で怒鳴った。

「おっ」

サポートをしようと、グロックを構えてチャンピの背後に立った辰也は目を丸くした。

浩志が後部座席から運転手に銃を突きつけていたのだ。

バンから下りて来た男にチャンピは膝蹴りを喰らわせて跪かせ、後ろ手にさせると手《て》錠《じょう》をかけた。

「辰也、バンの運転をしてくれ」

チャンピは男をパタリーノに引き渡し、エクスプローラーに戻って行った。

「了解！」

辰也はすばやく運転席に座った。

「うん？」

席がじっとりと濡れている。運転していた男が銃を突き付けられて大汗をかいたのだろう。

辰也はバンの後部を見た。席は折り畳まれており、浩志を銃で脅した二人の男は目出し帽を剝ぎ取られて床で気絶している。後部のドアを開けて、パタリーノが運転手を放り込んで乗って来た。仲間の動きに無駄がないことに辰也は感心させられた。

「一人は肩が外されているが、二人とも後頭部にでかいたんこぶがあるだけだな。脳震盪に治療の必要はない」

気絶している男たちをさっそく触診したパタリーノがにやりと笑い、手錠をかけた。

助手席のドアが開けられ、浩志が乗り込んで来た。

「車を出してくれ。行き先は指示する」

辰也を見て小さく頷き、命令してきた。初顔合わせだが、挨拶は不要らしい。

「了解しました」

辰也は軽く頭を下げ、すぐに車を走らせた。

「いつ目出し帽の男を倒したんですか？」

「車が走り出した直後だ」

浩志はこともなげに答えた。ビジネスマン風のスタイルに犯人たちも油断したのかもしれないが、二人に銃を使わせずに気絶させたのだから、一瞬にして倒したのだろう。格闘技の相当な腕前がなければできないことだ。

「どうして、すぐに車を停めなかったんですか？」

浩志がバンに乗せられてから数分走っていた。

「誘拐が成功したように見せる必要があった。どこでやつらの仲間が見ているか分からないからな」

浩志は、淡々と説明した。傭兵の中には、過去に参加した戦闘を自慢げに誇張して言う者がたまにいるが、彼は軍人らしく客観的に話していることが分かった。

「なるほど」

辰也はチャンピやパタリーノが、浩志に絶大な信頼を寄せている理由が分かった。

五

ボゴタは標高二千六百四十メートルのアンデス山脈の盆地にある。赤道に近い亜熱帯高地の気候で、朝晩の寒暖差はあるが、日中の最高気温は年平均で十九度前後と極めて温暖である。

バンを運転する辰也は窓を開けて、車を運転していた。すっかり日が暮れて夜風が気持ちいい。日中は湿度が高かったために頭が重く息苦しささえ覚えた。ひょっとすると軽い高山病にかかっていたのかもしれない。

「右手にある百メートル先の倉庫の前で停めてくれ」

十分ほど走り、コタという街の外れで浩志は指示をしてきた。辰也は言われるままに荒れ地にぽつんと建っている古い倉庫の前で停めた。午後八時を過ぎている。日は落ち周囲に街灯はなく、建物は闇に飲み込まれている。

浩志は車から下りて倉庫の板戸を二度叩いた。すると埃を舞い上げながら板戸が開き、中からボンブーのあだ名を持つサンダースが現れた。犯行現場をマンションと推測した上で、倉庫を前もって借りていたのかもしれない。

「ほお」

感心していると、倉庫に車を入れるように浩志に手招きをされた。

七、八十坪はあり、中は思ったよりも広い。がらんとしているが錆び付いた機械が片隅に置かれている。かつては工場だったのかもしれない。電気は通じていないらしく、柱に石油ランプが点《とも》っている。

辰也がサンダースの乗っていたシボレーインパラの右横にバンを停めると、その隣にカルロスの運転するエクスプローラーが停められた。

先に車を下りていた辰也は浩志に従い、インパラのすぐ近くに置いてあるテーブル脇の椅子に座った。木製の大きなテーブルに添えられた椅子はクラシックなデザインで、この倉庫と一緒に打ち捨てられていたらしく、嫌なきしみ音を立てた。

「腹が減った！」

エクスプローラーから下りて来たチャンピも椅子に座り、大袈裟《おおげさ》に叫んだ。

「飯を食いたいなら、手伝ってくれ」

倉庫の板戸を閉めたサンダースがぼやいた。

腹が減っている辰也は弾《はじ》かれるように立ち上がり、インパラのトランクを開けたサンダースを手伝った。中にはファーストフードの紙袋が積み込まれ、チキンを焼いたいい匂いが充満している。

「まったく、人使いが荒いぜ。俺はボーイじゃないんだぞ」

サンダースは文句を言いながら、テーブルの上に紙袋を載せた。

辰也が持った紙袋には飲み物が入っており、Lサイズのコーラを各自の前に置いた。

「また、〝ラ・ブラッサ・ロッハ〟か……」

チャンピは自分の前に置かれた紙包みを開けながら溜息を漏らした。

辰也も席に着き、すぐに紙包みから中身を出した。香辛料をまぶして焼いたチキンとアレパと呼ばれるトウモロコシパンにバナナの臭いがする物が出てきた。コロンビアはデザートにバナナを使ったものが多く、〝ラ・ブラッサ・ロッハ〟というファーストフード店ではチーズとケチャップが載せられた焼きバナナが自慢のようだ。

「レーションよりましだ。あえて言うのなら、飲み物はエスプレッソがよかったけどな」

パタリーノが落ち着いた様子でたしなめた。

浩志は仲間を気にすることもなく黙々と食べている。このチームは自由な空気があり、上下関係はあまり厳しくないようだ。

夕食は数分ですませた。意外にうまかったが、これが続けばチャンピでなくとも文句は言いたくなる。

食後すぐにでも捕虜《ほりょ》にした男たちを尋問《じんもん》するのかと思ったら、三人を車から引きずり下ろして倉庫の柱に縛り付けただけで、浩志はいきなりブリーフィングをはじめた。

「あいつらは、誘拐を専門にしている業者だった。今夜中に左翼ゲリラに俺を売り飛ばす予定だったらしい。ちなみに四ヶ月前に長谷川の事件にも関わっていたようだ」

「待ってくれ、どこでそんな情報を仕入れたのだ?」

辰也も驚いたが、カルロスも首を傾げながら質問をした。

「試しに運転していた男に英語で聞いてみたら、通じた。意外に大学出のインテリだった。それだけに口は軽かったがな」

浩志は淡々と答えた。

「拷問《ごうもん》もしないで、口を割るなんて軟弱なやつだ」

カルロスは肩を竦めてみせた。運転手の話の信憑性《しんぴょう》を疑っているのだろう。

「奴のケツに銃身を当てて、シートに向かって一発撃った。小便を漏らしたから、信用しても大丈夫だ」

「なっ!」

浩志は苦笑を洩らしながら言った。

辰也は立ち上がってジーパンを触った。シートが濡れていたのは男の小便で、バンが途中で急停車したのは、そのためだったのだ。汗だと思っていたので気にしなかったが、ジーパンは未だに湿っている。辰也の慌てぶりに仲間から失笑が洩れた。

「奴らは午後十時にフンサの浄水場で取引することになっている。十分後に出発する」

全員自分の腕時計を見た。午後九時になっていた。フンサはボゴタの西にある小さな街距離だ。コタの外れにある現在位置からは南南西十キロに位置し、車なら十三、四分で行けるだ。

浩志は手短に作戦の説明をはじめた。彼を誘拐しようとした男たちの中で肩を外して動けなくなった者のかわりにサンダースが加わり、浩志は人質の振りをして取引現場に行く。残りの者はサポートとして隠れて監視をすると言うのだ。

「無茶じゃないですか。連中が素直に協力するとは思えませんが」

敵に化けるのは常套手段だが、うまく行くとは思えない。辰也は遠慮なく言った。

「いや、誰でも協力したくなる武器がある」

浩志がそう言うと、チャンピとパタリーノが柱に縛り付けていた男の一人の縄を外し、上半身を裸にした。

「なかなか似合うぞ」

サンダースが男に防弾ベストのようなものを着せた。

「カルロス、俺がみんなに説明するから、こいつに通訳してくれ」

サンダースはカルロスを男の脇に立たせると、ポケットから名刺サイズの黒い箱を取り出した。

「むっ！」

辰也はすでに何か分かっていた。

「こいつに着せたベストには少量のプラスチック爆弾を仕掛けてある。しかも内向きに爆発するように指向性を持たせた。俺が持っているリモート起爆ボタンで爆破させることができる。少しでも変な真似《まね》をすれば、腹にでかい穴を開けることになる」

カルロスからスペイン語で聞かされた男が何か喚《わめ》いた。

「嘘だと思うか？」

サンダースもスペイン語が分かるので不気味な笑いを浮かべ、男からベストを脱がせて倉庫の反対側の壁際に投げつけ、リモートの起爆ボタンを押した。すると、ボンッと派手な音を立てて爆発し、倉庫中に煙と大量の粉塵《ふんじん》が舞った。

レンガの壁に穴が開き、十メートル以上離れていたが、ベストの破片が足下まで勢いよく飛んで来た。指向性を持たせたと言っていたが、人に着せていない状態だったため、周囲に被害が及んだのだろう。

「俺たちまで殺す気か！」

チャンピが咳き込みながら文句を言った。

「すまない。思ったより、強力だったな。ベストの着替えは、いくらでも作ってある」

苦笑いをしたサンダースが新しいベストを手に取ると、男はがたがたと震え出した。

「できれば、明日の朝までに決着をつけたい。気を引き締めて行動してくれ」

最後に浩志が号令をかけて全員車に乗り込んだ。

六

午後九時四十五分、サンダースが運転しているフォードのバンが、ボゴタの西の外れを南北に通る国道を走っている。その百メートル後方を辰也らが乗ったエクスプローラーが追っていた。

「後、五分ほどで到着する」

運転しているカルロスが緊張した面持ちで言った。地元だけに街灯もなく標識もろくにない夜道でも場所は分かるようだ。

辰也は出発前に倉庫で渡されたＡＫ４７を握りしめた。武器は地元の傭兵代理店で揃えたそうだ。浩志が指揮するチームは極秘に組織されており、地元の警察や軍隊の協力も得られない。むろん武器を持っているところを見つかれば逮捕されてしまう。

フォードのバンが右折した。すでにフンサに入っている。周囲は田園地帯らしく、建物らしいシルエットはない。目的地の浄水場はフンサの街はずれの川沿いにある。カルロスは浄水場の裏から入るために、ワンブロック過ぎた交差点で右折した。

浄水場は百四十メートル四方、埼玉の朝霞《あさか》浄水場の八分の一ほどのこぢんまりとした規模だ。浄水場の西側にある森の中にエクスプローラーは停められた。住宅地とは離れているために深閑としていた。

チャンピが先頭になり、カルロス、辰也の順にしんがりをパタリーノが務める。

「まずいな」

チャンピが舌打ちをした。浄水場のフェンスが二メートル近くあり、上部には有刺鉄線が巻かれている。取引現場の裏から襲うつもりだったが、他から侵入するほかない。

フェンスに沿って時計回りに移動した。午後九時五十四分になる。浩志らは時間調整をして午後十時ちょうどに浄水場の東にある正門に着く予定だ。急がねば間に合わなくなる。

二十メートルほど雑木林の暗闇を走っていると、視界が開け水の流れる音がしてきた。前方を幅が三メートル近い水路に塞がれた。川から水を引くための導水路のようだ。水路はフェンスの下を潜っている。

チャンピは迷わず水路に飛び込んだ。辰也とパタリーノも続いたが、カルロスが躊躇《ちゅうちょ》している。落差は二メートルほど、水深は一メートル五十センチ程度だ。溺《おぼ》れる心配はないが、水が苦手な人間にとって、月明かりに照らされた重油のようにどす黒い水が怖いのだろう。

ちらりとカルロスを見たチャンピは構わず水路からフェンスの下をくぐり抜けた。辰也とパタリーノも後に続く。背後で水音がした。振り返ると、カルロスが必死に水しぶきを上げながら走って来た。

水路から這《は》い上がった四人は、貯水池の脇を通って正門を目指した。距離は百メートルほどだ。

正門の四十メートル手前でチャンピが止まるように右の拳を上げた。前方に荷台を幌《ほろ》で覆われたトラックが停まっている。トラックの近くに三人の男がＡＫ４７に似た銃を肩から下げて煙草《たばこ》を吸っている。シルエットからは判別できないが、おそらくノリンコのＡＫ４７のコピーだろう。

ノリンコは北方工業公司のことで、中国最大の兵器メーカーである。ソ連崩壊後、ノリンコはＡＫ４７のコピーである５６式自動歩槍をライセンス料も支払わずに生産し、他国の軍隊や武装勢力に売りさばいた。その一部が米国経由で南米のゲリラや米国に敵対する組織に大量に流れた。

正門の向こうから車のヘッドライトが近付いて来た。午後十時、時間通りに浩志らを乗せたフォードのバンが浄水場の敷地内に入り、トラックの前に停車した。

バンから手錠をかけられた浩志が転げながら落ちて来た。そのすぐ後ろから浩志にＡＫ４７を突きつけてサンダースが付いて来る。その様子を左翼ゲリラと思われる数人の男たちが笑いながら見ている。爆弾付きのベストを着た誘拐犯は、運転席と助手席に座っており、出て来る様子はない。彼らはじっとしているように命じられているのだ。

チャンピがハンドシグナルで辰也を指名し、パタリーノにはカルロスが付くように指示をした。四人は闇を利用し、トラックに音もなく近付いた。

「その日本人が、東和物産の新しいマネージャーか?」

しわがれ声の男が、サンダースの前に出た。

トラックの背後にいる辰也らからは、ゲリラたちの背中しか見えないが、サンダースに声をかけた男は年配のようだ。他の男たちは痩せているが、この男だけ太っている。

「そうだ。約束通り誘拐してきた」

サンダースは落ち着いた口調で答えた。

「ところで、ガルシアがいないがどうした?」

ゲリラの男は質問を続けた。

「やつは体調を崩して休んでいる。他の仲間はいるから問題ないだろう」

バンに乗っている二人の男を振り返ってサンダースは言った。

「ところで、四ヶ月前に捕まえた日本人はどうしている? まだあんたの所にいるんだろ?」

サンダースは立ち上がる浩志に銃を突きつけながら尋ねた。

「どうして、そんなことを聞く?」

男はわざとらしく首を傾けた。

「俺たちの仕事は、金を受け取ったらおしまいだ。だが、前の日本人との取引は四ヶ月経ってもうまくいっていないと聞いている。なんだか申し訳なくてね」

サンダースは肩を竦めてみせた。

「余計なお世話だ。交渉はな、ワイン造りと同じだ。時間をかけて人質の家族の悲しみを熟成させるほど身代金の額は上がる。急げば足下を見られるだけだ」

男は鼻で笑ってみせた。話し振りからすれば、この男は指揮官クラスのようだ。

項垂《うなだ》れていた浩志がいきなり動いた。浩志にかけられていた手錠はいつのまにか外れており、偉そうに話していたゲリラの男を羽交《はが》い締めにし、しかもグロックをこめかみに突きつけていた。それを合図としてチャンピが右手を前に出し、駆け出した。全員トラックまで数メートルの距離まで迫っていた。

辰也とチャンピはトラックの右側から、パタリーノらは左側から走り込んで銃をゲリラに向けて構えた。

「動くな！　銃を捨てろ！」

サンダースが大声で叫び、銃を離さなかった男の太腿《ふともも》をＡＫ４７で撃ち抜いた。

「辰也、カルロス、手錠をかけろ！」

浩志が羽交い締めにしていた男の膝裏を蹴って跪かせて後頭部に銃を当てると、辰也らは六名のゲリラをたったの十秒で手錠をかけて拘束《こうそく》した。

「名前を聞こうか?」

浩志が英語で話すのをサンダースが通訳し、年配のゲリラに言った。

「馬鹿にするな。英語ぐらい話せる。私はダニルソン・マルケシだ。貴様ら警察の特殊部隊か?」

「関係ない。俺の質問だけに答えろ」

浩志はサンダースの例の爆弾ベストをマルケシに着させた。

「何の真似だ? 私に防弾ベストを着せて」

マルケシは首を捻った。

サンダースはフォードのバンの運転席から男を引きずり下ろしてベストを脱がせ、ベストを浄水場の建物の脇に置いた。

「死にたいか?」

そう言って浩志は起爆ボタンを押し、ベストを爆発させた。

「なっ!」

マルケシは口を開けて呆然とした。

「分かったか。下手な真似をすれば、ボタン一つでおまえをミンチにすることができる。

四ヶ月前におまえたちが誘拐した長谷川という日本人とおまえを交換する。彼が拘束されている場所に俺たちを連れて行け」

浩志は冷淡な表情で言った。

「そんな手間なことをしないで、私に電話をかけさせてくれ、仲間が長谷川を連れて来てくれる」

マルケシは愛想笑いをしてみせた。

「信用できない。仲間に電話をかければ、暗号を使われる可能性もある」

「それはこっちの台詞だ。おまえらにアジトの場所を知られたら、警察や軍に通報される可能性もある。第一、正体も分からない連中に居場所が教えられると思うか？」

マルケシは反論した。頭もいいし、度胸《どきょう》もあるようだ。だが、少しでも譲歩すればなめられるだろう。

「俺たちは傭兵だ。長谷川さえ無事に救出できれば、それでいい。取引がいやなら、それなりに取り扱うまでだ」

浩志はマルケシの腹を蹴り上げて失神させ、彼の部下たちのところにやってきた。そして無言で彼らの顔を次々と覗き込んだ。

「おまえだ。次はおまえがベストを着ろ」

視線を外した若い男を捕まえて、浩志は爆弾ベストを着せた。

「助けてくれ！　長谷川の居場所も知っている。何でも話すから許してくれ」

男は泣きながら懇願《こんがん》した。

「捕虜をトラックに乗せて、撤収！」

浩志の号令に辰也と仲間はすぐさま行動に移った。

七

午前四時五十分、日の出にはまだ一時間近くあるが、空はすでに明るくなっている。辰也らはフォードのバンを先頭にエクスプローラーの二台でボゴタから国道を西南に六時間も走り続け、カイセドニアに近い山深い場所に到着した。車はすぐさま近くの雑木林の中に隠した。カイセドニアはボゴタから西南二百九十キロに位置し、コーヒーの産地として有名である。

浩志は爆弾ベストを着せて若いゲリラを自白させた。アジトの状況も詳しく聞き出し、足手まといになる他の男たちは、コタの外れにある倉庫に連れて行き縛り上げた。彼らの周りには動けば爆発すると言って、ただの木箱を積み上げておいたので、当分は大人しくしているだろう。

バンの運転を辰也がし、助手席には浩志が座っている。シートが小便臭いと誰も座りたがらないので、仕方なく辰也がまた運転することになったのだ。後部座席には自白したホセ・エレーラと名乗る若いゲリラとサンダースが乗り、エクスプローラーにはチャンピとパタリーノとカルロス、それにゲリラの指揮官であるダニルソン・マルケシを乗せていた。

周囲にはコーヒー農園が広がり、農園の外れに季節労働者用のトタン屋根の小屋が三つあった。その一つに誘拐された長谷川が捕われているらしい。農園主を脅して勝手に使っているそうだ。ゲリラの報復を恐れる住民は決して通報などしないので、安心して使っているのだろう。首都ボゴタには遠く、警察の捜査も及ばない。また彼らの本拠地があるエクアドルの国境へ行くにも都合がいい場所である。

二週間後の交渉が決裂した場合は人質の長谷川を殺すか、さらに交渉を引き延《の》ばして本拠地に移動する予定だとホセは白状した。彼は子供の頃さらわれて無理矢理ゲリラにさせられたために協力的だった。作戦終了後もゲリラに戻さないでくれと懇願されていた。ゲリラは人手不足を補《おぎな》うために農村部を襲撃し、子供を誘拐することが多々あるのだ。

チームは小屋を見下ろせる小高い丘の雑木林まで進んだ。朝早いこともあるが、コロンビア人が起きるにはまだ二、三時間の余裕があるだろう。

大小三つある小屋の一番小さい納屋に長谷川は押し込められているそうだ。大きい小屋に十八人のゲリラが雑魚寝《ざこね》し、一番奥にある小屋がダニルソン・マルケシとその上官のジャン・ルガーノ専用だという。

「ジミーと辰也、やつらのアジトに通じる引き込み道路にリモート爆弾を仕掛けてくれ」

双眼鏡で小屋の様子を窺っていた浩志は二人に指示をし、チャンピとパタリーノには斥《せっ》候《こう》に出るように命じた。

引き込み道路は一般道からトタン屋根の住居まで四十メートルほど続いている。道路に爆弾を敷設するということは、敵が追って来た際に爆発させるということなのだろう。とすれば、一般道に近い場所でもいいことになる。道は湾曲しているために建物からは出て来ない限り見られる心配はない。

さっそく二人は爆薬を入れたバックパックを担いで一般道まで降りて行き、用心深く移動した。

「待てよ。リモート爆弾は人に対しては有効だが、車だとしたらタイミングを合わせるのは難しいな」

辰也は独り言のように呟いた。

「地雷だったら確実だけどな。とりあえず、三メートル間隔で三発敷設しておこう」

サンダースが相槌《あいづち》を打った。

辰也は周囲を見渡した。引き込み道路は背の高い野生のヤシの木の林を貫いている。

「サンダース、道路は頼む。俺は別のバージョンを仕掛ける」

「どうするつもりだ？」

作業の手を休めずサンダースは聞き返してきた。

「ヤシの木を吹き飛ばして道を塞げば、車は停められる」

幹の片面に設置すれば、勢いよく倒れるはずだ。

「そんなことができるのか？　道と反対側に倒れる可能性もあるぞ」

サンダースは訝しげな目で見つめてきた。

「大丈夫だ。幹の一方向を粉砕《ふんさい》すれば簡単だ」

ヤシの木ははじめてだが、建物の柱に仕掛けて倒壊させたことがある。

「分かった。そっちは頼んだ。道路は俺に任せろ」

辰也の自信ありげな態度にサンダースは小さく頷いた。まだ疑っているのだろう。辰也はバックパックから、必要な爆薬と起爆装置を取り出した。二人とも数分で作業を終わらせ浩志らの下に戻った。

浩志はサンダースから爆弾を仕掛けたと報告を受け、辰也がヤシの木に設置したと聞くと、頬を弛めて頷いてみせた。

辰也は腕時計で時間を確かめた。午前五時十八分、到着してから三十分近く経っているが、浩志は動こうとしない。

斥候に出ていたチャンピとパタリーノが戻ってきた。

「小さい小屋だけ外から鍵が掛けられている。鍵は簡単に開けられるが、一番大きい小屋の入口がすぐ近くにある。それから、ここから反対側の茂みに型の古いジープ二台とトラックが一台隠してあった」

「それで？」

チャンピの報告に耳を傾けていた浩志が、続きを促した。

「三台ともガソリンタンクにたっぷりと角砂糖をぶち込んでおいた」

ガソリンタンクに砂糖を入れれば、結晶化してポンプを詰まらせたり、最悪の場合解けてシリンダーを焼き付かせたりする。エンジンがかからないか、走行中にエンストを起こすだろう。あらかじめ砂糖を用意してきたに違いない。

「作戦は？」

今度はチャンピが聞き返した。

「まず敵の指揮官を拉致する。同時に長谷川を救出する。人質生活で衰弱《すいじゃく》していることも考えられる。俺と辰也が指揮官、パタリーノとカルロスで長谷川、チャンピとジミーは後方支援と車の運転だ」

指揮官を拉致して烏合《うごう》の衆にする作戦だ。チャンピは高台から敵を狙撃し、ジミーがリモート爆弾の起爆装置を扱うことになった。

辰也と浩志は森を迂回《うかい》し、奥にある中くらいの大きさの小屋に忍び込んだ。四十平米ほどの広さがあり、ベッドは二つ、一つは空でもう一つのベッドにむさ苦しい男が上半身裸で寝ている。指揮官のジャン・ルガーノだろう。傍らの椅子にＡＫ４７のコピー銃である

56式自動歩槍が立てかけてある。

浩志は音もなくベッドに近寄り、AK47の銃底で男の鳩尾《みぞおち》を殴りつけ、苦しんでいる男をひっくり返して後ろ手に手錠をかけると、ポケットからボロ切れを出し、丸めて男の口の中に突っ込んだ。あまりの手際良さに辰也は鳥肌が立つのを覚えた。

辰也がルガーノを立たせて小屋を出ると、納屋からパタリーノが渋い表情で手を振ってみせた。よからぬことが起きたようだ。浩志が納屋に確認に行った。

待つこともなく納屋から出てきた浩志は、いきなりルガーノの鳩尾と顔面に膝蹴りを入れて気絶させた。鼻が折れたらしく大量の血を噴き出して大の字になっている。

「作戦変更だ。辰也、長谷川を背負って脱出だ」

命令の意味が分からないまま、辰也は納屋に入った。窓もなく十八平米ほどの広さで、暗くてよく見えない。獣のようなすえた臭いが鼻を突く。

「何！」

暗闇に目が慣れた辰也は、やせ衰《おとろ》えた四人の男が土間に転がっているのを見て息を飲んだ。パタリーノが倒れているアジア系の男の状態を診《み》ている。長谷川以外にも人質が三人もいたのだ。

辰也はAK47のスリングを反対に掛けて、長谷川を背負った。身長は一八〇センチあると聞いていたが、おそろしく体重が軽い。ろくに食事も与えられていなかったのだろう。

辰也が最初に納屋を出た。大きな小屋から出てきた寝惚け眼《まなこ》の男と鉢合《はちあ》わせになった。男はだらしなく掛けていた56式自動歩槍を慌てて構えた。辰也も同時にグロックを抜いた。

バンッ！

銃声が轟き、辰也に銃を向けた男が頭から血飛沫《ちしぶき》を上げて倒れた。チャンピが狙撃したのだ。小屋からゲリラが次々と出てきた。

「走れ！」

白人を背負っている浩志がグロックを撃ちながら叫んだ。

山の斜面を背負っては行けないため、引き込み道路を辰也は夢中で走った。背後で銃声がする。チャンピの援護射撃にゲリラが応戦しているのだろう。引き込み道路から一般道に入った。途端に凄《すさ》まじい爆発音と爆風が追いかけて来た。サンダースが起爆スイッチを押したのだ。

目の前にフォードのバンとエクスプローラーが停まった。

背中の白人を下ろした浩志は車からダニルソン・マルケシを道路に引きずり下ろし、顔面を蹴り上げて気絶させた。作戦終了後に警察署の前に転がしておくつもりだったが、人質を四人とも救出したので解放したのだ。

辰也は長谷川をバンの後部に寝かせ、はじめて爆発があった場所を見た。

「なかなかやるじゃないか」

サンダースが肩を叩いてきた。爆薬を仕掛けた二本のヤシの木は見事に道路を塞ぎ、銃を持った数人のゲリラが下敷きになっている。爆発させるタイミングもよかったようだ。

「グッ、ジョッブ！」

浩志が頷いて助手席に座った。辰也は笑顔でバンの後ろに乗り込んだ。

「グッ、ジョッブか」

辰也は自嘲気味に笑った。〝リベンジャーズ〟に加わるまで、辰也は浩志と三度一緒に仕事をしている。だが、出会って最初に褒《ほ》められたことが未だに忘れられない。

「休憩は終わりらしいぞ」

隣で涼《すず》んでいた台湾人のワンが、顎をしゃくってみせた。トラックの運転をしている男が手招きをしているのだ。

「行くか」

辰也は重い腰を上げた。

作戦行動

一

下北沢の丸池屋の爆破事件から一週間が経過した。店の周囲に張り込みをしていたマスコミもさすがに姿を消し、黒こげになった丸池屋はぽつんと住宅街に取り残された。

池谷は都心の絶景を眺めながら、深い溜息をついた。芝浦の地下倉庫に四日間閉じこもっていたが、窓もない地下室では気落ちするばかりと思い、新宿《しんじゅく》の〝パークハイアット東京〟に昨日から居場所を変えたのだ。マスコミを気にすることはなくなったが、自宅も兼用していたため焼け落ちた店をどうするか決めかねている状態では帰る場所もなかった。

五つ星のホテルは新宿副都心にある新宿パークタワーの三十九階から五十二階に百七十七室の客室を構え、どこの部屋からも都心の絶景を一望することができる。だが、場所を変えたところで、気分が変わるものではなかった。

「藤堂さんがいてくれればなあ」

今では口癖になった台詞を言った池谷は、窓際のソファーに深々と腰をかけた。

浩志は昨年末にベルリンの病院を退院すると美香とともに姿を消している。以来連絡はない。長年世界中で暗躍していた犯罪組織であるブラックナイトの軍事部門〝ヴォールク〟を叩き潰した浩志は、さまざまな分野から注目を浴びていた。もちろんブラックナイトに支えられていたロシア政府はもちろんのこと、恩恵に与《あずか》った日本や米国政府も彼に熱い視線を送っている。

最強の暗殺者を送り込みながら逆に組織自体を壊滅に追い込まれた〝ヴォールク〟は当分の間、立て直すことは不可能だろう。そういう意味ではロシア政府が早い段階で報復を考えることはないと池谷は思っている。もっとも北方領土問題でメドベージェフの目に余る強権的かつ挑戦的な態度は、別の意味で仕返しをされているのかもしれない。彼らにとっては〝江戸の敵《かたき》を長崎で討つ〟といったものか。情けない限りである。

日本政府もそうだが、米国政府は数々の難題を抱えるだけに、これからも浩志や彼と一緒に闘ったワットを利用したがっていることは間違いない。浩志とワットとペダノワの三人が、モスクワの大統領府の地下で〝ヴォールク〟との熾烈《しれつ》な闘いに勝利したと報告を受けたホワイトハウスでは、密かに祝賀会が開かれたと池谷は旧知のＣＩＡ関係者から聞いている。そのため、日米政府機関から池谷は再三浩志らの現在地を教えるように半ば脅迫のように迫られた。

「知っていたとしても教えませんけどね。……おっと、いけないいけない」

池谷はまた独り言を言っていたと、自分を戒《いまし》めた。世間からたったの一週間逃げ回っていただけで、ストレスのあまり独り言や愚痴《ぐち》が多くなった。浩志はそういう生活を二十年近く送っていたと思うと、自分が情けなくなるが、これはかりは人間の器が違うのでどうしようもない。

「そうだ。もしかしてあの方なら藤堂さんのことを知っているかもしれない」

ソファーから突然立ち上がった池谷は、ジャケットを小脇に抱えて部屋を出た。そのままホテルのエントランスに停まっていたタクシーに乗り、中目黒《なかめぐろ》を目指した。

目黒不動尊《ふどうそん》で知られる瀧泉寺《りゅうせんじ》にほど近い住宅の前で池谷はタクシーを下りた。古い日本家屋の玄関には明石と表札が掲げられている。

「珍しいご仁が足を運ばれた」

「えっ！」

池谷は背後から声をかけられびくりと肩を竦めた。池谷は武道の経験こそないが、元情報員ということもあり、常に周囲に気を配っている。それが気配すら感じなかったのだ。

「これは失礼した。驚かせるつもりはなかった。しばらくぶりですな、池谷さん」

「こちらこそ突然お邪魔して、失礼しました」

振り返った池谷は作務衣《さむえ》を着た小柄な初老の男に頭を下げた。

白い髪に口ひげを生やし、まるで仙人のような風貌《ふうぼう》をしている。にこやかな表情で池谷を見ているが、どこにも隙などない。古武道研究家で疋田新陰流《ひきたしんかげ》の達人である明石妙仁《みようじん》である。浩志に合気道や居合などの古武道を教え、師匠と弟子の関係にある人物だ。

「どうぞお上がりください」

玄関の引き戸を開ける妙仁に勧められ、池谷は家に上がった。

「おかまいなく」

居間に通され、お茶を出そうとする妙仁に池谷は恐縮した。

「それにしても、あなたも義理堅い、今年はいささか早いですが」

妙仁はお茶を入れた湯のみを持って微笑んだ。

「あっ」

池谷は小さく声を上げた。

六月は妙仁の一人息子、紀之《のりゆき》の命日だった。五年前、浩志を抹殺しようと付け狙っていた元デルタフォースの特殊部隊隊員に紀之は殺された。彼は浩志と年格好が似ており、妙仁の下で稽古《けいこ》を積んでいた浩志と誤認されたのだ。

浩志は日本にいる限り月命日には必ず妙仁の家を訪れて線香を上げていた。池谷も仕事上関係ないとはいえず、また自分にとっても孫のような紀之の息子の柊真を不憫《ふびん》に思い、浩志に気を遣って命日をずらして毎年線香を上げに来ていた。

昨年の暮れからばたばたしていたために池谷は紀之の命日を忘れていたのだ。自分のスケジュールを書き込んだカレンダーには印を入れてあるが、翌月のことなど頭になかった。

「うん？　てっきり命日で来られたのかと思ったが、さては柊真のことですか？」

妙仁は顔色を変えて体を前に乗り出してきた。孫は二人いるが、彼は柊真のことになると武人ではなくどこにでもいる一人の老人になる。

柊真は、紀之の次男で子供の頃から武道を習わせる明石家の流儀に反発していた。当初親の仇と思っていた浩志と出会うことで、人が変わったように熱心に稽古をするようになった。亡くなった父を浩志に重ね合わせていたこともあるのだろうが、何よりも浩志の高潔な人間性と格闘技のセンスに憧れていた。

三年前、高校を卒業した柊真は、大学入試は受けずにタイの難民キャンプのボランティアになったが、ミャンマーの武装集団に襲われる。仲間や難民を多数殺されて平常心を失った柊真は復讐するべく武装集団を追いかけて逆に捕まってしまった。危機を知った浩志と彼の仲間に戦闘の末、柊真は救出された。他人にも迷惑をかけるが、後先も顧《かえり》みずに突き進む危なげな孫を妙仁は溺愛《できあい》しているのだ。

「いえ、そうではありませんが、……そう言えば柊真君はフランスの外人部隊に入られてから三年になります。便《たよ》りはありますか？」

池谷も柊真の名前を出されてにわかに彼のことが心配になった。

浩志に助けられた柊真は置き手紙を残して出国し、その直後にフランスの外人部隊に入隊したと、美香と妙仁には葉書が送られてきた。浩志と彼の仲間である傭兵の闘いぶりを目の当たりにして、いても立ってもいられなくなったのだろう。

「一ヶ月前ですが、柊真から絵はがきを貰いました。ああみえても私に心配かけまいとしているんでしょう。ときどき写真入りのはがきをくれるのですよ。そうそう、この間のはがきには美香さんから、連絡が入ったと書かれていましたよ」

美香は柊真を弟のようにかわいがっていたので、安否を知らせたようだ。

「なっ、何ですって！」

池谷は驚きのあまり湯のみを倒してしまった。

「すみません！」

慌ててハンカチをポケットから出して池谷はテーブルを拭いた。

「フキンを使ってください。それにしても、そんなに驚かれてどうされたのですか？」

妙仁はフキンでテーブルを拭きながら苦笑を浮かべた。

「私は、藤堂さんと美香さんの居場所を知らないんです。よかったら柊真君のはがきを見せてもらえませんか?」

池谷はテーブルに両手をついて頭を下げていた。

二

四谷《よつや》の左門町《さもんちょう》は、江戸時代に先手組組頭の諏訪《すわ》左門の組屋敷があったことに由来しており、四谷怪談のお岩《いわ》が住んでいた地として〝於岩稲荷《いなり》〟があることでも知られている。

「これでいいのだろうか?」

ブラインドが下ろされた窓の隙間から外の景色を見ていた瀬川は、腕組みをしてぼそりと言った。

「何か機材でも足りないですか?」

監視カメラの映像をパソコンで確かめていた黒川が怪訝《けげん》な表情をした。二人は左門町にあるマンションの一室が見えるレンタルオフィスにいる。

二日前の未明、芝浦の倉庫で池谷と瀬川をはじめとした傭兵仲間が打ち合わせをして、今後のチームの指揮を瀬川が執ることになった。

丸池屋の爆破事件の真相は謎だが、現状で分かっているのは、丸池屋や加藤や宮坂らを見張っていた連中が市ヶ谷の防衛省に入って行ったことだけである。防衛省で丸池屋の裏稼業が傭兵代理店であり、さらに実態は特務機関だと知っているのはごく一部の人間に過ぎず、さらに監視活動をするような部署は情報本部しかない。そこで瀬川は情報本部長である長峰康宏《ながみねやすひろ》を現在日本にいる仲間五人で身辺調査することにしたのだ。

長峰は単身赴任しており、外苑東通り沿いの〝パールマンション〟の五階五〇二号室に住む。その斜め向かいにある〝外苑東ビル〟の六階の一室を一昨日から借りている。長峰の部屋に向けられたビデオカメラの映像を交代で監視をするだけでなく、〝パールマンション〟の防犯カメラの映像システムや電話機の交換機に盗聴器を取り付けて音声や画像をパソコンに飛ばして監視を続けていた。

「機材の問題じゃないんだ。藤堂さんなら、こんな時、どう対処するのか考えていたんだ」

瀬川は難しい表情で言った。

「藤堂さんは、元警視庁の腕利き刑事で、捜査も慣れていましたからね」

黒川は遠い目をして答えた。

「藤堂さんが指揮を執られている時に、私は疑問を感じたことはなかった」

「私もそうです。そもそもいつも的確な命令でしたから、疑問を抱くことはありませんでしたよ」

「だが、今の私はどうだろうか」

瀬川は溜息をついた。

「自信を持ってください。自宅を見張るのは基本じゃないですか。藤堂さんもきっと同じように指示されたと思います」

「そうだが、長峰を見張って情報が得られるのか確証がない。徒労に終わった場合を考えると、仲間に申し訳ない気がするんだ」

「どうしたんですか、瀬川さんらしくないな」

「我々は自衛隊の中でも選ばれて池谷社長の下で働いてきた。だが、この六年はコマンドスタッフという立場を忘れ、藤堂さんの指揮下に入って一傭兵として行動をともにした。それがあまりにも印象深く、今のこの怠惰な生活に耐えられないんだ」

瀬川はまじめな人間だけに安穏《あんのん》とした生活に嫌気がさしたのかもしれない。

「同感です。というよりリベンジャーズの皆さんも同じだと思いますよ」

黒川が相槌を打つと、二人は口を閉ざした。

「藤堂さんが、はじめてサポートプログラムを使われたことを覚えているか？」

しばらくの沈黙の後、話題を変えた瀬川は懐かしげに尋ねた。

「もちろん覚えています。我々は藤堂さんの要請に従い、電気工事会社の振りをして、暴力団の事務所があるマンションの見張りと、電話回線を切断し通話を一時的に不通にしましたよね。正直言ってあの時は、たった一人で乗り込んで行くというので無茶な計画だと思っていましたが、藤堂さんは数分で十二人の組員を病院送りにしましたから、私は鳥肌が立ちました」

黒川は改めて唸ってみせた。

浩志は街のチンピラだった河合哲也《かわいてつや》が、広域暴力団御木浦《みきうら》組系の下部組織である石巻《いしまき》組の事務所で半殺しの目にあっているところに押し入り、救い出している。その際、傭兵代理店にサポートプログラムを要請し、コマンドスタッフだった瀬川と黒川、それに今は亡き名取《なとり》の三人が手伝いをした。

「そう言えば、哲也君は大学四年生になったな」

「卒業後は大学院に進んで博士号を取るつもりらしいですよ、すごいですよね」

黒川は嬉しそうに答えた。

浩志は刑事の現役時代に自分が担当していた殺人事件の唯一の生き残りとなっていた都《つ》築《づき》雅彦《まさひこ》の下に、不良少年だった哲也を預けた。都築は教育者であったため、農業を通じて哲也を見事に更生《こうせい》させた。哲也も都築の期待に応え、国立大学に進学しトップクラスの成績を収めている。

瀬川と黒川は池谷から都築のサポートをするように指示を受けて、何度も都築の下に足を運んでいるため哲也のこともよく知っていた。というのも都築には哲也のようなドロップアウトをした少年を更生させるための農業学校を設立する構想があり、浩志は自分の貯金から五千万円も傭兵代理店に託《たく》し、運用を任せていたからだ。

「哲也君だけじゃなくて、農業学校出身者が次々と大学や専門学校に進学してまじめに勉強している。都築さんも若者と向き合うことで健康になられた。藤堂さんは先々まで見通していたんだ、大したもんだ」

「本当ですよね」

瀬川と黒川は二人で頷き合った。

「瀬川さんはこのまま傭兵を続けられるつもりですか？」

黒川は真剣な表情で尋ねた。

「今は辞めることは考えていない。〝ヴォールク〟は潰れたが、ブラックナイトはまだ存在する。それに中国の情勢も油断がならない。リベンジャーズは解散したが、藤堂さんは戻って来るかもしれないと一縷《いちる》の望みも持っている」

「私もそう願っています。しかし、以前も藤堂さんはリベンジャーズを解散されましたが、あの時とは違います。もし、このまま藤堂さんが帰らない場合はどうしますか？」

黒川は執拗《しつよう》に質問を繰り返した。

浩志はブラックナイトと闘うべくリベンジャーズを作ったが、平和ボケした日本を本拠地とした結果、自分も含めてメンバー全員の闘争本能が鈍《にぶ》ってきたことに危機感を覚えて解散させたことがある。だがその直後友人である大佐が行方不明となり、浩志はリベンジヤーズの仲間を従えてマレーシアで捜索活動をした。以来チームはさまざまな作戦に就いた。

「正直言って、考えないようにしているんだ。現実逃避かもしれないが、結論を出すにはまだ早い。気持ちの整理もついていないしな」

瀬川は首を振った。

「すみません。くだらない質問でしたね」

黒川は頭を下げた。

「だが、私たちだけじゃないが、みんな藤堂さんを気にし過ぎているんだ。ある意味、藤堂さんに甘えている。こんなことじゃ、だめだな」

瀬川の言葉に黒川も頷いてみせた。

三

シリアは二〇〇〇年にハーフィズ・アサド大統領が死去し、次男のバッシャール・アサドが新大統領に就任した。彼は政治に関心がない眼科医だったが、長男が交通事故で死亡したためにやむなく後継者としての道を選んだというだけあって、政治的センスに欠ける。だが、帝王学を学ばせようとする側近の影響もあり、後継者になるや政治の腐敗を取り除くべく粛清《しゅくせい》の嵐を吹かせて政権構造を一新させた。

政権に就いてからは目立つようなことはなかったが、所詮《しょせん》親の七光りである。父親が反政府運動のうねりを八万人以上の市民を殺害した〝ハマー虐殺《ぎゃくさつ》〟で鎮圧したのに倣《なら》って、バッシャール・アサドはホムスなどの反政府勢力の拠点となる街を無差別砲撃、あるいは爆撃するなどの武力弾圧で、二〇一一年一月に起きた大規模反政府デモ、いわゆる〝シリア騒乱〟以来、二〇一二年六月までに二万人近い市民が犠牲になっている。

三日前サウジアラビアのリヤドを出発した辰也らは、ヨルダンの首都アンマンを避けてシリアとの国境の街であるラムサに到着した。だが、国境が封鎖されたために二日も足止めを喰らった。これはシリアではなくヨルダン側が国境に警備隊を増強したためである。

ヨルダンには、イスラエルのパレスチナ侵攻で故郷を追われたパレスチナ難民が大勢いるため、シリアからのパレスチナ難民を抑制しなければならない事情があった。これ以上、パレスチナ人の人口を増やせば、ヨルダン人の国として維持できないという危機感がある。またイスラム教のスンニ派が多数を占めるヨルダンに、シリアの支配層に多いアラウィー派が入ることも都合が悪いのだ。

昨夜、堪り兼ねた辰也は呑気《のんき》にマフラクの民宿で過ごす運転手であるサウジアラビアの軍人を片言のアラビア語で説き伏せ、国境警備隊に賄賂を支払ってシリアに入国した。ちなみに賄賂は辰也の自腹である。

国境からダマスカスに向かう国道で一度だけ検問にあったが、ダマスカスの食品会社の書類を見せたら無事通過できた。内戦状態に陥り、どこも物資が欠乏《けつぼう》しているため疑われなかったのだろう。またシリア南部のスワイダー県は政権側寄りで軍の警備も緩《ゆる》い。四台の車列はヨルダンに向かう難民の群れと逆行し、国道の中ほどで脇道に逸《そ》れてハバブという地方都市を経由し、検問や軍から逃れるためにダマスカスを迂回した。そのため途中から東に広がる砂漠地帯を北上している。

目的地はホムスから南東九十キロに位置するカルヤタインという街にある市場だ。市場の近くにトラックを停めれば、反政府勢力の方からアクセスしてくるという。ホムス周辺は政府軍が集結しており、カルヤタインより先に行くのは不可能らしい。

もうもうと砂煙を上げて進む先頭車のランドクルーザーに続き、中国人傭兵が乗るトラック、その次に辰也らが護衛するトラックが続く。四人のロシア人傭兵らは、出発前のサウジアラビアの基地で車種を決定する担当指揮官に食い下がり、四駆に選ばれた。それに気が付いた中国人傭兵も文句を言ったが、相手にされなかった。国際紛争に加わらなかった辰也と台湾人のワンは、残り物のトラックになったというわけだ。

午前九時に出発したラムサからカルヤタインまでは約二百六十六キロ、実際は途中で国道を外れたこともあり、二百七十キロ以上すでに走《と》っていた。途中でダマスカスの郊外にあるジャイルードという小さな街で早めの昼飯を摂った後、昼の暑さを凌《しの》ぐため二時間以上休憩を入れたために午後三時を過ぎていた。

「そろそろ到着らしいな」

ワンが砂煙の向こうに見え隠れする石造りの建物を指差した。

「帰りはロシア人がなんと言おうと、絶対四駆に乗ろうぜ」

辰也は腰を叩きながら言った。二人のサウジアラビア人は運転席と助手席に座り、辰也らはその後ろに座っている。本来は仮眠用のベッドがある場所だが、四人以上乗れるように取り外してあった。しかも床下に銃が隠せるようになっているため、薄い鉄板の上にフロアーマットが敷かれているだけだ。そのため、床に直に腰を下ろさなければならず、車の振動で腰が痛くなるのだ。

やがて四台の車はカルヤタインの街の中心にある市場の近くにある倉庫の陰に停車した。市場と言われたが、人気もなく活気がない。内戦状態にあるために閉鎖されているのかもしれない。

「なんだか様子が変だな」

辰也は足下のボロ布で包まれた銃身が短いM16A2ショートバレルを引き寄せた。

「反政府勢力は、我々が市場に来たらすぐに現れると聞いていたが、どうなっているんだ?」

ワンも自分の銃を確認し、助手席の男にアラビア語で話しかけた。ワンは中東での生活が長いだけあって、辰也よりも流暢に話すことができる。

「斥候を出したらどうかと提案したら、俺に命令するなと言われたよ。現場の指揮官は先頭車に乗っている軍曹だそうだ」

ワンは肩を竦めてみせた。

「なんだ。一応指揮官はいるんだ」

辰也も同じく肩を竦めてみせた。指揮官がいたなんて話は、今まで聞いていなかったからだ。もっとも、命令している姿を一度も見たことがないので、便宜上一番階級が高い軍曹が適当に指揮官になっているのだろう。

前のトラックから、大きな布袋に銃を隠し持った二人の中国人の傭兵が飛び下りて先頭車に駆け寄った。ランドクルーザーの助手席に向かって何か話しかけると、二人は市場の中心に向かって消えた。

「斥候を志願したようだな」

なかなか気が付く連中だと辰也は感心した。

「いや、念のため警戒しようぜ。逃げ出したことも考えないとな」

ワンは渋い表情で首を振った。というのも中国人傭兵らは私物を入れたバックパックを担いでいたからだ。戦闘で孤立した場合も考えればおかしくはないのだが、疑えばきりがない。

「そうだな」

辰也は銃を布で巻き直してトラックから下りると、建物の陰に隠れた。

天気用語で快晴とは、空に占める雲の割合を十分割（国際的には八分割）して表示する一とされる。つまり雲一つないという天気で日本ではめったにお目にかかれないが、国土の多くを砂漠で占めるシリアでは普段から快晴である。

気温はダマスカスや中部地域なら、東京とあまり変わらない。乾燥している分、日陰はむしろ涼しいが、日向はとにかく暑い。

ひんやりとした日陰の空気で額の汗は引くのだが、逆に掌には汗が滲《にじ》み出てくるのを辰也は感じた。これからよくないことが起きるのを第六感が警戒シグナルを出しているのだ。

中国人の傭兵が斥候に出てから十五分ほど経過した。さすがに車の中ではまずいと思ったのか、トラックを挟む形で停められている四駆からロシア人傭兵が下りて来た。

バンッ！　バンッ！　バンッ！　バンッ！

四発の銃声が轟き、先頭のランドクルーザーから下りた二人のロシア人が頭と胸を撃たれて倒れた。ランドクルーザーは市場が見える道沿いに停めてあったのだ。

それが合図だった。市場の反対側の建物から銃撃が襲って来た。

「ちっ！」

辰也は舌打ちをして、Ｍ１６Ａ２に巻き付けてあった布を剝ぎ取った。

四

シリア中西部のホムスに近いカルヤタインに到着するも、辰也らは銃弾による荒々しい歓迎を受けた。辰也らがいる場所から七十メートルほど離れた二階建ての石造りの建物から銃撃を受けている。敵が政府軍なのか反政府勢力なのかも分からない。特に建物の上から狙撃してくる二人は狙撃手らしくやっかいだ。

中国人の二人の傭兵は斥候に出たまま帰って来ない。また、ロシア人傭兵は早々に狙撃されて二名死亡し、辰也を入れて傭兵は四人になってしまった。また運転をしていたサウジアラビア人たちの半数は、銃撃をかいくぐるように逃走し、残りの四人は建物の陰に隠れたが、誰一人武器を携帯していない。おそらく実戦経験がないのだろう。

「さて、報酬分は働くか」

辰也はＭ１６Ａ２を構え、倉庫の角から身を乗り出して七十メートル先の狙撃手を順に撃ち倒した。距離が短いだけに〝針の穴〟宮坂でなくても簡単に当てることができる。敵は目視できる範囲で、今のところ十人前後、一個小隊の人数だが、軍なら斥候か部隊の一部かもしれず、大挙して押し寄せてくる可能性もあった。

辰也が狙撃兵を倒したことで、他の傭兵も敵を確実に倒しはじめた。

「あっ！」

隣で銃撃していたワンが叫んだ。

物陰に隠れていたサウジアラビア人の二人が、近くのトラックに乗り込んだのだ。トラックは建物の陰に置かれているので、敵の銃弾を受ける心配はなかった。

「あの野郎！」

「止めておけ」

銃を運転席に向けたワンを辰也は止めた。

バリ、バリ！

数メートル先でM16A2が唸りを上げ、走りはじめたトラックはノッキングを起こして辰也らの近くで停まった。仲間を殺されて激怒したロシア人傭兵が、逃走しようとした二人を撃ち殺したのだ。

「うん？」

辰也は微《かす》かに耳障《みみざわ》りな異音を聞いたような気がした。

ガラガラガラ！

耳を澄《す》ませると、銃撃音を縫ってキャタピラの音が聞こえてくる。

「やばいぞ、ワン」

「T72か」

ワンにも聞こえたようだ。

T72はソ連製の第二世代の戦車で、ソ連が崩壊するまで世界中に売りさばいていた。

「積み荷を知っているか？」

辰也は銃撃の合間にワンに尋ねた。

「知らない！　誰も教えてもらっていないはずだ」

ワンは銃を撃ちながら大声で応えた。

辰也は近くで停まったトラックの荷台に飛び乗り、荷物の上に置いてある擬装用の小麦の袋をどかし、木箱をこじ開けた。

「M16A3か」

米国製M16A2の改良型アサルトライフルが、木箱に大量に入っている。噂ではサウジアラビアが資金を出し、米国が武器の提供をしていると聞いたが、本当だったらしい。

「手伝うぜ」

ワンも荷台によじ上って来た。

二人は木箱を次々と開けた。M16A2の弾丸やM67手榴弾が見つかった。だが、対戦車用の武器が見つからない。

「くそったれ！　ないのか」

辰也が腹立ち紛《まぎ》れに足下の木箱を蹴った途端、近くで爆発が起こり、トラックが大きく揺れた。前の倉庫の壁が崩れたのだ。

「砲撃してきたぞ！　逃げろ！」

ワンが叫び声を上げながら荷台から下りた。

辰也も下りようとしたが、最後にもう一つだけ木箱を開けた。

「あった！」

辰也はすぐさま木箱から武器を取り出し、トラックを飛び下りた。背後で爆発が起こった。トラックに砲弾が命中したのだ。爆風で辰也は吹き飛ばされ、路上を転がった。

「馬鹿野郎、何をしている！」

ワンが辰也の腕を摑んで建物の陰に引き寄せてくれた。

市場の建物の陰からT72が現れた。距離は六十メートル、ゆっくりと近付いてくる。

「死ぬつもりか！　しかも戦車相手にM72でどうするつもりだ。逃げるぞ」

ワンは、戦車の陰に隠れながら攻撃してくるシリア軍兵士に反撃しながら怒鳴った。

辰也が持ち出したのは、M72E9という使い捨ての対戦車ロケット弾である。開発された五十年前よりは改良されて破壊力は増しているが、現代の戦車は装甲が厚いため通用しない。そのため、装甲車や軽トラックなどに目標物を変えて運用されているが、対戦車用は後継のAT4対戦車無反動砲や携帯ロケットランチャーなどが使用されている。

「いいから、俺を援護しろ」

辰也はＭ７２Ｅ９を抱え、道路を渡って倉庫の陰に隠れた。Ｍ７２Ｅ９は一発だけの使い捨てだけに失敗は許されない。キャタピラの走行音で距離を測りながら、チャンスを待った。背後からの銃撃が聞こえなくなった。戦車に押されて仲間は逃げ出したのだろう。Ｍ７２Ｅ９を肩に担いだ辰也は建物から身を乗り出した。

戦車は目の前に迫っている。敵兵の銃弾が肩を掠《かす》めた。辰也はＭ７２Ｅ９のトリガーを引いた。ロケット弾は凄まじい勢いでＴ７２の側面に当たり、爆発した。

辰也はすぐさま建物の陰に隠れ、Ｍ７２Ｅ９を投げ捨ててＭ１６Ａ２を構えた。すぐ近くで大きな爆発音が聞こえた。建物からちらりと顔を出してみると、Ｔ７２が炎上している。ロケット弾はＴ７２の装甲板を貫通したのだ。

「うん？」

歓声が聞こえてきた。振り返ると、建物から銃を手に持った市民が手を振りながら駆けてくる。どうやら反政府勢力は敵の攻勢でなりを潜めていたようだ。政府軍と対峙《たいじ》しているさなかに辰也らは市場に到着したに違いない。

辰也はＭ１６Ａ２で政府軍に反撃した。表に出て来た反政府勢力の市民や民兵も次々と銃撃をはじめている。政府軍は反政府勢力に押されて撤退しはじめた。

「信じられない。いくら〝ジャック・イン・ザ・ボックス〟とはいえ、どうやってへなちよこロケット弾で壊したんだ。教えてくれ」

ワンが煙草に火をつけながら、尋ねてきた。

〝ジャック・イン・ザ・ボックス〟とはびっくり箱のことで、イラク戦争の時に米軍の砲撃でT72があまりにも簡単に壊れる様に驚いた米軍兵たちが、そう呼んだのだ。

「ぶち壊したのは、モンキーモデルだからだ」

「モンキーモデルだとしても……」

ワンはまだ納得していないようだ。

モンキーモデルとは、スペックダウンした型のことで、ソ連はT72の装甲を通常より薄くし、エンジンなどの性能も落としたモデルを中東やアフリカ諸国をはじめとした世界の三十カ国以上に売ってあくどく儲《もう》けた。彼らは社会革命を拡散したのではなく、粗悪品を売りさばいたに過ぎない。

「俺はさらに装甲の一番薄い場所を知っていた。ただそれだけの話だ」

辰也も銃撃を止め、少し気取って答えた。他の者にはできない芸当であることを彼が一番よく知っていた。

五

カルヤタインで政府軍と反政府勢力との交戦に巻き込まれたが、辰也の機転でその場を凌《しの》ぐことができた。だが、それは一時的なことで、すぐに援軍を引き連れて政府軍が反攻してくることは分かっていた。

辰也らは退却する政府軍がホムスに向かったのを確認し、攻撃を免れたトラックから武器を出して反政府勢力に引き渡した。その後、行方不明になっていた中国人たちを探したが、市場の外れにあるホテルの近くで惨殺されていた。斥候をしていたのか、逃げ出そうとしていたのかは定かではないが、運悪く潜んでいた政府軍に出くわしてしまったのだろう。大きなバックパックに銃を隠した袋まで持っていたのだ、怪しまれて当然だった。

ランドクルーザーとパジェロにロシア人の傭兵一人に対し、三人のサウジアラビア人を乗せ、辰也とワンがトラックに乗り込んだ。帰りは絶対四駆と決めていたが、運転席に座れるのならトラックでも文句はない。ロシア人たちが四駆に乗る代わりにサウジアラビア人たちを引き受けると言ってきたので、反対しなかった。

間もなく日が暮れようとしていた。見渡す限りの砂漠が赤く染まっている。

午後六時四十六分、ダマスカスに向かう国道を南下しており、三台の車列は来た時と同じコースを辿っている。M16A2ショートバレルは後部床下に隠し、積んでいた武器はすべて反政府勢力に渡して来たので、検問に怯《おび》えることもない。このまま国境を越えてヨルダンに入れば、作戦は終わったも同然だ。報酬は米ドルで二十万ドルを前金で受け取っており、作戦を終わらせれば、残りの半金を貰えることになっている。

「うん？」

辰也は前の車が停車したので、ゆっくりとブレーキを踏んで二台目のパジェロの後ろに付けた。

先頭車からロシア人のドミトリー・グラコフがやってきた。中東で十年以上傭兵をしているベテランで、アラビア語が堪能だ。シリアにも何度も来たことがあり、案内役を自らかって出ている。ちなみに逃げ出そうとした二人のサウジアラビア人を激高して殺したのは、二台目の車に乗る傭兵経験五年のミハイル・イワノフという若いロシア人で、グラコフの子分のような存在だ。

辰也は運転席の窓を開けた。

「サウジアラビア人たちも疲れている。ダマスカスで適当に宿を探して泊まらないか。どのみち夜中に国境は越えられないからな」

グラコフは運転席の窓に腕をかけて言った。

来た時と同じコースといっても、ダマスカスを迂回するために砂漠の横断はしないことになっていた。日が暮れた砂漠は、丘のアップダウンも見えず、方向も分からなくなり、非情に危険だからだ。そのため、ダマスカスの外れの国道を抜ける予定だった。

ダマスカスへは五十キロ、国境の街ダルアーへは百六十キロ、ただし、ダルアーは小さな街なので宿泊施設はないかもしれない。

「分かった」

返事をしたものの、辰也はあまり乗り気ではなかった。Tシャツにパーカー、それにジーパンというスタイルだが、戦闘と長距離の移動で汚れている。こんな格好でも宿泊できるのはノミやシラミ付きのベッドが用意された安宿と相場は決まっているからだ。

ダマスカスの手前で検問があったが、ロシア人と中国人がいるということで好意的な態度で通過できた。ワンのパスポートを見ても彼らには中国と台湾の違いが分からないらしい。四十分後、ダマスカスの市内に入った。内戦状態と言われているが、五月現在の街の様子はいたって落ち着いた様子である。街の外れか、旧市街のホテルに泊まるのかと思ったが、グラコフが案内したのは新市街の中心にあるマルジェ広場のすぐ北側だった。この辺りは新市街でも道が入り組み、バックパッカー用の安宿が密集している。手書きの安直な看板を掲げたホテルがあちこちにあった。

チェックインは団体では怪しまれるので、時間をずらして行い、互いに他人の振りをすることになった。もっとも辰也らのように見るからに外国人であれば、観光客や取材だと言い訳がたつ。むしろ注意しなければならないのは、人数が多いサウジアラビア人たちだ。

治安の悪化で客が少ないため、小さなホテルだが満室になる心配はなかった。シャワートイレ付きの個室で四百シリアポンド、日本円にして四百二十円ほど（二〇一二年七月現在）である。しかも八畳ほどの広さだが、掃除が行き届き、ベッドも清潔なシーツがかけてあった。

辰也はさっそくシャワーを浴びて着替え、部屋を出た。一階の猫の額ほどのロビーのソファーにワンが座って待っていた。

「待てよ。一緒に飯を食いに行かないか？」

振り返るとグラコフとイワノフが階段を下りてくるところだった。ホテルは三階建てだが、むろんエレベーターなどない。

グラコフは知った様子で裏道を通り抜け、〝シャワルマ〟の店に入った。肉の塊を串に刺して廻《まわ》しながら焼き、表面をこそぎ落としてサンドイッチにして食べる、トルコでドネルケバブと呼ばれる料理だ。ほかにも名物のローストチキンの店がいくつかあったが、肉がパサ付き見た目ほどうまくないと、グラコフは言う。

辰也らはわざと遅れて店に入り、グラコフらの隣のテーブル席に着いて注文した。中東のファーストフードらしく待つこともなく、テーブルに供された。

「うまそうだ」

さっそくホブスという薄焼きパンにマヨネーズを塗《ぬ》り、肉とタマネギとトマトを巻いて食べた。羊肉らしく濃厚な味わいがある。またマヨネーズとの相性もいい。イスラム教の国なのでビールが飲めないのが残念だ。

〝シャワルマ〟を頬張っていると、店の前をサウジアラビア人の六人が通って行った。まだ店を決めかねているようだ。辰也らも店内で四人になったが、道を歩く時は別々に行動した。さすがに六人での行動は目を引く、すれ違う地元の人間が振り返って行く。

「馬鹿な奴らだ」

グラコフが鼻で笑った。

「うん？」

辰也の表情が強ばった。サウジアラビア人の後を数人の男が尾行しているのだ。

「止めておけ」

立ち上がろうとすると、グラコフが辰也の腕を摑んで首を振ってみせた。

「何を言っているんだ。あれでもクライアントだぞ。無事に送り届けなければ、仕事は終わらないだろう」

辰也は小声で言った。

「やつらは〝ムハバラート〟だろう。生きてシリアを出たかったら、関わるな」

グラコフは忌々《いまいま》しげに言った。〝ムハバラート〟はシリアの諜報機関で秘密警察のような役割も持つ。

「馬鹿を言え」

辰也はグラコフを睨みつけた。

「落ち着け。ここはシリアだぞ。大統領の悪口を言っただけで逮捕される。イスラエルのことを話そうもんなら、半殺しの目に遭《あ》う。まともな国じゃないんだ」

グラコフは馴《な》れ馴れしく辰也の肩に手をやり、耳打ちするように言ってきた。

イスラエルという言葉をシリア人に聞かれれば、何をされるか分からない。またイスラエルという国すら存在しないと考え、ヨルダンに勝手にイスラエル人が住み込んでいるとイラン人は本気で考えている。

「関係ないね。命が惜しくて仕事を放棄《ほうき》したら傭兵じゃなくなる」

辰也はグラコフの手を払いのけて席を立った。

「待ってくれ。俺も行く」

ワンもすぐ後から付いて来た。

「頼みがある、ワン。ホテルから荷物をまとめてトラックで待機していてくれ。俺の分はベッドの上のバックパックだけだ」

ちらりとワンを見て辰也は言った。

「任せろ。ホテルの裏通りで待っている」

ワンは頷き、すぐさまホテルに向かって走り出した。

辰也はにやりと笑い、反対方向に足を向けた。

六

中東諸国はオイルマネーに塗《まみ》れる前は、砂漠の遊牧民が暮らす貧乏な国々だった。彼らは自分たちが所属する部族の首長こそがトップであり、宗教をはじめとした利害関係により他部族との付き合いも異なる。それは基本的に現在も大して変わりはない。それゆえ、国としてまとまろうとする時、強権的な政権が誕生することになる。

シリアでは国民から自由を奪いコントロールするために軍人、警察、それに私服の〝ムハバラート〟が絶えず目を光らせている。また、デモ隊やジャーナリストを手当たり次第殺害する亡霊の意味である〝シャビハ〟をはじめとした政府側の民兵組織も存在する。

六人のサウジアラビア人たちは軍人ではあるが、みな年齢も高くありふれた格好をしている。一人でいればともかく六人でまとまって行動をとれば、いやでも目立つ。もっとも〝ムハバラート〟のように外国のスパイに常に目を光らせている連中なら、たとえ一人でいたとしてシリア人ではないと見抜くかもしれない。

辰也は歩きながら道端に何か適当な武器になりそうな物がないか探した。格闘技は自衛隊、フランスの外人部隊で訓練を受け、浩志からも実戦向きの武道を教わり、それなりの自信がある。だが、サウジアラビア人たちを尾行している男たちは五人もいる。辰也が素手で一度に相手にできるのはせいぜい三人までだ。しかも相手は素人でない。銃を出されたらやっかいなことになる。一瞬で敵を叩きのめす必要があった。

「おっ！」

辰也は脇の裏通りのゴミ捨て場に鉄パイプが積まれているのを見つけた。長さはさまざまあり、水道管らしく錆び付いた蛇口《じゃぐち》が付いているものもある。

「こいつはいい」

長さが六十センチほどのものを二本拾った辰也は、急いで通りに戻った。

「ちくしょう。どこに行きやがった」

尾行していた連中とは十メートルほどしか離れていなかったが、通りにはサウジアラビア人たちの姿もない。辰也は目立たないように鉄パイプを荷物のように小脇に抱え、通行人を縫うように走った。

「むっ！」

次の交差点を曲がったところで覆面《ふくめん》パトカーのような黒塗りのワーゲンと白いトヨタのミニバンが停まっている。近くの路上で尾行者の二人が煙草を吸いながら立っていた。よく見るとワーゲンにも尾行していた男が運転席と助手席に座って煙草を吸っている。一仕事終えて一服しているという感じだ。サウジアラビア人たちは運の悪いことに、〝ムハバラート〟が網を張っていた所に入り込んだに違いない。

辰也は何食わぬ顔でバンに近付きフロントガラスから中を覗いた。運転席にやはり尾行者が煙草を吸ってくつろいでおり、後部座席に項垂れたサウジアラビア人たちの姿が見える。バンは四列シートの十人乗りのタイプだ。

「何をしている。あっちへ行け！」

外で煙草を吸っていた男の一人が、いきなり辰也の肩を突き飛ばした。

辰也はよろける振りをして、小脇に挟んでいた鉄パイプを両手に握り、二人の男の頭を殴った。すかさず鉄パイプを投げ捨て、バンの運転席からドライバーを背負い投げの要領で道の反対側まで投げ飛ばし、運転席に飛び乗った。

ワーゲンの男が慌てて下りようとしたので、辰也は急発進させてワーゲンのドアにぶつけて弾き飛ばした。

「頭を下げて、摑まっていろ！」

辰也は後部座席のサウジアラビア人に通じないかもしれないが、英語で注意して交差点を曲がった。バックミラーに助手席のドアがない黒塗りのワーゲンが追いかけて来るのが見える。

狭い道路から大通りに出た。宵《よい》の口だけに車の量はまだある。

ダマスカスに寄る予定はなかったので、まったく地理の勉強はしてこなかった。事前に分かっていれば、街の地図は暗記してくるのだが、迂闊《うかつ》だった。

「まずいな」

辰也は舌打ちをした。ワンとホテルの裏通りで待ち合わせをしているので、あまり離れれば迷子になってしまう。大きなロータリーの交差点でタイヤを軋《きし》ませながら左に曲がり、マルジェ広場の北側の大通りに出てまた左に曲がった。

ワーゲンが並走し、車体をぶつけてきた。

「生意気な」

辰也はハンドルを切って押し返し、アクセルを踏んだ。

バックミラーにパトカーの姿が映った。警察に応援を頼んだようだ。

「ちっ！」

舌打ちをした辰也は、次の交差点でバクドハッド通りに左折した。なんとかホテルの位置はまだ見失っていない。三ブロック先で急ハンドルを切り、ワーゲンに後部をぶつけられながら狭い路地に突入した。

「いけねえ」

角を曲がって来た対向車が警笛《けいてき》を鳴らしながら前方で停止した。一方通行を逆走していたのだ。

辰也はブレーキを踏むと同時にサイドブレーキを引き、バンを横滑《よこすべ》りさせた。後ろでサウジアラビア人たちが悲鳴を上げている。対向車の一メートル手前で壁にぶつけ、道を塞ぐ形で停まった。ワーゲンとパトカーは立ち往生《おうじょう》している。

「下りろ！」

辰也は片言のアラビア語で叫んだ。

サウジアラビア人たちを追い立てるようにホテルの裏通りまで走った。トラックがひっそりと暗闇に停められている。ワンは助手席にいるに違いない。サウジアラビア人たちを荷台に乗せ、辰也は運転席に乗ろうとドアノブに手をかけた。

「なっ！」

トラックの前からＭ１６Ａ２ショートバレルの銃身が、ぬうと出てきた。

「余計なことをしやがって」

銃を構えたグラコフが姿を現した。その後ろにはワンの背中に銃を突きつけたイワノフがふてぶてしい顔をして立っている。

「何のつもりだ」

辰也は手を上げながら尋ねた。

「イワノフが二人のサウジアラビア人を殺したのを覚えているだろう。このまま帰ったら、こいつは捕まっちまう。それに同じロシア人だからと俺もとばっちりを食うかもしれない。あの六人が生きて帰るとまずいんだ。それぐらい分かるだろう」

グラコフは鼻で笑った。

「ひょっとして、おまえが〝ムハバラート〟に通報したのか」

「そういうことだ。自分たちの手を染めないで、六人全員を抹殺できるからな。忠告しただろう、関わるなと。黙っていれば、おまえもリヤドに帰って残りの報酬を貰えるんだぞ」

「そういうことなら、先に相談してくれ、俺たちも金さえ貰えれば文句はないんだ。そうだよな、ワン」

辰也はワンに笑いながら頷くと、さっと左に体を入れ、Ｍ１６Ａ２のバレル（銃身）を右手で持ち、左手でストックを握って捻り上げた。

「ギャ！」

グラコフが悲鳴を上げて銃を離した瞬間、奪ったＭ１６Ａ２のストックで後頭部を殴《なぐ》った。トリガーを引っ掛けるように捻ったので指先を骨折させたはずだ。

「死にたくなかったら、銃を下ろせ！」

辰也はイワノフの顔面にＭ１６Ａ２の銃口を突きつけた。

「わっ、分かった」

イワノフはＭ１６Ａ2を下ろそうと銃身を左手で握り、右手でキャリングハンドルの下部を持っている。だが、道路に銃底を付けた瞬間、右の親指がトリガーにかかった。銃を横に向けたまま撃つ、トリック射撃だ。

辰也は体を翻《ひるがえ》してイワノフの左肩を撃ち抜き、左足で顎を蹴り上げた。

「すげえなあ」

ワンが道路に気を失っている二人のロシア人を見て目を丸くした。

「大したことはない」

謙遜《けんそん》気味に言った。というのも銃を突きつけられたと想定し、その対処法を嫌と言うほど浩志から仕込まれたからだ。リベンジャーズの一員なら誰でもできる芸当である。

「出発しよう」

「俺が運転する」

ワンが運転席に乗り込んだので、辰也は助手席に座った。ワンは検問がありそうな高速道路を避け、標識もない一般道からダマスカスを脱出した。

ポケットがやけに振動すると思っていたら、衛星携帯だった。傭兵代理店から支給された小型の高性能なものだ。

「浅岡です」

――やっと、通じました。今どこですか？

池谷からだ。ＧＰＳで位置を把握《はあく》しているはずだが、あえて尋ねてきた。

「ダマスカスを出たところです」

――それでは、サウジアラビアの代理店の仕事は終わりそうですね。

仕事を受けたことは教えてなかったが、しっかりと池谷は調べていたようだ。

「そんなところです」

疲れて説明する気にもなれなかった。

――それでは私からお願いがあります。ホテルにでも落ち着かれたら、連絡をください。

「分かりました」

――言い忘れましたが、あなたと一緒に仕事をしているロシア人でドミトリー・グラコフとミハイル・イワノフはロシアで強盗殺人事件を起こして、国外逃亡をした犯罪者です。くれぐれも用心してください。まったくサウジアラビアの代理店はそういうチェックもなしで人を雇うんですから、呆れましたよ。それでは、お気をつけてお帰りください。

池谷は一方的に話して、電話を切った。

「遅いんだよ。まったく」

辰也は大きな溜息をついて、携帯電話をポケットに仕舞った。

外人部隊

一

南米の北東部にフランスの海外県であるギアナがある。西をスリナム共和国、南と東をブラジルに囲まれ、北は大西洋に面している。

一六〇四年にフランス王アンリ四世の命によりギアナに港を建設し、入植がはじまった。熱帯雨林気候のジャングルに覆われた過酷《かこく》な条件に加え、マラリアをはじめとした風土病で多くの入植者が死亡した。だが入植は続けられ、奴隷《どれい》を使った大規模なプランテーションを経営するまでになる。

十九世紀に入り奴隷制の廃止による植民地経済の破綻《はたん》から流刑地《るけいち》としてギアナは開発され、一時は〝呪われた土地〟と呼ばれたが、一方で金が発見されてゴールドラッシュに湧き、人口は急増した。

百年以上前のゴールドラッシュの面影《おもかげ》はないが、今でも金は採掘されている。だが、ブラジルから密入国して金を不法採掘する者たちが後を絶たず、彼らは金の精製に使った水銀を含む廃液を川に垂れ流すため、環境に深刻な影響を与えている。

「また来るとはな」

辰也は飛行機の窓から眼下に見えるギアナの深いジャングルを見て目を細めた。

シリアのダマスカスを脱出した辰也は、翌日にサウジアラビアのリヤド近郊の陸軍基地へ戻っていた。残りの報酬を受け取り、リヤドのホテルにチェックインした辰也は池谷にさっそく連絡を取った。そこで妙な依頼を受ける。行方が分からない浩志の居場所を突き止めて欲しいというのだ。

浩志が美香とともに姿を消したのは、さまざまな理由が考えられた。国際犯罪組織である〝ヴォールク〟と〝ブラックナイト〟の幹部を倒し、組織を弱体化させたとはいえ、世界中に残党がいる以上、これからも身に危険が迫る可能性がある。そのためには一切の社会的繋がりを絶つ必要があった。また、危害が仲間や無関係な人々にまで及ぶのを恐れたのだろう。

他にも浩志の年齢的な問題が考えられた。四十歳後半になり瞬発的な動きにはまだ耐えられるが、持久力がなくなったことだ。本人は何も言わなかったが、モスクワ川の濁流《だくりゅう》に呑まれて危うく凍死する寸前までいったらしい。傭兵を辞めてのんびりと暮らしているのかもしれない。

サブリーダーとして長年リベンジャーズで浩志とともに闘って来た辰也には、浩志の失《しっ》踪《そう》の原因を自分なりに分析してきた。そのため辰也はこちらから探す必要はないと、むしろ会いに行けば迷惑がかかると当初は池谷の依頼を断った。だが、日本の傭兵代理店が狙われたことで浩志にも危機が迫っている可能性もあり、早急に現状を知らせた方がいいと言われると断れるものではなかった。

池谷に手がかりはと聞くと、一通の絵はがきだと言う。三年前にフランスの外人部隊に入隊した柊真が、祖父である明石妙仁に宛てたもので、ごく最近美香から連絡をもらったと書かれていたそうだ。はがき自体には詳しく書かれていないために、本人に会って直接聞いてこいというのだ。

柊真はフランスの外人部隊でも精鋭で知られる第二外人落下傘連隊に所属している。駐屯地はコルシカ島のカルヴィにある要塞《ようさい》にあるが、もっとも過酷なジャングルでの訓練を受けるためにギアナに来ているようだ。フランス領であるギアナは第三外人歩兵連隊の駐屯地があり、連隊の混成中隊は訓練を目的とした隊員が他の連隊から定期的に交代で任務に就くことになっている。

外人部隊に入ると、レジオネール名という偽名を付けられて過去の自分と決別させられる。外部との連絡も訓練中はつけられない。休暇はフランスの軍隊らしく頻繁《ひんぱん》にあり自由行動をとることが許されるが、安月給では日本に帰ることなど難しい。だが、柊真は唯一の身寄りである妙仁を大切にしているため、所属から勤務地まで定期的にはがきで知らせてくるようだ。

ちなみに辰也は南フランスにあるガール県ニームに駐屯地がある第二外人歩兵連隊に所属していたが、やはり訓練でギアナに二ヶ月赴任したことがある。といっても二十年以上前の話だ。

サウジアラビアのリヤドを発ち、フランスのシャルル・ド・ゴール空港からパリ・オルリー空港に移動し、そこからギアナへの直行便に乗りロシャンボー空港に到着した。トランジットも入れて実に二十三時間の旅だった。

タラップを降りた途端、体に一トンの重しが付けられたように高い湿度の空気がまとわり付き、全身からどっと汗が流れ出した。

「相変わらずだな」

空港からはタクシーで県都であるカイエンヌに向かった。カイエンヌは大西洋に突き出したデルタ地帯の北西部にあり、車で十数分ほどの距離である。高いビルはなく、南フランスの田舎町《いなかまち》を彷彿《ほうふつ》とさせる白い壁にオレンジ色の屋根の家が多い。辰也は街の中心部にあるレンタカー会社でジープ・ラングラーを借りた。

ギアナにある主要な街や海岸線の道路は整備されているために乗用車でも充分だが、ジヤングルの未舗装の道には四駆でなければ入ることはできない。もっともレンタカーを借りる際、ジャングルには乗り入れないという誓約書にサインさせられる。素人が運転すれば四駆でも悪路では身動きが取れなくなるためだ。

午後二時、適当にレストランで軽食を食べた辰也は、街の西部を流れるカイエンヌ川を渡り、海岸線に沿ってカイエンヌから西に五十五キロの位置にあるクールーに向かった。

クールーには第三外人歩兵連隊の基地があるほか、フランス国立宇宙研究センターのロケットの射場があり、欧州宇宙機関が開発したアリアンロケットはすべてここから打ち上げられる。第三外人歩兵連隊はギアナの主権を守ることと治安維持や国境警備のほかに、宇宙基地の警備も重要な任務とされている。

とりあえずクールーで一軒だけある〝メルキュール・アリアテル・クールー〟ホテルにチェックインした。海辺に近い湖に面した三つ星のリゾートホテルで、ヤシの木に囲まれた客室はおしゃれなコテージになっていた。昨日まで中近東の砂漠地帯にいたことが嘘のようである。

「いいね」

ボーイに案内され、辰也は口笛を吹いた。

広々とした寝室にリビング、それに電子レンジに小さなキッチンまで付いている。部屋の予約はすべて池谷に任せてあった。唯一のホテルが豪華なリゾートだとは金にしわい池谷は知らなかったのだろう。

シャワーを浴びて旅の汗を流した辰也は、ジープに乗って第三外人歩兵連隊の基地に向かった。部外者が訓練中の兵士に会うことはできない。そこで池谷は一計を案じ、辰也を外人部隊出身のフリーのジャーナリストということにして、日本の通信社を通じて取材の申し込みをしていた。わざわざ外人部隊出身と明記したのは、取材の許可が得難《えがた》いための苦肉の策だったようだ。

基地の正門の警備兵にパスポートと池谷からホテルにファックスで送られて来た書類を見せて通過した。

さすがに二十年前とは変わっており、オレンジの瓦の立派な司令室がある建物の前に車を停めた。だが、車を下りると二十年前にタイムスリップしたかのような懐かしさを覚えた。というのも基地内の兵士が、昔と変わらないグリーンのベレー帽に迷彩服の制服を着ていたからだ。

「いけねえ」

傍を通り抜ける新兵らしき隊列に目を奪われていた辰也は、慌てて建物の中に入った。

入口の脇に立っていた警備兵が辰也の前に立ちふさがった。

「どちらへ?」

身長が一九〇センチはありそうな黒人が、じろりと睨んできた。

「ジャン・カルタン少佐と三時に約束があります。事務室を教えてもらえますか？」

辰也はフランス語で丁寧に答えた。

「お名前は？」

男は辰也がフランス語で話したのでおやっという表情をして、短く尋ねてきた。

「辰也・浅岡です」

「分かりました。案内します」

大男はロボットのようにぶれることなく回れ右をした。

玄関から廊下をまっすぐ進み、五つ目のドアを黒人兵がノックした。

「少佐、お客様です。お約束があるというミスター・浅岡をお連れしました」

「お通ししろ」

黒人兵の問いに部屋の中からはりのある若々しい声が聞こえて来た。

辰也はいささか緊張した面持ちで入った。というのも退役して十六年経つが、基地に入った途端、まるで現役の兵士になったような錯覚《さっかく》に陥っていたからだ。

黒人兵に軽い会釈《えしゃく》をして部屋に入ると、身長一八〇センチほどの白人の軍人が執務机の向こうに立っていた。約束したカルタン少佐に違いない。

「よく来た。狭山《さやま》曹長！」

カルタン少佐は敬礼してみせた。

「はっ！」

辰也は踵を揃えて思わず敬礼を返していた。顎を少し前に出す、外人部隊式の敬礼だ。というのも狭山真治《しんじ》というのが、外人部隊でのレジオネール名で、退役する際の階級が曹長だったからだ。

「その敬礼は本物だ。体は覚えているもんだね。外人部隊出身のジャーナリストと聞いて、君の軍歴を調べておいたんだ。冗談だよ、気楽にしてくれたまえ」

カルタン少佐は笑いながら、自分のデスクの前の椅子に座るように勧めた。

「失礼します」

辰也も頭を掻《か》きながら椅子に座った。

二

フランスの外人部隊のクールーの基地を訪ねた翌日の早朝、辰也は再びジープ・ラングラーに乗り、基地にやってきた。

愛用の迷彩戦闘服にジャングルブーツを履《は》き、タクティカルバックパックに着替えや食料や水などを詰め込み、傭兵としていつもと変わらない装備を整えた。違うのはジャーナリストに相応しく見せるために武器の代わりに一眼のデジタルカメラを持っていることだ。カメラは池谷から要請を受けて、すぐにサウジアラビアの専門店で日本製のデジタル一眼を購入した。

司令部の建物に入ると、昨日応対してくれた黒人兵士が辰也に向かって敬礼してきた。

「昨日は部隊にいらした方とは存じず、失礼な態度をとって申し訳ございませんでした」

カルタン少佐から聞いたようだ。

「今は、ただの民間人だ。気にすることはないさ」

辰也は苦笑がてら軽く敬礼を返し、廊下を進んだ。少佐の事務室のドアをノックして入ると、執務机の前の椅子に座っていた軍人が立ち上がった。

「ミスター・浅岡、紹介しよう。君が取材を申し込んだ第三中隊の指揮官であるオルドリッチ大尉だ」

カルタン少佐は執務机の向こうで椅子に座ったまま言った。

「オルドリッチです。よろしく」

オルドリッチ大尉は冷めた表情で敬礼してみせた。名前からしてイギリス人か米国人かもしれない。身長は一七八センチほどだが、贅肉《ぜいにく》のない締まった体をしている。年齢は三十三、四というところか。

「ミスター・浅岡は、君の部隊に配属された影山《かげやま》伍長の取材にやってきた。面倒をみてやってくれ」

カルタン少佐はにこやかに言った。柊真のレジオネール名は、影山明《あきら》という俳優のような名前をつけられている。軍から勝手に与えられるのだが、それぞれの国籍に見合った名前が付けられるのだ。

「お言葉ですが、外人部隊出身と聞いておりますが、三日間の訓練に民間人が同行するのは前例もありませんし、現実的にも無理だと自分は思います。部隊の野営地に車でいらしていただくのが一番かと思われます」

オルドリッチ大尉はちらりと辰也を見て言った。馬鹿にしているようだが、彼の言っていることは正しい。一般人が外人部隊でもっとも厳しいジャングルの行軍訓練にまともに付いて行くのは不可能と言っていい。これまでもフランスの国営放送などが訓練模様を取材したが、車で先回りして撮影したに過ぎず、密着取材はなかった。

だが、辰也は隊員と同じメニューをこなし、柊真に三日間付き添うつもりだ。外人部隊の隊員のほとんどの者は、すべてをかなぐり捨てて入隊する。それだけに車で先回りするようなお気軽な人間に本音を語るとは思えないからだ。柊真は誰にも告げずに入隊しているだけに心を閉ざしていることは予測された。ましてあまり面識のない辰也が、いきなり浩志や美香のことを聞いても警戒されるのは目に見えていた。それだけに柊真の様子を窺いつつ、時間をかけて聞きだす必要がある。

「心配される気持ちは分かります。訓練の厳しさは二十年前に経験していますから、充分知っています。しかも現役ではありませんからね。しかし、今も戦場に取材に行くために日々鍛錬《たんれん》は怠っていません。みなさんの足を引っ張るようなことはありませんので、よろしくお願いします」

辰也は余裕の笑顔で答えた。ギアナは四月から七月と十一月から一月が雨期で、五月は年間を通じて一番降雨量が多い月ということも知っていた。また、マラリアやデング熱を媒介《ばいかい》するマダラ蚊《か》やヒトスジシマ蚊が大量に発生し、一年で一番厳しい時期でもある。

「分かりました。ただし事故が起きた場合は自己責任で我々は関知しません、そのつもりで。我々はこれからすぐにサンジャン基地に移動します。帰りのことも考えれば、ご自分の車で我が隊の車列に加わってください」

オルドリッチ大尉は辰也が音を上げて途中で帰る前提で話しているようだ。もっとも軍用トラックに汗臭い男たちに交じって揺られるのは、こちらから願い下げだ。

司令室を出ると、第三連隊のトラックであるルノーの〝TRM4000〟が正門前に四台並んでいた。辰也は急いでジープに乗り込み、車列の最後尾に付けた。先頭の軍用四駆であるプジョー〝P4〟にオルドリッチ大尉が乗り込むと、車列は動き出した。

サンジャン基地はクールー基地から西に二百キロに位置し、隣国スリナムとの国境を形成するマロニ河のほとりにある。

三時間ほど道の両側に迫るジャングルの代わり映《ば》えしない風景をひたすら走る。午前十一時十二分、車列はサンジャン基地に到着した。

予定では基地で昼食を食べてからマロニ河をボートに乗って上流のメマン村を目指す。そこから七キロ歩いて、アパトゥ村まで行き、初日の行程は終わる。一日目は肩ならしに過ぎず、最終目的のジャングルの奥地にあるボルテールの滝までの五十五キロを二日かけて踏破《とうは》する。

ジープから下りた辰也は、バックパックを担いでオルドリッチ大尉の下に行った。トラックから下りてきた第三連隊の隊員が、誰しも辰也に道を譲《ゆず》り振り返った。短い髪をしているが、それでも坊主頭の彼らに比べれば長いので、隊員でないことは一目で分かるが、使い古された戦闘服を着てジャングルブーツを履いているため、肩から掛けているカメラがなければ古参の兵士にしか見えない。それに左頬にある傷痕は伊達《だて》ではない。自衛隊時代も含めれば、軍人としての生活は二十三年にもなり、ギアナにいる外人部隊のどの兵士よりも軍歴は長い。民間人なら兵士に囲まれれば萎縮《いしゅく》するものだが、辰也は職業柄慣れており、自《おの》ずと貫禄があった。

オルドリッチ大尉の前に身長一八〇センチほどの兵士が屹立《きつりつ》している。迷彩服の上からでも肩の筋肉が発達していることが分かった。

「ミスター・浅岡、紹介する。この隊で唯一の日本人である影山伍長だ」

オルドリッチ大尉が手を上げると、前に立っていた兵士が軍隊式に両手を揃えて振り返った。髪を短く刈り込んでいるため、柊真であることに気が付くのにワンテンポ遅れた。身長も高くなったが、頬が痩《こ》けて別人のように引き締まった顔つきになっている。

「おっ！」

最後に柊真を見たのは三年以上前のため、辰也はその成長ぶりに目を見張った。

柊真は辰也の顔を見て一瞬、右眉を上げたが、直立不動の姿勢は崩さなかった。

「はじめまして、ジャーナリストの辰也・浅岡です」

辰也はフランス語でわざとらしく挨拶をした。

「はじめまして、影山明です」

柊真も初対面のように挨拶をして、敬礼してみせた。

「取材中、フランス語を使うようにしてくれ。ただし、仕事以外のことなら、日本語を使ってもらっても構わない。影山伍長、三日間、ジャーナリストの世話は君がしたまえ」

オルドリッチ大尉は、柊真の肩を叩いてその場から離れて行った。

「ミスター・浅岡、食事を摂りますので、私に付いてきてください」

柊真は周りに人がいなくなったにもかかわらず、他人のような口を利いた。

「すみませんねえ」

辰也は頭を掻きながらフランス語で答えた。

三

フランスは美食の国というだけあって、軍のレーションも美味《おい》しいと評判がいい。パッケージには一日三食分入っており、主食は缶詰になっている。デザートに関してはチョコレートやキャンディーなど他国とあまり変わらない。それに比べてイギリス軍は、板チョコやチョコレートプディング、フルーツビスケット、レーズンチョコ、フルーツキャンディーなど、主食よりデザートや菓子類の方が充実している。レーションは国民性を反映しているといえよう。

サンジャン基地に入った第三連隊、総勢百名は、レーションを支給され、基地の広場で思い思いに食べはじめた。辰也は柊真から手渡されたレーションから豚肉と豆と野菜のクリーム煮の缶詰を選び、クラッカーにコーヒーも添えて食べた。

「フランスのレーションは、やっぱりうまいな」

クリーム煮を頬張り、辰也は舌鼓を打った。外人部隊で最後にレーションを口にしたのは、十八年前になるが、味は変わらない。ただ、昔のレーションにはウイスキーやラム酒などのちょっとした酒類が入っていたが、今は支給されていないようだ。

「ミスター・浅岡、部隊長からの命令ですから、取材には協力しますが、個人的なことは話しませんから」

　柊真はかなり身構えているようだ。三年前に誰にも告げず外人部隊に入隊したために日本に連れ戻されるのではないかと、警戒しているのかもしれない。主食の缶詰も開けずに辰也をじっと見ている。

「俺は、柊真君に干渉するつもりはない。むしろ五年間の任期を無事終えて欲しいと思っている。ここを出れば軍人として恥ずかしくないからね」

　辰也はクラッカーをかじりながら言った。

「そうですか。爺さんに頼まれたんじゃないんですね。それじゃ、本当にジャーナリストなんですか？」

　やはり祖父の妙仁を気にしていたようだ。柊真のフランス語は文法的な間違いもあるが、問題なく通じる。言葉の問題は、フランス語と同じラテン系の言語を持つ欧米人と違い、日本人にとっては第一の障害となる。柊真はかなり努力しているに違いない。

「アルバイトみたいなものさ。それに君のお爺さんは寛容《かんよう》と聞いている。野暮《やぼ》な真似はしないだろう」

　様子を見るため、辰也は絵はがきの話をすぐには出さずに話を続けた。せっかく心を開きかけたのにすぐに浩志のことを尋ねたら、たったそれだけのことで会いにきたのかと柊真の気分を害する恐《おそ》れがあるからだ。

「爺さんは、元気にしていますか？」

柊真は主食の缶詰を開けながら尋ねてきた。

「俺も会っていないから知らないけど、池谷さんの話では元気にされているそうだ。休暇は帰らないのかい？」

「金もないし、日本に帰ったら、爺さんに怒られることは分かっていますからね。怒らせると結構怖いんですよ」

柊真は自嘲気味に笑った。

「未だに怒られるのが怖いのかい」

辰也は吹き出しそうになった。

「怖いですよ。子供の頃からよく叱られましたからね。それに今帰ると、以前の情けない自分に戻りそうで嫌なんです。だからまずは五年の任期を終えて、部隊に残るかどうか決めてから日本に帰るつもりです」

そういうと柊真は頷いてみせた。固い決意をしているようだ。

「俺は正直言って、自衛隊がだめだったから、外人部隊に入ったけど、柊真君はどうして入隊したんだい？」

「それって、取材ですか？」

「まあ、そんなところだ。色々聞いて、原稿の構成を考えようと思ってね」

取材は嘘だとは言えず、適当に誤魔化した。

「理由は色々あります。一つはミャンマーの武装勢力に襲われた時に何もできなかった悔しさです。素手では誰にも負けない自信がありましたが、銃撃されてパニックになりました。正直言って、怖かったんです」

柊真は肩を竦めてみせた。

「銃撃が怖くないやつはいない。逆に怖がらないやつは戦場で一番先に死ぬんだ。これには例外はないな」

「それじゃ、辰也さんも怖いんですか？」

驚きの表情を見せた柊真は遠慮がちに尋ねてきた。

「大きな声じゃ言えないけどね。銃撃を恐れるからこそ、今まで生き延びてきたというわけさ。なんだか、どっちがインタビューしているのか分からなくなったな」

「本当だ」

二人は顔を見合わせて笑った。柊真の警戒心はどうやらなくなったようだ。

食事を終え、チョコレートバーも食べて糖分も補《おぎな》った。柊真と話していると、よほど辰也のことが気になっていたらしく、彼と同じ小隊の三人の隊員が集まってきて質問攻めにされた。辰也が部隊の古参の兵士より貫禄があるため、理由が知りたかったようだ。

しばらく四人の兵士を相手にしていると、いつの間にか午後一時になり集合をかけられ、移動することになった。

「連隊、出発！」

連隊長であるオルドリッチ大尉の号令で隊員らは基地を出発し、マロニ河の岸辺まで進んだ。小さな桟橋に木製の四隻のボートが係留してある。隊員はボートに乗り込むと、用意されていた救命胴衣を着用した。

辰也は四隻目のボートになり、思わず舌打ちをした。隊の中では柊真が二十歳とまだ若く、伍長という階級も一等兵と変わらない扱いだとこれで分かる。現に同じボートに乗っている第五小隊は若い隊員ばかりだ。小隊長であるオーエン中尉も第三中隊の中では一番若い指揮官のようだ。

「どうしたんですか？」

苦虫を嚙み潰したような顔をしている辰也に柊真は尋ねてきた。

「ボートが動けば分かるよ」

「……？」

辰也の答えに柊真は首を傾げた。

「理由が分かりましたよ」

ボートが二百メートルと進まないうちに、柊真は濡れた顔を袖で拭いながら言った。

最後尾のボートは前を進むボートの水しぶきをまともに被り、前のボートが作る波で上下に大きく揺れる。しかも水しぶきが船底に溜まるためにかき出さなければならないのだ。

柊真と行動を共にするということは、この分では新兵並みに扱われることになる。体力もその分使うだろう。オルドリッチ大尉が忠告したのも頷ける。辰也はさすがに三日間も訓練に同行するのは無謀だったかもしれないと心配になってきた。

四

第三連隊はマロニ河を一時間半かけて上流の船着き場があるメマン村まで進んだ。四隻目のボートに乗っていた隊員は誰しも頭からずぶ濡れの状態である。辰也も例外でなく下着までしっかり濡れていた。だが、ジャングル行軍ともなれば当たり前のことである。気温は三十六度、湿度も高い。体に張り付いた下着と軍服が息苦しさを増すことになる。レーションに入っていたミントキャンディーを口に放り込み、辰也は軽いストレッチをした。こんな時だらけていると、筋肉は弛緩《しかん》するどころか硬さが取れずに疲労を増してしまう。

辰也がジャーナリストらしくカメラを向けると、それまで濡れて意気消沈していた隊員らは笑ってみせた。中には船酔いをした隊員も何人かいたが、日頃鍛えているだけに陸に上がった途端、しっかりとした足取りで立っている。

ジャングルが近くなったためにまとわりつく蚊の量が増えた。辰也は日本製の虫除《よ》け剤を塗っているが、汗ですぐに効《き》き目がなくなることは知っている。それでも出発前にもう一度塗る。それにマラリアの予防薬である〝ラリアム〟も服用している。準備は万全だ。副作用が強く、吐き気や頭痛、酷い時は幻覚さえ見るというが、辰也はこれまで一度も経験がない。

ここから第一日目の目的地であるアパトゥ村に向かう。十分の小休止を入れて連隊は出発した。出発の合図の前にオルドリッチ大尉が辰也の様子を見に来た。辰也が民間人ということで気を遣っているようだ。

隊員は三十キロ前後のバックパックに、重量が三・八キロあるFAMAS自動小銃を担いでいる。辰也の荷物はせいぜい二十キロほどしかない。長年軍人をやっていれば何が必要か否かは分かる。しかも武器を持っていないので、手ぶらのような錯覚すら覚える。

アパトゥ村までは七キロの行程である。村はジャングルの入口に位置し、メマン村からは整備された道路もあるが、あえて連隊は雑草が生い茂る川沿いの道を進む。

歩きはじめて一時間ほどすると、音を立てて雨が降ってきた。辰也はバックパックのポケットから迷彩のジャングルハットを出して被った。米軍と同じメーカーが出している物で、日差しや雨を避け、風通しもよい。深く被ることにより首回りの蚊避けにもなる。

ぬかるんだ道が兵士の足に絡み付き、連隊のスピードは落ちてきた。すでに三キロは歩いているが、代わり映えしない景色に疲労感が増す。辰也にとっては二十年前とはいえ、経験済みのため、コースの状況はある程度把握できる。だが、はじめて訓練に参加する兵士にとっては未知の世界だけに精神的なプレッシャーがあるはずだ。

「大丈夫ですか？」

隣で黙々と歩いていた柊真が尋ねてきた。

「何が？」

「まだ半分ありますけど、辛いようでしたら小隊長を通じて、休憩を申請しますが」

「そんな心配はいらないよ。休まずに後二十キロは歩ける」

嘘ではない。自分でも思ったより、体調はいいのだ。長年の傭兵生活で、下着は綿百パーセントの物ではなく、速乾性の混紡を愛用しているので、雨の中を歩いていても肌にまとわりつかない。ジャングルブーツは手入れの度に防水処理をしているので、中に水が染み込むことはなく快適だ。一緒に行軍している隊員たちは軍からの支給品を身につけているはずだ。下着は肌にべったりと張り付き、靴下まで濡れたコンバットブーツは歩く度に重くなっているに違いない。

「本当ですか。すごいなあ」

柊真は首を傾げつつも、感心しているようだ。

「体力は若い頃に比べれば確実に落ちているけど、長年の経験でカバーできるもんなんだ。そういう意味では、藤堂さんは達人だよ。俺があの人に勝てるのは未だに爆弾の扱いぐらいだな」

時間をかけて本題に入るべく、浩志の名前を出してみた。

「そう……なんだ」

浩志の名前を聞いて一瞬誇らしげな顔になった柊真だが、すぐに溜息をついてみせた。色々あるのだろう。柊真は浩志に対して亡くなった父親への思いと重ね合わせているのではないかと、辰也は推測している。池谷ははがきの件を彼に直接会って聞けば何か分かると簡単に考えているが、辰也はそうは思っていなかった。

「タイで会ったのが、最後だったよね」

辰也を含め〝リベンジャーズ〟はミャンマーの国軍基地に捕われていた柊真を助け出したが、戦闘で京介が頭部に銃撃を受けて重傷となった。そのため、米軍に救援を求め、柊真と京介はヘリに回収されてタイの病院に運ばれている。以来、〝リベンジャーズ〟のメンバーは柊真とは会っていない。

「……藤堂さんはどうしているんでしょうね」

しばらく沈黙した後で柊真は言った。

辰也は柊真の些細《ささい》な表情の変化も見逃すまいとじっと見つめたが、ありきたりの答えが帰ってきただけだった。最初の沈黙は、タイでの出来事を思い出したくないからだろう。だが、答えは、彼も浩志の居場所は本当に知らないように聞こえる。少なくとも一緒にいるはずの美香からの連絡の件を詳しく聞かないとだめなのだろう。行軍中の会話はそれで終わった。もともと話をしながら歩くのは禁止されている。

午後五時七分、連隊はアパトゥ村に到着した。雨も上がり、雲の合間からうっすらと射す西日がジャングルを照らし出し、幻想的な風景を作り出している。蒸し暑いのは相変わらずだが、気温が下がったために過ごし易くなった。

村に到着すると、小学校に隣接する体育館のような宿泊施設に入り、小隊ごとに振り分けられる。壁にフックがあり、各自が持参したハンモックを吊って寝場所を確保するのだ。

辰也は慣れた手つきで柊真の隣にハンモックを括《くく》り付けると、濡れた戦闘服の上着を脱いでフックにかけた。次にジャングルブーツを脱いでバックパックから出した軽いウレタン製のサンダルに履き替え、タオルを肩から下げた。

「うん？」

気が付くと柊真が辰也の行動をじっと見ていた。

「どうかした？」

「なんだか、ホテルにでも泊まっているようにあまりにも慣れているというか、くつろいだ様子なので、感心して見ていたんです」

褒めているのではなく、少々馬鹿にしているようだ。訓練中はタクティカルブーツを脱ぐのは寝る時だけだ。しかもサンダルに履き替える者などいない。もちろんこれが実戦であれば、寝る時もブーツを脱ぐことはないだろう。

だが、到着したらどうするか辰也は知っているため、雨で濡れた戦闘服と汗で蒸れたブーツを乾かすべく脱いだのだ。

「安全に眠ることができれば、どこでもホテルと同じさ」

辰也はすました顔で言った。銃弾の雨が降って来なければ、五つ星のホテルのベッドだろうと、ジャングルの木に吊るしたハンモックだろうと変わらない。それが傭兵の生活である。

「それより、シャワーを浴びに行こう」

辰也はバックパックから石鹸《せっけん》を取り出して笑ってみせた。

五

午前四時三十分、辰也は蚊の羽音でふと目覚《めざ》めた。

ハンモック専用の宿舎は闇に浸《ひた》っている。若い兵士のいびきが合奏《がっそう》をしているようにあちこちから聞こえ、歯ぎしりの伴奏がたまに入る。

辰也はさほど疲れていないと思っていたが、午後十時過ぎにハンモックに横になった途端、眠ってしまった。眠る前に柊真から古参兵がするようにラム酒入りのコーヒーをご馳走《ちそう》になり、リラックスしたのも原因だろう。辰也が現役の時も野営地で焚《た》き火《び》を囲み、ラム酒入りのコーヒーを仲間と回し飲みしたものだ。

二時間ほど柊真や同じ小隊の若い隊員も交えて話をした。柊真に話を聞こうとするのだが、辰也は彼の取り巻きに質問攻めにされてしまう。辰也が外人部隊を辞めてから何をしてきたのか、彼らの関心はそれに尽きた。自分の将来を重ねるとともに参考にしたいようだ。結局肝心な話はできずに眠ることになった。

闇に音も立てずに動く者がいる。ハンモックを下りて足音を忍ばせて外に出て行った。集合は午前六時半と決まっているので、少なくとも五時には起きなければならない。だが起床にはまだ早い。トイレにでも行ったのだろう。

六時間も熟睡したために疲労感はまったくない。横になっていればいいのだが、いびきの大合奏の中では疲れてしまうため、外に出ることにした。風呂屋にでも行くようにタオルを肩にかけてサンダルを履いた。建物を出ると湿度の高い濃密な空気がひんやりと感じた。百人以上の人間の体臭と熱気が狭い宿舎内の淀《よど》んだ空気と混じり合っている。そのため、実際は温度が高いはずなのに外気が冷たく新鮮に感じられるのだ。

「うん？」

小学校の校舎の近くで数人の男が立ち話をしている。よく見ると、連隊長のオルドリッチ大尉と各小隊の小隊長のようだ。先ほど宿舎から抜け出したのは指揮官だったらしい。隊員が起き出す前に訓練の打ち合わせでもしているに違いない。

辰也が宿舎の脇にある洗面所に行こうとすると、短い口笛のような音に足を止められた。振り返ると、オルドリッチ大尉が手招きをしている。

「何ですか？」

タオルを首にかけたまま辰也は男たちに近付いた。

「ブラジルで麻薬の密売で指名手配されていたマフィアのボスがマカパで警察と銃撃戦の末に手下とともに逃走したそうだ。そのため、警戒するように司令部から緊急連絡が入った。我々は訓練を続行するが、実弾をいつでも使えるように命令を受けたのだ。それともう一つ、別の命令も出された」

オルドリッチ大尉は厳しい表情になった。

「悪いが、君がこの先、我々に同行することは不可能になった。訓練中に君が事故で怪我をしたとしても、君の自己責任であることは前にも説明した通りだ。だが、危険を予知した上で、同行を許していたとなると、話は別だ。もし、マフィアと遭遇して君が怪我をした場合、責任は軍にかかる」

「ちょっと待ってくれ、マカパはここからずいぶん遠いはずだ。いくらなんでも大袈裟だろう」

辰也は腰に手を当て、オルドリッチ大尉に迫った。

「マカパはここから南東四百キロの位置だ。だが、問題は、彼らはキューバに亡命するつもりだということだ。キューバへ行くにはルートがいくつか考えられる。その一つが国境を越えてマロニ河を下り、隣国のスリナム共和国に入り、首都パラマリボの港から漁船でもチャーターしてキューバに向かうことだ。このルートが一番人目に付かない」

オルドリッチ大尉は地図を拡げて予測ルートを示した。彼の言っていることに矛盾《むじゅん》はない。当初犯人らがマカパに潜伏《せんぷく》していたのもキューバに向かうために、ブラジル最北端の街を選んだに違いない。

「銃撃戦はいつあったんですか？」

「昨日の早朝だ。犯人たちは二台の四駆で移動しているらしい。マロニ河の上流を目指せば、今日あたり遭遇してもおかしくはない」

マカパからハイウェイ２１０号に乗れば、確かに数時間でマロニ河の上流に着くことはできる。

「メマン村から〝ピローグ〟でサンジャン基地まで戻ってくれたまえ」

〝ピローグ〟とはボートタクシーのことだ。メマン村は〝ピローグ〟で生計を立てている者が多いので、足に困ることはない。

「ここから、丸腰の俺を一人で帰すと言うのか？　それこそ無茶だろう。それとも周りに外人部隊さえいなければ、殺されても俺の自己責任とでも言うのか」

辰也はわざと目を吊り上げて言った。

「君がそう言うと思って、第五小隊から四名の護衛を付け、メマン村まで送るつもりだ。トラックの手配はすでにしてある。三十分後に出発してくれ。我々は、君を送り届けた四名の隊員が戻り次第出発する」

オルドリッチ大尉は苦笑を漏らし、辰也が落ち着くように両手を上げた。

「第五小隊……？」

柊真の所属する小隊だ。

「護衛の中には影山伍長も含まれる。片道三十分程度だが、彼にインタビューしてくれ。それでも足りないようなら、明後日改めてクールーの基地を訪ねて来てくれないか」

彼としては精一杯の譲歩であり、サービスに違いない。

「分かりました」

辰也は朝食のレーションを食べて準備するべく、宿舎に戻った。

六

フランスの外人部隊で一番過酷だと言われるギアナのジャングル行軍訓練は、本番前の二日目の朝であっけなく終わった。これから道もないジャングルを五十五キロ踏破することを辰也は期待していたのだが、二度とこんなチャンスはないだろう。

辰也はジャングルへの出発地点であるアパトゥ村からルノーの〝TRM4000〟に乗せられた。トラックはおそらく軍から村に払い下げられたものか、供与された物に違いない。産業もないギアナの住民はおしなべて貧しい。だが、フランス領であるため、物価だけは本国と変わらないということもあるのだろう。見かねた外人部隊から支給されたTシャツやちょっとした道具を村民は使っている。

第五小隊から四名の兵士が選ばれて辰也を護衛がてら見送ってくれることになった。柊真以外の三人は、辰也になにかと質問をしてきた連中ばかりで、柊真と同じく第二外人落下傘連隊から訓練で参加している同期らしい。

柊真が運転し、助手席に辰也が座っている。荷台にはセルジオという名のスペイン人とフェルナンドというイタリア人の他にマットという米国人が乗っていた。もっとも全員レジオネール名なので、本名は知らない。

柊真のギアナでの訓練期間はまだ一ヶ月半あるという。焦る必要はないのだが、もし池谷が言うように浩志や美香に危険が迫っていたとしたら、のんびりもしていられない。しかも二人だけで話す機会は、めったにないだろう。

「つい最近の話なんだけど、池谷さんが妙仁さんと会って世間話をしていたら、君の話題になったらしい。妙仁さんは君からの絵はがきを楽しみにしているそうだよ」

トラックが走り出すと、辰也はすぐに切り出した。

「………」

辰也の意図が分からないらしく、柊真はわずかに首を傾げながら聞いている。

「君のはがきに美香さんから連絡があったと書かれていたらしいけど、よかったらどんな形で連絡がとれたのか、教えてくれないか？」

「絵はがきをもらったんです。それだけのことですが……」

柊真は訝しげな目で辰也を見ていた。

「すまない。正直に話そう。実は日本では何者かに仲間が監視されたり、傭兵代理店に爆弾が仕掛けられたりと攻撃を受けている。ひょっとしたら、藤堂さんや美香さんにまで危害が及んでいる、あるいは危険が迫っているのではないかと心配しているんだ。だから、藁《わら》にもすがる気持ちで、君に美香さんのことを聞きに来たというわけさ」

辰也は真実を話し、頭を下げた。柊真は頭がいい青年のため、変に繕《つくろ》えばかえって怪しまれると思ったからだ。

「なんだ。そうだったんですか。美香さんからは今年に入ってから二度絵はがきをもらっています。彼女が水彩の絵の具で描いたものらしく、どちらも美しい海の絵です。でも、住所は書いてなくて、俺も現住所は知らないんです」

柊真は納得してくれたらしく、素直に答えてくれた。彼は世話になった美香には外人部隊に入ってからも連絡を取っていたようだ。彼女からの絵はがきは駐屯地であるコルシカ島のカルヴィに届いたものらしい。

「それじゃ、消印は？」

「それが、不思議なことに一つはオーストラリアで、一つは韓国でした。旅行の途中で出したのか、あるいは誰かに投函《とうかん》を頼んでいるのかもしれませんね」

柊真も気になっていたようだ。美香は彼にも居場所を悟《さと》られないように工作していたに違いない。

「それにほとんど美香さんのことについては書かれてなくて、俺のことを心配する内容でした」

柊真は照れくさそうに笑った。美香は、柊真のことを実の弟のように気遣っていたのだろう。

「手がかりなしか。……その絵はがきはまだ持っているかい？」

辰也は大きな溜息をつきながら尋ねた。

「兵舎のバッグの中に入っていますよ。訓練が終わったら、基地を訪ねてください」

二人の会話が終わる頃、トラックはメマン村に到着した。

「〝ピローグ〟の運賃の交渉は任せてください。一般人だと、法外な値段を請求されますからね」

運転席から下りてきた柊真は気軽に言った。

トラックに他の隊員を待たせ、二人は並んで桟橋に向かった。桟橋には先客らしい男が数人煙草を吸いながらたむろしている。観光客なのか、柄シャツに半パンやジーパンといったラフな格好をしているが、誰しも人相が悪い。

「うん？」

辰也は桟橋にプレジャーボートが係留されていることに気が付いた。建物の陰になっていたため分からなかったのだ。

桟橋の男たちは〝ピローグ〟の客ではないらしい。大きな赤いポリタンクを持った男がプレジャーボートに向かっている。燃料のガソリンを積み込もうとしているに違いない。

「辰也さん。ひょっとしてあいつら連隊長が言っていたマフィアじゃないですか。燃料切れになり、この村でガソリンを買ったんですよ。ガソリンを売るような村はこの辺りではここしかありませんから」

柊真は囁《ささや》くように日本語で言った。

「そうらしい。何気ない素振りで、トラックまで戻ろう。関わらない方がいい」

辰也は柊真の肩に手を回し、回れ右をした。警察でもないのに逃亡犯と関わる必要はない。気付かれないうちに退散するに限る。

「そうですね」

柊真も自分のＦＡＭＡＳ自動小銃を運転席に置いてあるので、丸腰だった。

背後で、がちゃりと金属音がした。

「まずい！」

辰也は柊真を突き飛ばし、身を屈《かが》めて振り返った。

桟橋で煙草を吸っていた男たちの手には短機関銃のイングラムＭ１１が握られていた。ストックを折り畳んだ状態で、全長が二九六ミリと小型なため、手荷物か懐にでも隠していたのだろう。

九ミリ弾を使用するイングラムＭ１１は、三十二発のマガジンでも二秒足らずで撃ち尽くしてしまうほど発射速度が速い。かつては米軍の特殊部隊でも使用されたが、現在は公的機関の利用はなく、もっぱら犯罪組織で使われている。

辰也は近くの小屋に、柊真は木の陰に飛び込んだ途端、イングラムが火を噴いた。二人とも軍服を着ているだけに、軍が逮捕に来たとでも勘違いしているのだろう。

柊真の隠れている木に銃撃が集中して木屑《きくず》と煙を上げている。イングラムの性能上、弾幕を張ることはできても、正確に射撃することはできない。だが、一歩でも外に出ようものなら、蜂《はち》の巣にされる。

「ほお」

辰也は乗って来たトラックを見て目を見張った。

トラックに残っていたセルジオらが敏速に反応して、連携をとりながら銃撃してきたのだ。しかも敵に当てないように巧みに狙いを外している。マフィアの男たちは蜘蛛《くも》の子を散らすように桟橋から逃げ、近くの建物の陰に隠れた。

「柊真君、今のうちにトラックに戻るんだ」

辰也は銃声の合間を縫って声を上げた。

「辰也さんは、どうするんですか？」

柊真も声を張り上げたが、落ち着いた様子だ。

「このまま俺たちが消えたら、ガソリンを売った村人は顔を見られたと殺されるかもしれない。奴らを捕まえるか、殺すか、どっちかだ」

柊真は頷くと、武器を取りにトラックに向かって駆け出した。

辰也は小屋を回り込んで、背の高い雑草に紛れて川に向かった。その間もマフィアと外人部隊の隊員らとの銃撃は続いている。マフィアらの銃撃は正確性に欠け、隊員らはわざと外しているために膠着状態《こうちやく》である。隊員らは一度も人を撃ったことがないために躊躇しているのだ。先に手持ちの弾丸の切れた方が、負けとなる。

辰也は雑草をかき分けて川に入り、プレジャーボートまで潜水で近付き、ボートの船尾に付いている梯子に手をかけて水面に出た。

船の中からスペイン語の怒鳴り声が聞こえる。マフィアのボスが手下に早くガソリンを入れるように命令しているようだ。ボスは銃撃を恐れて船室に隠れているに違いない。

桟橋から右手にイングラム、左手にガソリンタンクを持った男が銃撃を縫って飛び移って来た。辰也は梯子をすばやく上り、船上に身を躍《おど》らせると、ガソリンタンクを持っている男に抱きつき、川に飛び込んだ。そのまま川底まで引きずり込んで男の首を捻って溺れさせると、イングラムを奪った。

辰也は再び梯子を上って船に上がると、船室のドアを銃撃し、反撃がないことを確かめてドアを蹴破った。

四十前後の色の黒い男が撃たれた腕を押さえて踞《うずくま》っていた。

辰也は男の喉元にイングラムを押し当てて、船室から引きずり出した。

「銃を捨てろ！」

船上でボスの襟首《えりくび》を摑んで吊るし上げ、スペイン語で知っている数少ない単語を大声で叫んだ。銃撃は止んだが、手下たちが出て来る様子はない。

「こいつを殺すぞ！」

辰也はを男の耳元でイングラムを空に向かって撃った。ボスが悲鳴を上げると、建物の陰から手下たちが両手を上げて出てきた。

「動くな！」

柊真たちがＦＡＭＡＳ自動小銃を構えて走り寄って来た。さすがに訓練された兵士だけに、マフィアの男たちをうつ伏せにさせて、あっという間に制圧した。

辰也もボスを引きずるようにボートを降りた。

「さすがだな」

辰也は晴れ晴れとした顔をしている柊真と彼の仲間の顔を見た。

「それはこちらの台詞です。素手で乗り込んでボスを捕まえるなんて、俺たちにはとてもできませんよ」

柊真が言うと、仲間たちが頷いた。

「慣れの問題さ。俺は場数を踏んでいるだけだ」

話しながら辰也は、ボスのズボンからベルトを抜き取り、後ろ手にさせてベルトできつく縛った。それを見ていた柊真らも同じように手下を縛り上げた。

「頼みがある。俺は戦闘に参加していないことにしてくれ。ばれたら大変なことになるからね」

辰也は両手を合わせた。

「それもそうですね。ジャーナリストがイングラムを撃ちまくったら、おかしいですから」

柊真が笑いながら答えると、彼の仲間も笑って頷いた。

「契約成立だな」

辰也は若い兵士らとハイタッチをした。

潜入

一

　ＪＲ市ヶ谷駅にほど近い靖国《やすくに》通り沿いに防衛省がある。東西に長い敷地の西から庁舎はＢ棟、Ｃ棟、中央に十九階建てのＡ棟を挟んでＤ棟、Ｅ棟の順に並ぶシンメトリーに近いデザインとなっている。

　Ａ棟には、内部部局、統合幕僚監部、陸上幕僚監部、海上幕僚監部、航空幕僚監部など防衛省の中枢《ちゅうすう》がある。

　傭兵代理店の池谷と瀬川はＡ棟の一階受付脇のソファーに座っていた。

「まったく、情けないものです。少し前までなら、顔パスでどこにでも行けたのに、政権が変わり、訳の分からない防衛大臣が何度も入れ替わってから、いつのまにか私は部外者になってしまったようです」

池谷は受付の女性に聞こえるようにわざと大きな声で言った。

「それだけ、防衛省のセキュリティーレベルが高くなった証拠ですよ。ポジティブに考えましょう」

瀬川は迷惑そうな顔で言った。

「アポを取って来たのに、もう十分も待たされているんですよ。私をいったい誰だと思っているんでしょうね」

池谷は長い顔を横に振った。

「社長、世間では、下北沢の丸池屋の主人なんですよ。ここでは不用品を買い取る取引業者として受付されているんです。十分や二十分待たされても仕方がないでしょ」

やんわりと瀬川は忠告した。

丸池屋が爆破されてから十三日、瀬川が情報本部長である長峰康宏の自宅である外苑東通り沿いの〝パールマンション〟の監視活動をはじめてから六日が経っていた。未だに何の成果もなく、苛立ちを覚えた池谷はさぐりを入れるために、古巣である情報本部調査課の課長である羽山政司《はやませいじ》に会いに来たのである。

防衛省隷下《れいか》の特務機関の局長である池谷を知っているのは、情報本部で数人、あとは四幕と呼ばれる統合幕僚監部、陸上幕僚監部、海上幕僚監部、航空幕僚監部のそれぞれの長といった極めてセキュリティーレベルが高いものだけで、政治家である防衛正・副大臣は知らない。政治家ほど機密意識が低い人種もいないからである。

羽山は防衛省、あるいは政府からの依頼を直接池谷に伝える役目を持つパイプ役をしていた。彼が新人として入庁した当時、池谷は課長だった。そのため、かれこれ二十三年の付き合いになる。それだけに池谷は未だに羽山が新人という意識が抜けないに違いない。

「すみません。池谷さん、お待たせしました」

エレベーターから降りて来た小太りの男が頭を下げながら近付いて来た。調査課課長の羽山である。身長一六二センチと小柄で、体重は七十キロを超えているに違いない。

「本当に待ちました」

池谷は大人げなく答えた。

「今日は、どういったご用件でしょうか」

羽山は池谷の態度を気に留める様子もなく対面に座ると、丸い顔を突き出して尋ねてきた。

「見学者も通るようなこんなところで、話をするつもりですか?」

右眉をぴくりと上げた池谷の顔が赤くなった。

「池谷さんこそ、直接こちらにいらしてどうされたんですか？　庁舎で特定の業者を優遇するようなことをすれば、他の職員から怪しまれます。もし、あらぬ疑いをかけられ、無関係な部署や管理職から追及されたらどうされるつもりですか?」

羽山は顔色も変えずに質問で返してきた。

「むっ……」

羽山の思わぬ反撃に池谷は憮然《ぶぜん》とした表情になった。

「もし、ここでお話しできないようなことでしたら、お引き取り願えますか」

「なんですと！　それが私に対する態度ですか。分かりました。帰ります」

池谷は拳を握りしめて立ち上がった。

「確か、今年で五十九歳になられるはずです。そんなことで腹を立てられては、体に障《さわ》りますよ」

羽山も立ち上がり、首を振ってみせた。

「私は六十三歳です。若く間違えたところで失礼でしょう」

池谷は上着のポケットからハンカチを取り出し、額の汗を拭った。

「還暦を過ぎているようなら、なおさらご自愛ください」

羽山は苦笑してみせた。

「余計なお世話です。瀬川君、帰りますよ」

池谷は唖然とする瀬川を置いて、出口に向かった。

「待ってください。どうしたんですか、社長。羽山さんのおっしゃっていることも、もっともだと思いますが」

瀬川は慌てて池谷を追った。

「いいから帰りましょう」

池谷は肩を怒らせているが、表情は落ち着いていた。

無言で二人は車に乗り込んだ。

瀬川はハンドルを握り、駐車場から正門に向けて車を走らせた。

「今日も何の成果もなさそうですね」

バックミラー越しに後部座席を見ると、池谷は老眼鏡をかけてスマートフォンを見ている。

「そうでもなさそうですよ。羽山は、情報本部の動きがおかしいと言ってきました」

顔を上げた池谷は、老眼鏡を頭に載せて言った。

「どういう意味ですか。メールでも送られて来たんですか？」

瀬川は首を傾げた。

「メールではサーバーに残ってしまいます。会話や電話は盗聴の恐れがある。だから私は直接会いに行ったのです。彼は私の年齢を五十九歳だと言いましたよね」

「そう言えば、社長は確かに還暦を過ぎていました」

瀬川は相槌を打った。

「還暦は、強調しなくていいです。羽山はわざと間違えて、私にスイッチを入れるように合図を送ってきたのです」

「スイッチ？」

バックミラーを見ると、池谷がスマートフォンを掲げてみせた。

「これは赤外線通信ができるスマートフォンなんです。以前は携帯で同じことをしていたのですが、ワンタッチで赤外線通信の送受信ができるように改良されているんです」

「とすると、お二人は喧嘩している振りをして、赤外線通信でテキストデータのやり取りをしていたんですか」

瀬川は驚きの声を上げた。

「その通りです。私はポケットからハンカチを取り出しながら、スマートフォンのスイッチを入れたんです」

池谷は自慢げに言った。

「しかし、赤外線通信は送受信の際に互いの機器を対面させなければいけないんじゃないですか？」

「だから、互いに立ち上がって位置を合わせたんですよ。私も彼も、赤外線の送受信部はスーツのボタンに仕込んであります。もっとも彼は背が低いので、一番上のボタンで、私は上から二番目のボタンです」

「まるでスパイ映画じゃないですか。事前に打ち合わせをしていたんですか？」

瀬川は首を横に振って感心した。

「まさか。私も彼も現場からは離れていますが、優秀な情報員でしたから、こんなことは朝飯前ですよ」

池谷は大きな声で笑ってみせた。

「それで、羽山さんは何がおかしいと言っているんですか?」

池谷の自慢話に飽きれた瀬川は質問を変えた。

「やはり、長峰本部長が怪しいと思っているようです。ただし、自分は動けないので、我々で内偵を進めてくれと依頼されました」

「なるほど、我々の行動は少なくとも間違ってはいなかったんですね」

捜査の方向性に自信をなくしかけていただけに瀬川は、左拳を握りしめた。

「私をその辺で下ろしてください。タクシーを拾って帰りますので、あなたはそのまま長峰本部長の監視活動に戻ってください」

「了解しました」

瀬川は明るい声で返事をした。

二

五月中旬というのに梅雨入りしたかのようにはっきりしない天気が続いている。

池谷を防衛省から市ヶ谷駅まで送り届けた瀬川は、尾行の有無を確認してから情報本部長である長峰が住む〝パールマンション〟の監視活動に戻っていた。

監視所として借りている〝外苑東ビル〟の一室では、防犯カメラの映像や電話機の交換機から送られてくる音声をパソコンで確認する地道な作業が続けられていた。活動が長期化することを予測し、瀬川と黒川、宮坂と加藤、田中と中條がペアを組み、二日おきに交代している。

「羽山さんは、内部にいるだけに動くとまずいんでしょうね。でも思い切って防衛省に行ってよかったですね」

瀬川から報告を受けた黒川は安堵《あんど》の表情を見せた。一時は情報本部全体が敵に回ったかもしれないという危機感があったからだ。

「昨日まで社長はがっくりきていたけど、今日は見違えるように張り切っていたよ」

瀬川は笑いながら言った。

「辰也さんから柊真君とコンタクトが取れたことを聞いたからでしょう。正直言って、私もそうです。藤堂さんと美香さんの無事が今後確認できれば、いいんですけどね」

池谷から辰也に浩志を探すように依頼したことは全員が聞かされている。浩志に迷惑が掛かるのではないかと心配する反面、消息と安否を知りたいと誰しも思っていた。

「浅岡さんの話では、柊真君もずいぶんと逞しくなったようだ。まさか我々と同じ道を目指していたとは思っていなかったけどな」

「彼は藤堂さんを尊敬していましたから、私は意外だとは思わなかったです。伝統的な古武道を伝える家系に生まれ、高校生の時にはすでに武道の腕前は我々を上回っていましたから、元々軍人に興味があったのかもしれませんよ」

「そうかもな。外人部隊の五年の任期を終えて彼がどうするのか、楽しみだな」

瀬川は感慨《かんがい》深げに言った。

「それにしても、動きがありませんね」

パソコンのモニタを見ながら黒川は大きな欠伸《あくび》をした。午後二時五十分、昼飯を食べたのが一時過ぎだったため、眠くなる時間だ。

「庁舎に潜入できない以上、我々にできることは、長峰のプライベートを監視する他ない。もし、彼が庁舎で何者かと接触しているようなら、ここでいくら監視していたところで何も出ないだろう。困ったものだ」

瀬川は腕を組んで唸った。

長峰は午前八時半に自分の車で防衛省に登庁し、午後六時に庁舎を出るという規則正しい生活を送っている。晩ご飯は毎日出前を注文し、外食はしない。妻と大学生になる息子一人に高校生の娘が一人、家族は別居している。

「瀬川さん、加藤さんにお願いしてはだめでしょうか？」

黒川は聞き辛そうに言った。

「加藤さんは潜入のプロだが、防衛省に侵入できても、セキュリティーが重なる情報本部までは行けない。友恵に頼めば確かにＩＣチップ付きの精巧な身分証も偽造できるだろうが、一人じゃ無理だろう。我々もすでに退官している。内部からの支援はできない」

瀬川は話にならないと首を横に振った。

「情報本部の情報員だったら、いいじゃないですか？」

「知り合いの情報員は数人いるが、味方かどうかは区別ができるほど親しくない。彼らに支援を求めるのは無理だろう」

「いえ、支援ではなく、情報員になりすませばいいんです」

「おいおい、庁舎で本人にばったり会ったらどうするんだ。彼らは極秘任務を抱えている。行動の把握は、情報本部でも一部の者しかできないはずだ」

渋い表情で瀬川は肩を竦めた。

「孫永波《そんえいは》さんは、どうですか？　表向きはビジネスマンですから簡単に連絡が取れますよ」

「孫永波！　……いいかもしれないな。それに彼はほとんど海外で過ごしているから顔を知られていないはずだ」

瀬川は掌をポンと叩いた。

孫永波は北京に本社がある中国の貿易商のビジネスマンということになっているが、防衛省情報本部の情報員で、チベット自治区の担当をしている。瀬川らが昨年チベットに潜入した際、彼が手に入れた中国の軍事情報を受け取るために瀬川と黒川はラサで接触していた。

「背格好も加藤さんと似ていますよ」

黒川はにやりと悪戯《いたずら》っぽく笑った。

「身長は三、四センチの違いしかないはずだ。顔も特殊メイクをすればうまくいくぞ」

瀬川は腕時計で時間を確認すると、ポケットから衛星携帯を取り出した。

「ニーハオ。孫さんですか？　陳《ちん》です。ご無沙汰《ぶさた》しています。食事中だった？」

瀬川はさっそく偽名を使い、北京語（中国標準語）で孫永波の携帯に電話をかけた。瀬川は英語以外にも敵国と想定されている北京語、ロシア語の日常会話程度なら話すことができる。

チベットに孫がいるなら、時差はおよそ三時間、昼時のはずだ。

――大丈夫、食事はこれからです。こちらこそ、ご無沙汰しています。珍しいですね。どうされたんですか？

孫の返事がワンテンポ遅れて返ってきた。通話の距離が離れているのだ。

「近々、また仕事でチベットに行くかもしれないんだ。孫さんはまだチベットにいるの？」

――そうですか。ご苦労さまです。年々ここの状況は悪化するばかりです。仕事が忙しくて離れられませんよ。

孫は中国当局からの傍受を恐れているのか、あたり障りがない表現をした。

「また、連絡します」

電話を切った瀬川は右手の親指を立ててみせた。

「すぐに準備に取りかかりましょう」

黒川は立ち上がり、眠気を覚ますために自分の頬を叩いた。

三

午後五時四十五分、書類バッグを持ちスーツ姿の加藤はタクシーに乗り、市ヶ谷の防衛省に向かっていた。情報本部の情報員である孫永波に似せて瞼《まぶた》を特殊メイクで二重《ふたえ》から一重にし、頬に肉を付け、目も少し吊り上げている。身長は加藤の方が四センチほど低いので、踵が高い靴を履いていた。外見は本人と見比べない限り分からないほどである。メイクは驚いたことに池谷が施した。現役時代は情報員を統括していたというだけあって、さまざまな技術を持っているようだ。

タクシーは外苑東通りから靖国通りに入った。時間が時間だけに、曙橋《あけぼのばし》周辺の渋滞に巻き込まれた。

「正門前でよろしいでしょうか？」

新宿でタクシーに乗り込んだが、運転手には行き先を防衛省としか言ってなかった。

「北門前で下ろしてくれる？」

信号待ちで振り返って確認してきた運転手に加藤は指示をした。

「北門？」

運転手は首を傾げた。一般人には靖国通り沿いの正門しか知られていないからだろう。

「このまま進んで市ヶ谷見附《みつけ》を越えた交差点の角にハンバーガーショップがある道を左に曲がってもらえますか」

加藤は細かく道順を教えた。

運転手は教えられた通りに靖国通りから左折し、細い路地に入った。防衛省の高い塀に沿って路地を進み、鋭角に道が曲がる角に北門はある。

「こちらですね」

車止めがある北門の前に車を停め、運転手は感心した様子で振り返った。やはり知らなかったようだ。

タクシーから下りた加藤は、門の右側にある通用門の内側に立っている自衛隊員に敬礼をした。

「身分証はお持ちですか？」

警備の隊員は敬礼しながら尋ねてきた。

「ご苦労様」

加藤はジャケットのポケットからカード型の身分証を出した。友恵が作製した偽造ではあるが、ICチップ付きのものである。防衛省のメインサーバーからデータをダウンロードしているため、本物とまったく変わらない。

「ただいま端末で照合しますので、少々お待ちください」

隊員は門の格子の隙間から身分証を受け取った。友恵は瀬川や黒川も知らなかった孫永波の本名や階級まで調べ上げていた。

「失礼しました。情報本部の大野雅広《おおのまさひろ》一等陸尉ですね。確認が取れました。ありがとうございます」

警備の隊員は加藤に身分証を返し、門を開けた。

軽い敬礼をして加藤は、門を通り越した。グランドの脇を抜け庁舎D棟の裏を通り、A

棟の職員用通用口に入る。ここでも、警備の隊員から身分証の提示を求められた。海外でのテロが頻発《ひんぱつ》するのを受けて、セキュリティーも厳しくなっているようだ。

加藤はエレベーターホールには向かわず通路の途中で立ち止まり、人に背を向ける形でバッグから書類を出して探し物をする振りをした。時刻は午後五時五十八分になっている。

エレベーターから数人の男が下りてきた。その中で六十歳前後の恰幅《かっぷく》がいいスーツ姿の男が見える。情報本部長の長峰康宏である。定刻通りに行動しているようだ。加藤は書類をカバンに戻しながら長峰に背を向け、横目でやり過ごした。

「これより、潜入します」

加藤はスーツの襟元に囁《ささや》いた。無線のマイクを襟の裏に、超小型のイヤホンを耳の中に仕込んである。

――了解。気をつけて。

瀬川の声がイヤホンから聞こえてきた。瀬川と黒川と友恵がバンに乗り込み、防衛省に隣接する〝ホテル市ヶ谷ヒルズ〟の駐車場で待機している。友恵はパソコンを持ち込み、加藤をバックアップする重要な役割を担っていた。

加藤はエレベーターホールにある非常階段から地下二階に下りた。

二千四百人を超える職員を擁する情報本部は、日本では最大の情報機関であるが、米国のCIAのようにビルをまるごと使うような巨大な組織ではない。七割の要員が各地の防衛省の通信基地に勤務しており、陸海空幕僚監部の運用支援および情報課にも要員が出されている。

そのため、本部長、副本部長をはじめとした幹部クラスと事務官や情報課などのオフィスは、防衛省の庁舎であるA棟の地下二階フロアの半分ほどのスペースに収まっていた。もっとも本部の所在地は、情報機関だけに公式には発表されていないが、二〇〇五年に防衛長官（現防衛大臣）直轄《ちょっかつ》の組織になったために、庁舎のA棟にある必要があるのだ。

地下二階の非常階段のドアの横にはセキュリティーボックスがある。加藤はカード型の身分証をボックスにスライドさせてロックを解除した。ドアを開けると、節電のために光量を制限された薄暗い廊下があった。職員の絶対数も少なく、五時半で仕事を切り上げる職員も多いため、深閑としている。

加藤は廊下の右奥に進み、本部長室と金属板が貼り付けられたドアまで進んだ。ポケットから友恵が作製した本部長の偽造カードを出した。

〈頼んだぞ！〉

加藤はカードを額に当てて念じ、ドアの横にあるセキュリティーボックスにスライドさせた。カチャリとロックが解除される音に加藤は胸を撫で下ろし、部屋に入った。

「ほお」

部屋をぐるりと見渡し、加藤は小さな声を上げた。

執務室は十八畳ほどあり、立派な机や椅子の他に革張りのソファーセットも置かれていた。本部長は陸海空の将の階級がある自衛官が配置される。諸外国では将軍にあたるのだから、少々の贅沢は当たり前だろう。

机の上にはノート型パソコンと電話機が整然と並んでいる。少し前なら、将の付く古参の自衛官の執務室にパソコンがあるのは珍しかったが、今では普通らしい。

加藤はパソコンを起動させ、あらかじめ友恵が考え出した数種類のパスワードを入力してみたが、解除できなかった。

「こちらトレーサーマン、パソコンのロックが解けない」

——こちらモッキンバード、了解。

友恵がすぐに無線で応じ、いくつかのパスワードを言ってきたが、さすがに情報本部のトップだけあって簡単にはいかない。

「だめだ。パソコンは諦める」

十分ほど格闘した加藤は首を横に振った。

——待って、まさかとは思うけど、N、I、N、J、Aで試してみて。

忍者のローマ字であるNINJAは、パスワードでもっとも安易で人気がある。そのため簡単に解除されてしまい、情報流出で問題視されているほどだ。

「ＮＩＮＪＡ？　まさかね。……ロックが解除された」

加藤は安直なパスワードで解除できたために呆れながらも、ＵＳＢメモリをパソコンに装着した。メモリを差し込むことで友恵が作製したウイルスがパソコンに感染し、データがインターネット経由で友恵に送られるようになる。

次に電話機の底面のねじを外し、内部に小型盗聴器を仕込んだ。だが、地下二階だけに電波は建物の外までは届かない。

パソコンと電話機を元通りにした加藤は、部屋から出て怪しまれないようにゆっくりと廊下を歩いた。

前方のドアが開き、中年の男が出てきた。

「あれっ！　大野君じゃないか。いつ日本に帰っていたんだ」

男は大袈裟に驚いて加藤の前に立ちふさがった。

「ご無沙汰しています。……昨日……帰って来たんですけど、風邪をひいてしまって……」

加藤は低い声を出し、咳をしながら口元を押さえて答えた。

「声もずいぶん変だ。チベットに比べてこっちは温かくて、空気も悪い。体調を崩すのも無理はないな」

男は大きく頷いた。

「熱もありますので、今日は、……もう帰ろうかと……思っています」

咳き込みながら加藤は用意してきたマスクを掛けた。

「おっ、お大事に」

風邪をうつされないようにと一歩下がった男は、慌てて近くにあるトイレに入って行った。うがいでもするのかもしれない。

加藤は非常階段から地下一階に出て、男子トイレに入り、上下水道管のメンテナンス用の扉を開けた。書類バッグから電波の中継機を取り出し、下水管の裏側に設置した。これで、地下二階の執務室の電話を傍受した盗聴器の電波を中継し、建物の外に飛ばすことができる。

「作業完了」

スーツに仕込んだマイクに囁き、加藤は庁舎から歩いて脱出した。

四

靖国通り沿いにある十階建ての〝ホテルコスモス曙橋〟からは、防衛省のB棟が間近に見える。上階からは防衛省の敷地が見下ろせるが、窓は嵌《は》め殺しになっているため、開けることはできない。

情報本部長である長峰康宏の執務室に潜入した翌日、田中と加藤は、〝ホテルコスモス曙橋〟の最上階である一〇〇八号室で監視活動をはじめていた。四谷の長峰のマンションの監視もまだ続けられているため、二チームに分かれて見張ることになったのだ。

ウイルスに感染させた長峰のパソコンから得られる情報は、インターネットを通じて、友恵が受け取ることになっている。さまざまなサーバーを経由させ、受け取り先が分からないようにしているそうだ。

だが、電話機に取り付けた盗聴器の電波は弱く、中継機で増幅させても三百メートルほどしか有効範囲がないために近場で受信するほかなかった。傍受した電波は受信機を通じてパソコンに記録されるようになっている。

午前八時二十分、長峰がまだ登庁していないため、手持ち無沙汰の加藤はコーヒーを飲みながら窓から防衛省の庁舎を眺めていた。

「やっぱりそうか。これはいただけないなあ」

ベッドに腰掛け、分厚い電話帳のような本を読んでいた田中は唸るように言った。

「どうしたんですか？」

加藤は振り返って尋ねた。田中は八歳年上で、加藤はリベンジャーズの中では一番歳が若いために丁寧な口調である。ちなみに田中はチームの中で一番年長の浩志よりも年配に見える。そのため、ヘリボーイというあだ名はおかしいと誰もが言う。

「俺が読んでいるのは、技術者とパイロット用のV22の設計図まで載っている仕様書なんだ。これをよく読むと墜落《ついらく》する理由が分かるんだ」

田中は肩を竦めてみせた。彼は動くものなら何でも操縦してしまうという、操縦のプロであるが、どちらかというとマニアである。そのため、暇さえあれば、飛行機や戦車などのマニュアルや教本を取り寄せては読んでいる。

「V22って、確かオスプレイのことですよね。本当ですか？」

加藤は田中の読んでいる仕様書を覗き込んだ。加藤も英語には不自由しないが、田中の読んでいる本は、特殊な専門用語のオンパレードで理解できるものではない。

「政府は米国のいいなりで導入を決めたが、こいつはやばいよ」

田中は仕様書をポンと叩いてベッドの上に置いた。

政府はオスプレイの安全性を確認しないまま、沖縄の米軍基地への配備を許した。オスプレイはティルトローター方式の垂直離着陸機で、ヘリコプターの利便性と、航続距離が長い飛行機の性能を併《あわ》せ持った輸送機である。また、ローターと翼を折り畳めるために強襲揚陸艦などに搭載することができる。

日米政府が沖縄への配備を急ぐ理由は、中国の軍事的南下政策に対抗するためであり、航続距離が千キロ以上あるために、普天間《ふてんま》基地から尖閣《せんかく》諸島へは充分往復できるからだ。

「何が、まずいんですか？」

加藤も興味がある問題なので身を乗り出して尋ねた。

「普通に操作している分には問題ない。初飛行から二十年以上経つが、これまで、何度も事故っているから、米軍でも警告装置やソフトを改良している。だが、実戦では敵の砲撃やミサイル攻撃の合間を縫って離着陸しなければならない時がある。つまり、マニュアルにない行動や警告装置を無視しても無理な操縦が迫られるんだ」

田中は紛争地でヘリや輸送機の操縦を幾度となく経験している。

「つまり、機体がオーバーワークの状態になった時ですね」

加藤は相槌を打って、話の先を促した。

「垂直離陸をして、ティルトローターを水平飛行に移る際に無理に水平にすれば、浮力を失う。飛行機は前に飛ぶことにより、気流が翼に浮力を与える。だが、垂直離陸の直後では翼に浮力はないから、無理に戻せば墜落するんだ。簡単な原理だよ。それに向かい風には構造上弱い。ローターが無駄な抵抗を生むからだ」

「なるほど、徐々にローターを水平にすれば、上昇しながら前に進むために浮力が得られるけど、その過程を省《はぶ》けば当然墜落しますよね。それに前に進むべき飛行機なのに、巨大な二つのローターが邪魔するんですね」

加藤は何度も頭を縦に振った。

「V22は機体の大きさの割に翼が小さい。おそらくグライダー飛行はできないはずだ。

それにローターも小さいために、オートローテーションも無理だろう。翼があり、ローターが回っていてはじめて飛ぶ飛行機だ。ローターが止まれば墜落するしかない」

田中は欠陥機《けっかん》だと、オスプレイを切り捨てた。

ちなみにオートローテーションは故障で動力を失ったヘリコプターがローターを自動回転させて、浮力を得ながら緊急着陸することだ。また、飛行機としてもグライダー飛行ができなければ、不時着はできない。

「まだある。機械的な故障でティルトローターを可変する際に、左右のローターの角度がずれてしまった場合、気流の捻《ねじ》れが生じて墜落する可能性が高い。おそらく強風の向かい風でも、左右のローターは影響を受けてダッチロールする危険性がある。ひょっとして操縦することもあるかもしれないと思って、勉強していたけど、こいつだけは勘弁だな」

「米軍では未亡人製造機と言われていたらしいですが、まんざら嘘ではなさそうですね」

加藤は鼻で笑い、腕時計を見た。

「八時半を過ぎました。そろそろ長峰は登庁しますね」

加藤はベッド脇のテーブルの上に置いてあるパソコンの画面を見た。通話があれば、盗聴器からリアルタイムで受信機に音声は流れ、パソコンの録音ソフトに録音される。

三十分ほどして、録音ソフトに赤いランプマークが点灯した。音を拾って自動録音しているのだ。

加藤はヘッドホンからスピーカーに切り替えた。

――おはようございます。食事はちゃんとされていますか？

女性の声だ。

――心配しなくていい。そちらはどうなんだ？

長峰のようだ。労《いたわ》るような口調である。

――大丈夫です……。

一瞬、すすり泣くような雑音が聞こえたかと思ったら、電話は切れた。

「変な電話ですね。長峰夫人の美穂子《みほこ》さんですが、引っかかります」

加藤は首を傾げた。

「夫婦喧嘩でもしているんじゃないのか？」

田中は気にならないようだ。

「三日前、四谷のマンションを監視していた時も、夫人から電話がかかって来て、やはり夕食は食べたか心配されていました。瀬川さんに聞いたら、毎日午後八時に掛かってくるそうです」

「結婚したことがないから、俺には分からないな」

田中はあっさりと白旗を揚げた。

加藤は再度パソコンに録音された女性の声を聞いた。

「私には女性の声が不自然だったような気がします。瀬川さんに相談してみます」

加藤は雑音ともとれるすすり泣きを聞いて動悸《どうき》が治まらず、すぐに瀬川に携帯で電話してみた。

彼は小学一年の頃に母と兄を交通事故で亡くしている。生前の母は父と喧嘩が絶えず、父から暴力を受けて台所で一人泣いている姿をよく見た。長峰夫人の声は憂《うれ》いを秘め、忘れかけていた母の悲しい思い出を蘇《よみがえ》らせた。買い物途中で衝動的に母親は兄の手を取り加藤の目の前でトラックに飛び込んだ。ノイローゼの末の無理心中だった。

五

午後六時五十七分、長峰の〝パールマンション〟を見張る〝外苑東ビル〟の一室に瀬川と黒川、それに宮坂と加藤らに付き添われた池谷がいた。

朝方、防衛省の長峰の執務室で盗聴された音声はすぐに新宿の〝パークハイアット東京〟に宿泊している池谷にも送られた。音声もメールも情報員にしか分からない隠語や暗号が含まれている可能性があるため、すべての情報は池谷もチェックしていたのだ。

加藤と同じく、長峰夫人の通話に異常を感じた池谷はすぐに防衛省に隣接する〝ホテルコスモス曙橋〟に向かい、監視活動をする宮坂と加藤らと行動を共にしている。午後六時に長峰が防衛省を出たことを確認し、池谷は彼らと〝外苑東ビル〟にやって来たのだ。早朝の夫人からの電話以外に不審な通話はなかったが、それだけに長峰の行動はおかしいと言えた。これまで毎日、定時に夫人から電話があるがほとんど会話になっていない。また、長峰から家族に電話をすることはなかった。熟年の夫婦にありがちと言えばそれまでだが、夫婦とも声に張りがないのも気になることだった。

「電話が入りました」

パソコンの画面を見ていた瀬川が、沈鬱《ちんうつ》な表情をしている池谷に向かって言った。

――美穂子です。

夫人からの電話は、いつもと同じ午後八時である。

――食事は適当にすませたよ。

長峰の声は疲れきっている。

――私たちもすませました。おやすみなさい。

電話はあっけなく切れた。

「この通話だけ聞いていると別におかしくはありませんが、朝方の電話で夫人の様子がおかしかっただけに、それが話題にならないところが怪しいですね」

池谷がみんなを代表する形で発言した。

「仮説として色々たてられるとは思いますが、ひょっとして奥さんと娘さんが誘拐されている可能性は考えられませんか？」

瀬川は池谷に詰め寄った。

「ビジネスとして成り立っている南米ならいざ知らず、誘拐は日本では考えにくいですが、可能性はゼロではないでしょう。だが、そもそも長峰さん自身とその家族を知っていなければ、その判断は難しい。みなさんには謝らなければいけないのですが、正直言って、四年前に情報本部長に就任された長峰さんのことを私はよく知らないのです」

池谷が頭を下げると、居合わせた瀬川ら傭兵からどよめきが起こった。

「もちろん、個人的に知らないという意味です。長峰さんの自衛隊での経歴は知っていますし、何度か防衛省でも会っています。政府から仕事を受ける場合にせよ、直接連絡を受けていたのは、情報課の羽山君です。ただ……」

池谷が眉間に皺を寄せ、困惑の表情をみせた。

「ただ？」

瀬川が話の続きを催促《さいそく》した。

「長峰さんは、私が独自の判断で動くことが多過ぎると、苦言を呈《てい》していたと羽山君から聞いておりました。それで、私も避けるようになっていました。今更ながらですが、長峰さんは情報本部のトップなのですから、個人的にも付き合いをして、パイプを作っておくべきだったと反省しています」

池谷は政財界に太いパイプを持っている。政府からの依頼も長峰を飛び越して直接入ることも多々あった。そのため、彼の立場がなくなる場合も度々あったらしい。

「長峰さんとしては、確かに面白くないでしょうね。でも社長のことを昔からよく知っている政財界の人脈は半端じゃないから、特務機関の廃止をすることもできなかったというわけですか」

事情を知らない仲間に説明するように瀬川が相槌を打った。

「私のことを煙《けむ》たがっていたことは事実ですが、長峰さんがそこまで恨んでいたかどうかは分かりません。とりあえず、彼のプライベートを暴き、何が起こっているのか調べましょう」

池谷の言葉に傭兵らは顔を見合わせた。

「元刑事の藤堂さんがいてくれたのなら別ですが、我々に捜査一課の刑事のような真似はできませんよ」

宮坂が代表するかのように言った。

「大丈夫です。長峰さんのご家族の現住所は、友恵君に調べさせました。長峰さんは防衛省ではもちろん幹部クラスですから、家族の情報も防衛省のサーバーに記録されているのです」

池谷は自慢げに言った。友恵がサーバーをハッキングして情報をダウンロードしたのだろう。

「奥様は長峰美穂子さん、五十一歳、高校生で十七歳になる娘の美紀《みき》さんと、横浜《よこはま》の山手《やまて》町に住んでいます。息子の尚人《ひさと》さんはシカゴ大学に留学しています。とりあえず、息子さんは浅岡さんに調べてもらうつもりです」

「浅岡さんには、藤堂さんを探すように指示されたんじゃないですか？」

黒川が珍しく質問をした。

「確かにお願いはしました。そのため浅岡さんには南米のギアナに飛んでもらっています。鍵を握る柊真さんとも接触ができましたが、手がかりは美香さんからの手製の絵はがきだけです。今すぐ動けるものではないのですよ。彼が一番近くにいますから、シカゴに行ってもらうことにしたのです」

浅岡はジャングルでの訓練から戻った柊真から、美香の絵はがきを預かっていた。

「分かりました。現状の監視活動もしなければならないので、田中さんと中條に横浜に行ってもらいましょう」

池谷の説明に納得した瀬川は、さっそく人員を決めた。

六

田中は江東《こうとう》区の門前仲町《もんぜんなかちよう》に住んでいる。都心より下町の方が家賃は安く、落ち着けるということもあるが、彼の場合、本業ともいえるパイロットの仕事も関係していた。

江東区新木場の東京湾埋立十四号地には公共のヘリポートである〝東京都東京ヘリポート〟がある。警察や消防をはじめ報道機関や民間航空会社まで使用する大型ヘリポートで、田中の在籍する〝東新《とうしん》航空〟は他の民間企業と肩を並べるようにヘリポートの敷地内にあった。田中の住んでいるマンションからは車で十数分の距離である。

七年ほど前に田中は、〝東新航空〟のパイロットの仕事を短期でしたが、三年前にその腕を買われて、出社は自由であるが技術指導員というポストに就いていた。傭兵として海外で働くことが多いため、正社員として働くことはできない。また、航空機の中でヘリコプターだけにとらわれるつもりはなかったので、臨時社員というのは都合がよかった。

会社の社長は元大手の航空会社の幹部で、仕事もでき寛容な人物である。そのため田中も傭兵の仕事に関しても正直に申告をしていたので、かえって信頼されているようだ。もっとも戦闘機から輸送ヘリまで操縦できるパイロットなど、日本ではめったにいるものではない。会社側としては、田中を正社員にしたいところだが、彼のわがままを聞くことで引き止めているという状態だった。

東京湾上空を〝東新航空〟所有の〝シコルスキーS76〟が夕暮れの茜《あかね》色に機体を染めて飛んでいる。S76は米国のシコルスキー・エアクラフト社の双発ターボシャフトエンジンのヘリコプターである。初飛行は一九七七年だが、車輪を格納する流線型の美しいフォルムと機動性で未だに根強い人気があった。

上空は低気圧の影響で気流が荒れている。だが、田中は鼻歌混じりに操縦桿を握り、難なく〝東京都東京ヘリポート〟に着陸させた。長野上空まで取材で報道陣を乗せるという、田中にとって気楽な仕事であった。乱気流に揉《も》まれて疲れ果てた様子の客を下ろした田中は、ヘリポートを横切り会社へ戻った。業務日誌を書き込み、会社の駐車場に出ると、白いバンから作業服姿の男が下りてきた。

「なんだ。中條さんか」

日が暮れて人気もないだけに田中は一瞬身構えたが、笑顔になり右手を上げた。よく見るとバンのボディには〝世田谷電工〟と書かれている。傭兵代理店の作戦用の車である。

「すみません。お仕事中でご連絡が取れなかったので、押し掛けてきました」

中條は恐縮した様子で頭を下げた。

「とりあえず、出ようか」

田中は自分の車ではなく、中條が運転してきたバンの助手席に乗った。

「実は、今朝方の長峰氏の通話がおかしいと問題になりまして、私と田中さんで調べるように命じられました」

田中は加藤と午前中まで長峰の通話をモニターしていたが、どうしても外せないフライトスケジュールがあったため、午後からは宮坂と交代していた。

「なるほど、それなら、さっそく横浜に行こうか」

田中は気軽に返事をした。

「瀬川リーダーからは、食事をしてから行くようにいわれています」

中條はフライトで疲れている田中を気遣っているのだろう。

「山手町なら中華街に近いな。……いやいや先に調べて後で飯を食おう。楽しみは後の方がいい。ビールも飲めるしな」

腕時計で時間を確認した田中は首を振って舌舐《したな》めずりをした。時刻は午後八時六分、首都高が渋滞していたとしても一時間以内に着くことができるはずだ。

首都高に入ってしばらく快適だったが、多摩《たま》川の手前辺りから渋滞がはじまった。

「フライトはどうでしたか?」

のろのろと走る前のトラックのテールランプをぼんやりと見ている田中に、中條が語りかけてきた。二人とも普段は無口な方なので気を遣ったのだろう。

「大した仕事じゃなかったよ。日本の上空は緊張感がないからな。それに操縦桿にミサイルの発射ボタンが付いてないと面白くないんだ」

「……そうなんですか」

生真面目な中條は田中の冗談を真に受けて頷いている。陸自の空挺部隊に所属していただけに優秀な男だが、軍人の持つ独特な堅さが抜けきらない。傭兵仲間では加藤の次に若いということもあるのだろう。

会話もはずまないまま渋滞も抜けきり、横浜スタジアム脇の横浜公園出口で首都高を下りた。結局一時間近くかかってしまった。中村川《なかむらがわ》を渡り、急な坂を上って行く。地蔵《じぞう》坂上の交差点からさらに坂を上り、フェリス女学院の脇を通れば山手町である。古くからある閑静な住宅街だ。

坂を上りきった汐汲《しおくみ》坂の交差点の近くに長峰の家はあった。二階建ての洋館で煙突がある。暖炉《だんろ》があるのだろう。二階の窓からは高台のため横浜港も見えるに違いない。築年数は経っているが、この辺りでも豪邸の部類に入る。

中條はゆっくりと長峰邸の前を走らせた。一階と二階の一室に灯《あか》りが点っている。

「照明は点いているな」

田中は欠伸をしながら言った。二日おきになったが、監視活動をしながらパイロットの仕事を両立させるのは大変なことである。

「怪しい人影もなさそうですね」

中條は家を起点に周囲の道をくまなく走らせた。

「後は家の中の確認だが、住宅街だけに監視活動は難しい。直接聞きに行くか？」

「そうですね」

呑気な田中の口調に中條が返事をした。

田中は車の中で用意された作業服に着替えた。二人とも胸に小型のグロック19を隠し持ち、道具箱を抱えている。バンを長峰の家の玄関前に停めた。ブロック塀に囲まれ、立派な門がある。田中は門柱のインターホンのボタンを押した。家が古いだけにインターホンも旧式である。豪邸だけに防犯カメラ付きのものに替えるべきだろう。

「はい？」

盗聴器でよく聞く長峰の夫人の声が返ってきた。

「世田谷電工です。エアコンの修理に来ました」

田中はバンに書かれている社名を名乗った。もっとも本当にエアコンどころか大抵の電化製品の修理を頼まれても、田中なら問題ない。

「何かの間違いではないですか？」

声のトーンに戸惑いは感じられるものの、どこかほっとしたような響きがある。

「おかしいな、山手町と聞いてきたんですけど、ご家族で頼まれた方がいるんじゃないですか？」

田中は緊張感のない口調で続けた。

「少々お待ちください」

受話器を置く音がして、インターホンは切れた。

「娘も知らないと言っています」

しばらくして返事が返ってきた。長峰親子は無事なようだ。

「伝票には、山手町四丁目の長村《ながむら》さんと書いてあるんですけど」

後ろに立つ中條に、田中はにやりと笑ってみせた。

「番地も違いますし、うちは長峰ですよ」

「あっ、本当だ。失礼しました」

田中はわざとらしく驚いてみせて、早々にバンに退散した。

「どうやら、加藤さんと、池谷社長の杞憂《きゆう》だったようですね」

中條も笑みを浮かべて運転席に戻ってきた。

「車を出してくれ。まだ中華街で開いている店があるはずだ……」

田中の顔色が突然変わった。

「どうされたんですか?」

中條が怪訝な表情で田中を見た。

「ゆっくりと車を出してくれ」

「分かりました」

中條は言われた通りに車を発進させた。

「……やっぱりそうか。くそっ！」

身を乗り出すように長峰の屋敷を見ていた田中が頭を掻いた。

「どうしたんですか。教えてくださいよ」

中條は堪らず尋ねてきた。

「おそらく赤外線に対応した監視カメラなのだろう。至る所に設置してあった。植栽や建物の陰で最初は分からなかったんだ」

田中は舌打ちをした。

「防衛省の情報本部の部長ですから、セキュリティーが高いのは当然だと思うのですが」

中條は首を捻った。

「カメラがすべて家の中に向いているんだ。彼女たちは何者かに監視されているに違いない」

「まさか！」

中條が驚きの声を上げた。

「これは、大変なことになるかもな」

田中が腕組みをして唸った。

シカゴ

一

ロサンゼルスの繁栄とともに米国第三位の人口になったシカゴ。だが、経済・金融でニューヨークに次ぐ第二の都市であることに変わりはない。

機体が降下をはじめて雲を突き破ると、海のように広大なミシガン湖に沿って南北に長い都市の風景が目に飛び込んできた。辰也はやれやれと両手を上げて、背筋を伸ばして強《こわ》ばった筋肉をほぐした。

辰也は南米ギアナのカイエンヌの国際空港から午後五時五十分発のエールフランス航空機に乗り、翌朝の午前七時二十分にパリのオルリー空港に到着した。カイエンヌの国際空港から米国や周辺国への便がないからである。トランジットでシャルル・ド・ゴール空港に移動した辰也は、午前十時三十分のエールフランス航空機に乗り、シカゴのオヘア空港に向かっている。

池谷は地理的に近いからと、シカゴに住む長峰の息子の所在を確認させるために辰也を向かわせたが、フランスに一旦戻るために二十時間以上かかるのだ。成田からシカゴ行きの直行便に乗った方がよほど早く着ける。実のところ辰也も南米から北米への移動が大変とは知らず、気軽に返事をしていた。

午後一時、ターミナル5の税関を通過し、ガラス張りの天井のコンコースに出た辰也は思わず大きな溜息をついた。さまざまな人種でごったがえし、目まぐるしい人々の動きで目がチカチカする。ジャングルや砂漠へ行けと言うのなら、苦にならないが、欧米の大都市というのは辰也のもっとも苦手とするところだった。

荷物を詰め込んだバックパックを担ぎ、仕方なくとぼとぼと歩きはじめた。

「浅岡さん！」

「何！」

名前を呼ばれて振り返ると、加藤が小走りに近付いてきた。

「浅岡さん、税関の出口で何度も呼んだのに気が付かなかったのですか」

呆然と立ち尽くす辰也に加藤は咎《とが》めるように言った。

「そう言えば、誰かが日本人を呼んでいると思ったけど、まさか俺のことだとは思わなかったから、無視をしていた。それより、どうしておまえがここにいるんだ」

ようやく現実を認識できた辰也は、呼ばれていたのは自分だったのだと思い起こした。

「成田からの直行便で三時間前に着いていました。池谷さんが、浅岡さんは米国に不慣れなはずだから、付き添うようにと言われてきたんです。もっとも私も米国は田舎しか知りませんが」

加藤は苦笑して見せた。彼は米国の傭兵学校で二年間学んでいるが、学校はテキサス州南部のサン・アントニオの郊外である。田舎ではあるが、辰也と違って加藤は都会に対するアレルギーがない分ましと言えた。

二人はタクシーに乗り傭兵代理店が予約したホテルに向かった。手配は中條がしてくれている。彼はインターネットで手頃なホテルを見つけることが実にうまい。旅行者の口コミだけでなく、地理や治安などさまざまな情報を精査し、リーズナブルで清潔なホテルを予約するのだ。米国でもっとも高いビルである〝ウィリス・タワー〟をはじめとした摩天《まてん》楼《ろう》群から数キロ北に位置するダウンタウンに向かった。

辰也と加藤は、ウェスト・ダイバージー・パークウェイとノース・クラーク・ストリートの交差点でタクシーを下りた。交差点の角には四階建てのレンガ造りの建物がある。一階は全米で人気のスムージーの店である〝ジャンバ・ジュース〟があり、その隣には〝ファイフス・サードバンク〟があり、そのまた隣にホテル〝デイズ・イン〟の入口があった。

二人はフロントに荷物を預け、さっそく長峰康宏の長男である尚人のアパートに徒歩で向かった。シカゴは北部とダウンタウンの治安がいいが、西に行くほど危険度が増す。だが全米でもっともデンジャラスと言われる〝ウエスト・レイクストリート〟のような特別な場所に行かなければ問題はない。

尚人のアパートはダウンタウンでも治安がいい、リンカーンパークにある。ホテルからは一・六キロほどの距離だ。ウェスト・ダイバージー・パークウェイを西に進むと、沿道には三、四階のレンガの建物が並び、歴史を感じさせる風景が続く。

2ブロック先の交差点で左折し、ノース・ハルステッド・ストリートに入る。レンガ造りの建物の一階には雰囲気のいいバーやレストランがある。都会嫌いの辰也も、少し寂れたような街並は好きだ。交差点から一キロほど歩くと、右手の公園の奥に五階建てのシックなマンションが見えてきた。リンカーンパークに到着したのだ。

尚人は公園近くの赤いレンガの三階建てのアパートに住んでいるらしい。彼が通うシカゴ大学は、ダウンタウンの十一キロ南に位置するハイドパークにある。緑の多い古くからの住宅街で科学産業博物館やアフリカンアメリカン歴史博物館などがあるアカデミックな地域ではある。だがかつての高級住宅街は、周囲の治安の悪化とともに安全な街とは呼べなくなっている。

大学があるハイドパークや北に隣接するケンウッドには大学関係者や学生が多く住むが、尚人の父親が大学周辺の環境を心配し、わざわざリンカーンパークのアパートに住むように仕向けたらしい。もっともダウンタウンとハイドパーク間は、路線バスと地下鉄があり、バスは早朝から深夜まで営業しているため、車がなくとも不便ではない。

辰也と加藤は迷うことなくノース・ハルステッド・ストリートの一本西側にあるノース・ディトン・ストリート沿いのアパートに到着した。優秀な兵士なら当たり前であるが、二人とも仕事をする場所の地理は事前に頭に叩き込んでいる。

表通りであるノース・ハルステッド・ストリートと違い、一方通行の道には十メートル近い街路樹が並び、シックなレンガの建物にヨーロッパを思わせる風情《ふぜい》があった。残念なのは、古い街にはありがちだが、駐車場がないため、この地域の道路には車が隙間なく停められ美観を損《そこ》ねている。

「2248、ここですね」

加藤が尚人の住んでいるアパートを先に見つけた。特に建物に名前はなく、ガラス張りの玄関の上に番地を表す金属製のプレートが掲げられているだけだ。

「大学二年で、高級アパート住まいか。いいご身分だ」

辰也は鼻で笑った。大学に行く金もなく、自衛隊に入っただけに留学するだけでなくへたな社会人より贅沢な暮らしをしている人間の気持ちが理解できないのだ。

二人はさりげなく玄関を開けて中に入った。木製の彫刻の入った手すりがある階段を上り、尚人の部屋である三階の三〇六号室の前で立ち止まった。セキュリティー上の問題で、一階の玄関にも、部屋のドアにも表札らしきものはなく、新聞や郵便物が溜まっている様子はない。

試しに辰也は呼び鈴を押してみた。二度ほど試したが、応答はない。

「大学に行っているのだろう。出直そう」

辰也は腹が減っているので早く帰りたかった。そもそも情報本部長の息子の所在を確かめるのにわざわざ米国にまで来ることさえ、馬鹿馬鹿しく思っている。

「そうですね」

加藤も特に危険な香りは感じないため、素直に頷いた。

二

辰也と加藤は、ウェスト・ワイトウッド・アベニューの交差点角にある〝ラ・バンバ〟というメキシカン・レストランで遅い昼食をすませてホテルに戻った。

チェックインをすませた二人は部屋に荷物を置いてすぐにタクシーでリバーノースに向かった。シカゴ川はミシガン湖から二キロほどで南北に分かれる。河口から分岐するまでの川の北側は、リバーノースという地名になった。

ちなみに一八五〇年以前は、シカゴ川は現在と逆のミシガン湖に流れていたが、シカゴが発展するにつれて生活排水や工業汚水などを川に垂れ流し、産業廃棄や一般ごみまで川に廃棄していたため、湖が急速に汚染されてしまった。そのため、新たに運河を切り開いてミシシッピー川と接続させ、ミシガン湖から逆流させることで汚水やごみをメキシコ湾へ流した。

リバーノースを東西に通るウェスト・イリノイ・ストリート沿いにレンガ造りの五階建てのビルがある。建ててから百年近く経っているのだろう、周囲は開発が進み、新しいビルが建ち並ぶ中、まるで時が経つのを忘れたかのように朽《く》ち果てかけた建物の最上階にシカゴの傭兵代理店はあった。

辰也と加藤は旧式の押しボタン式のエレベーターに乗った。ガタンと大きな音を立てた割にはゆっくりと動いている。階段を使った方が速いに違いない。二人は到着を知らせる鐘の音とともに開いたドアから五階へ下りた。

銃社会米国で活動するのに武器がなくては話にならない。特別な許可証があれば買えないこともないが、基本的に米国市民でなければガンショップで銃を購入することは不可能だ。その点、傭兵代理店に登録されている傭兵なら銃の許可証もその場で売ってもらえる。もちろん、登録されているランクにもよるが、辰也と加藤は二人ともＡランクのため問題ない。

二人は、すり減ってワックスがよく染み込んだ廊下を進んだ。奥には南向きのアーチ型の窓があり、差し込む日差しが細かい埃を浮かべて幻想的に廊下を照らし出している。

突き当たりにあるドアに〝スカーフェイス・インク〟という風変わりな会社名が掲げてある。映画のタイトルになったこともある名前だが、スカーフェイスとは〝傷のある顔〟という意味だ。

「なんだと貴様！　ぶっ殺されたいのか！」

辰也がドアをノックしようとすると、部屋から罵声《ばせい》が響いてきた。

「シット！　撃つな！」

いきなりドアが開き、一九〇センチ近い大男が血相を変えて飛び出してきた。辰也と加藤は男を避けて廊下の端まで下がった。男は振り返りもせずに走り、エレベーター脇の階段を下りて行った。

「なんだ？」

辰也と加藤が驚いて顔を見合わせていると、部屋から白髪頭の白人が、ガバメントを手に現れた。年齢は八十歳前後か、皺だらけの顔の左の頰に社名と同じ大きな傷痕がある。グレーのピンストライプのダブルのスーツに細いネクタイ、まるで禁酒法時代（一九二〇年施行、一九三三年廃止）のギャングのようだ。

「おまえさんたちも傭兵志願か？　言っておくが大した軍歴がないんだったら、その辺の軍事会社に行くんだな。イラクやアフガニスタンでトラックの運転手の仕事にありつけるぞ」

男はふんと鼻息を漏らし、ドアノブに手を伸ばした。歳は取っているようだが、声に張りがあり若々しく感じる。

「ジラルディーノさんですか？」

辰也は慌てて尋ねた。

「私を知っているのか。おまえたちは、傭兵か？」

辰也はともかく加藤は大人しい上に小柄だ。男は辰也と加藤を交互に見比べた後で、加藤を訝しげな目で見た。男はロベルト・ジラルディーノ、シカゴの傭兵代理店の社長のようだ。

「日本の傭兵代理店から連絡が入っていると思うけど、俺は辰也・浅岡だ」

「私は、豪二・加藤です」

二人が名乗ると、ジラルディーノはぴくりと右眉を上げた。

「入ってくれ」

ジラルディーノは銃を上着のポケットに仕舞い、面倒臭そうに左手で手招きをしてみせた。彼は若い頃、マフィアのギャングだったらしいと池谷からは聞かされている。横柄《おうへい》な態度が逆に似合っていた。

「へえ～」

部屋に足を踏み入れた途端、辰也らは感嘆の声を上げた。

四十平米近い部屋には革張りのソファーがあり、その背後にはビリヤード台がある。その横に執務机が置かれていた。黄ばんだ壁には古い写真が飾られ、天井のシャンデリアが豪奢《ごうしゃ》な光を放っている。まるでサイレント映画のセットのようだ。おそらくビルが造られた当時から内装も変えられていないに違いない。

二人はジラルディーノに勧められてソファーに座った。

「さっきは、見苦しいところを見せたな。近頃は、不景気でろくな軍隊経験がない奴らまで傭兵になりたいと言ってきて困る。さっきの馬鹿者はデルタフォースに所属していたと言いやがった。基地はどこにあったかと尋ねたら、ジョージアだと答えたよ。まったく馬鹿な奴だ」

辰也の対面に座ったジラルディーノは、吐き捨てるように言った。

逃げ出した男はレンジャー連隊と勘違いしていたのだろう。レンジャー連隊ならジョージア州フォート・ベニングに基地があるが、デルタフォースはノースカロライナ州フォート・ブラッグである。

「日本の池谷から武器の手配を頼まれた。何が欲しい。何でも揃えてやる」

「とりあえず、グロック19とコンバットナイフ、無線機、それに車を頼みたい」

車が銃撃されたりした場合のことを考えると、レンタカーでは後の処理が面倒なのだ。

「グロック19にコンバットナイフ？　観光にでも来たのか？」

アサルトライフルやサブマシンガンを含まないため、ジラルディーノは呆れたようだ。

「とりあえず、と言ったはずだ」

辰也は強い口調で言った。

「分かった。車は何がいい？」

「頑丈な乗用車ならなんでもいい」

レンタカー会社に来ているわけではないので、贅沢は言えない。

「ルイーザ！　ちょっと来てくれ」

ジラルディーノが声を上げると、恰幅のいい中年の女が奥のドアから現れた。六十歳前後と思われるが、肌に艶《つや》があり妙な色気を感じる。

「半世紀前から私の秘書をしているルイーザだ。ルイーザ、グロック19とコンバットナイフを二セットずつ、ハンズフリーの無線機も付けてくれ。それから客人に車を一台貸してやれ、おまえのようにとびっきりグラマラスで丈夫なやつだ」

イタリア人らしくジラルディーノはジョークを飛ばした。

「半世紀も丈夫も、余計。セクハラで訴えてやる」

ルイーザはそっぽを向いて奥の部屋に消えた。

「女はいつまで経ってもジョークが分からなくて困る。ところで仕事はこの街でするのかね？」

ジラルディーノは苦笑がてら尋ねてきた。

「仕事というほどのことじゃない」

辰也は肩を竦めてみせた。そもそも気乗りのしない仕事である。

「世界に名を轟かせたリベンジャーズがシカゴに来たからには、ギャングどもを血祭りに上げるのかと思ったが、違うのか。もっとも伝説の傭兵、藤堂も噂では死んだと聞いているしな。だが、本当に死んだのか？」

ジラルディーノは辰也と加藤に鋭い眼光を向けてきた。

噂は姿を消した浩志と美香のため、池谷が流しているのだ。

「半年以上会ってない。生死なんて分かるはずがないだろう」

辰也はわざとらしく首を横に振ってみせた。

「まあいい。生死なんて分からない方がいいんだろう。聞いた私が馬鹿だった」

ジラルディーノは口を尖《とが》らせ、ポケットから葉巻を出した。すると、奥の部屋からルイーザが銀のトレーにグロック19とコンバットナイフに無線機を載せて出てきた。

辰也と加藤は銃とナイフを受け取り、さっそくグロックにマガジンを入れた。

「この街は、マフィアや新興のストリートギャングが複雑に入り乱れている。注意することだな。困ったことがあったら連絡してくれ。他の代理店と同じように情報のサービスもしている」

ジラルディーノは葉巻に火をつけながら言った。

「その時は頼む」

辰也は葉巻の煙から逃れるように立ち上がった。

三

シカゴの傭兵代理店が入っているビルを出た辰也と加藤は、ウェスト・イリノイ・ストリートを1ブロック西にある駐車場に入った。駐車場不足の街だけに狭いスペースに百台以上の車が停められている。

二人は銃とコンバットナイフはその場で受け取っていたのだが、車はキーを預かっただけで指定の駐車場から勝手に乗って行くよう言われてしまった。

「あれか?」

辰也はフォードのSUVを指差した。ジラルディーノは悪戯好きらしく、窓は防弾ガラスで一番頑丈そうな黒い車という情報だけ教えられたに過ぎず、車種は一切聞かされていない。

「きっと、そうですよ」

加藤も頷き、辰也はSUVのドアにキーを差そうとしたが入らなかった。

「向こうに行ってみようか」

辰也は頭を掻きながら、奥へと向かった。駐車場は三階建てのレストランのビルを取り囲むような構造になっている。レストランの反対側は陰になっているため、様子が分からない。

「これは……」

「まさか……」

ビルの裏側に停めてあった黒塗りの巨大な車を見て二人は絶句した。車はAMゼネラル社の〝ハマーH1〟だったからだ。米軍の軍用車ハンヴィーを民間仕様にしたもので、リッター四キロ前後という燃費の悪いことで販売不振に陥り、新たに施行された排気ガス規制にも適応できず、二〇〇六年に生産を終了している。

試しにキーを差し込むとすんなりとドアロックは解除できた。

「まいったな。いくら頑丈とはいえ、ハマーかよ」

飛行機のコックピットを思わせるメーターやスイッチがずらりと並んだ運転席に乗り込んだ辰也はぶつぶつと文句を言いながら、エンジンをかけた。V型八気筒は乗用車というよりトラックのような唸り声を上げた。

「いいね」

エンジン音を聞いた途端、辰也の表情は緩んだ。

「これは目立ちますね。この車で尾行なんかできませんよ。車を交換してもらいましょう」

加藤は助手席に座ったものの、困惑した表情をみせた。

「とりあえず借りてみよう」

軍用車が好きなだけに辰也は嬉しそうな顔をしている。

「嘘でしょう！」

追跡のプロだけに加藤は首を激しく横に振った。

「まあ、いいじゃないか」

にやけた顔をした辰也は、不服顔の加藤を無視してウェスト・イリノイ・ストリートに出ると、次の交差点で左折した。

「どこに行くんですか！」

加藤は甲高《かんだか》い声を出した。尋ね人である長峰尚人のアパートには夜にもう一度訪ねることにしていたが、その前にシカゴ大学のキャンパスを覗きに行こうと話し合っていたからだ。大学に行くなら右折しなければならない。

「天気がいいからちょっとドライブしていかないか。こんな車滅多に乗れないからな。どうせ、夜にアパートを訪ねてお偉いさんの坊ちゃんの顔を拝《おが》んだら、仕事は終わっちまうんだ。後で運転を代わってやるからいいだろう？」

呑気に辰也は口笛を吹きはじめた。

「運転はいいですから。……もう、どこでも連れて行ってください」

加藤は諦めて溜息をついた。

何かに夢中になっている辰也は口笛を吹くことがある。こんな時は何を言っても無駄ということは仲間なら誰でも知っていた。

辰也はリバーノースから三十五キロほど北に走らせ、エルダレーン・パークというミシガン湖を見渡す小さな公園の駐車場で車を停めた。周囲は南部の街と違い、林のように生い茂った街路樹が立ち並び、大きな家が点在する落ち着いた住宅街である。

二人は車を下りて公園を抜けると、散歩道は湖に突き出す桟橋に通じていた。

「いい眺めだ」

辰也は桟橋の端に腰掛けた。海と変わらぬ水平線まで船一つ浮かんでいない。湖と空と雲、それ以外に何もないという贅沢な風景が広がっている。

湖から吹き付ける風を受けながら、加藤も辰也の隣に座った。まだ浮かない顔をしている。辰也と違ってドライブが気に入ってないのだろう。

「藤堂さんに会われたら、日本に帰られますか？」

桟橋近くの砂浜に打ち寄せる波を見ながら加藤は尋ねた。

「いつまでもぶらぶらとしているわけには、いかないからなあ。それに会社のことも気になってきた」

「もし、会えたら、藤堂さんには何て言われるつもりですか?」

「世間話はするだろうが、何も聞かないつもりだ。何度も死にかけ、これまで充分過ぎるほど働かれた人にまた一緒に闘ってくれなんて言えないし、戻ってくれとも女々《めめ》しくて言えないからな。藤堂さんに危険が迫っていないか確認すれば充分だろう」

　辰也は寂しそうに言った。

「そうですよね」

　加藤も頷くより仕方がなかった。

「おまえ、これからどうするつもりか迷っているんだろう?」

　辰也は湖を見たまま言った。

「私だけではないと思いますが」

　答えた加藤は辰也を見た。

「俺はこのまま傭兵と自動車修理工場の二足の草鞋《わらじ》を履き続けるつもりだ。今回、シリアに行ってよく分かったんだ」

「何が分かったのですか?」

　加藤は身を乗り出した。

「はっきり言って戦争は下らない。武器がなくなればいいと思う。だが、戦争を終わらせるには、武器を持って闘わなければならない。だとすれば、弱い者を助け、自分で正しいと思う戦闘に参加し、戦争にピリオドを打つことこそ、意義ある行動じゃないかと思うんだ。もっともこれは藤堂さんの受け売りだ。シリアに行って、再認識したんだ」

「確かにそうですが、シリアに行かれるんですか？」

「シリアはきっかけに過ぎない。それに俺が行かなくてもムスリムの連中が自由シリアに協力するだろう。俺たちはこれまで同様、地域紛争には参加せず、真に必要とされたクライアントのために動くべきだろう」

「なるほど」

加藤はほっと胸を撫で下ろした。辰也が革命に参加すると勘違いしたのだろう。

「さて、そろそろ行くか」

辰也は両手を上げ、背筋を伸ばしながら立ち上がった。

「この仕事が終わったら、私も一緒に藤堂さんを探しに行っていいですか？」

加藤はズボンに付いた砂を払いながら立った。

「手がかりは絵はがきだけだ。行く先は皆目《かいもく》分からないぞ」

「それでも構いません」

「好きにするがいいさ」

辰也は笑いながら頷いた。

四

午後十時、辰也と加藤はリンカーンパークのノース・ハルステッド・ストリートに〝ハマーH1〟を停めた。乗用車とはもはや呼べない大型車を停めるのは気になるが、長峰尚人のアパートがある一方通行のノース・ディトン・ストリートに停めるよりはましだ。

無言で歩く二人の顔はいささか緊張していた。夕方近くになってシカゴ大学の学生課に行き、尚人の親類と名乗り、彼のカリキュラムとスケジュールを聞いたところ、二週間以上も大学には来ていないことが分かったからだ。すぐに池谷に報告したが、調査が遅いとクレームをつけられた。辰也が乗り気でなかったことを見透《みす》かしているようだ。

二人は尚人の住む2248と番地が書かれたアパートの周囲を調べて監視や異常がないか調べ、玄関から中に入った。古いアパートなので玄関には監視カメラもオートロックもない。階段を三階まで音も立てずに上がり、薄暗い廊下を進んだ。

時間的にも寝静まっているとは思えないが、アパートの造りがしっかりしているせいで深閑としている。三〇六号室が尚人の部屋だ。加藤が先の尖った機具を鍵穴に差し込んで探りをいれている。辰也も浩志に教わっているが、未だに蹴破った方が早いと思っているため鍵を小道具で開けるのは得意でない。

ガチャリと音を立てて解錠した加藤は、ドアをゆっくりと開けた。チェーンロックはかかっていない。

辰也はグロックを懐から出して部屋に入った。加藤も廊下を見渡し、すばやくドアを閉めて辰也のカバーに付いた。

ドアの向こうは十八畳近いリビングで、中央にソファーとテレビがある。窓や壁際の棚を調べたが、荒らされた様子はない。辰也は加藤にキッチンを指差し、自分は奥の十二畳ほどのベッドルームを覗いた。男の独り住まいとは思えないほど片付けられている。念のために壁のワードローブも開けたが、服が整然と並べられているだけだった。

「浅岡さん、いいですか？」

キッチンをチェックしていた加藤が声をかけてきた。

「これを見てください」

加藤はハンドライトを床に置き、しゃがんでみせた。辰也も同じように姿勢を低くして床を見ると、物を引きずった跡が床に残っていた。しかも靴の踵の跡と思われる二本の筋もはっきりと認識できる。

「尚人はここで犯人に連れ去られたということか。だが、犯人はいったいどこから入ったんだ？」

辰也は腕を組んで首を傾げた。なぜなら侵入できるようなベランダはない。窓はあるが鍵が掛けられていることは確認している。

「チェーンロックも掛かっていなかった。尚人は二年以上米国に住んでいる。掛け忘れたとも思えない」

「それじゃ、顔見知りの犯行でしょうか?」

「どうかな?」

自問するように呟いた辰也はグロックを懐のホルダーに仕舞い、出入口にある照明のスイッチを入れた。

「うん?」

ドアチェーンを見た二人は同時に首を捻った。チェーンの中央部が傷ついているのだ。

「これは一度断ち切られた物をペンチかなにかで繋いだんだ。おそらくチェーンカッターか鉄筋カッターでドアの隙間から切断したんだな」

「確かに簡単に切断できますが、音はしますよ」

「そうだよな。部屋にいれば絶対聞こえる。しかし、いきなり踏み込まれたら、パニックになって捕まえられるかもしれないな」

加藤の質問に辰也は無精髭にまみれた顔を右手で掻いた。

「すみません。そうでもなさそうです」

チェーンを手に取り、詳細に調べていた加藤がすまなさそうに言った。

「根拠は？」

自分の仮説に自信があっただけに、簡単には引き下がれないと、辰也は加藤に迫った。

「確かにこのチェーンは切断されていますが、切断面にうっすらと錆が浮いています。錆は条件によって一日もあれば出てきますが、よくみると簡単に溶接された跡もあります。私には、犯人がそこまで隠蔽《いんぺい》を図ったとは思えないんです」

「……振り出しにもどったか。待てよ。事前に潜入して待ち伏せていたんじゃないのか。隠れるところはいくらでもある。尚人がキッチンに入ったところで、寝室のワードローブとかから抜け出して襲ったかもしれないな」

溜息をついた辰也は、両手で顔を叩いた。

「とにかく何か手がかりになりそうなものを探そう」

加藤にリビングを調べさせ、辰也はベッドルームに戻った。ワードローブからベッドの下まで探したが、気になるようなものは見当たらない。

残るはベッド脇のテーブルに置かれたノート型のパソコンだけだ。試しに電源を入れるとスリープ状態になっていたらしく、すぐにパスワードを入れる画面になった。

「これは俺じゃどうにもならんな」

いくつか適当にパスワードを入力して諦めた辰也は電源を落とし、パソコンを畳んで小脇に抱えた。

「何か見つかったか？」

リビングを調べていた加藤に尋ねた。

「犯人が整理整頓《せいとん》したとは思えませんので、尚人君はよほどのきれい好きだったんですね。調べがいがない部屋ですよ。浅岡さんは、何か見つけましたか？」

加藤は辰也の持っているノートパソコンを見て言った。

「俺も何も見つけられなかった。とりあえず、パソコンを持ち帰ろうと思っている。ただし、パスワードがあるから、俺たちじゃ歯が立たない」

「それなら、尚人君が行方不明と報告して代理店の応援を請《こ》いませんか」

「もちろん、そのつもりだ。友恵に手伝ってもらえれば、鬼に金棒だ。とりあえず退散しよう」

二人はアパートを出てノース・ハルステッド・ストリートに向かった。

「むっ！」

辰也は首筋に視線を感じた。

「尾けられているようです」

並んで歩いていた加藤も感じていたようだ。

「加藤、ひとっ走りして確認してくれ。昼のメキシコ料理屋で落ち合おう」

「了解！」

加藤はそう言うといきなり走り出し、瞬《また》く間に街角に消えた。

「相変わらず、いい走りだ」

辰也は加藤を見送ると、ゆっくりと歩きノース・ハルステッド・ストリートに停めてある〝ハマーＨ１〟に乗り込んだ。

五

辰也は、昼間と同じ〝ラ・バンバ〟というメキシカン・レストランでメニューを見ていた。加藤と待ち合わせをしているものの、せっかくならと夜食を食べるつもりだ。昼はロパ・ビエジャというメキシコ風ビーフシチューとタコスを食べた。メニューを見ていると、向かい側の席に加藤がさりげなく座った。出入口が見える席に座っていたにもかかわらず気が付かなかったということは、裏口から入ってきたようだ。

「お疲れ様、どうだった？」

辰也はメニューを見たまま尋ねた。

「我々を尾行していたのは、黒人と白人の二人組でした」

「黒人と白人？　ロシア人じゃないのか」

辰也はてっきりブラックナイトか〝ヴォールク〟の残党だと思っていただけに、黒人もいたことに驚いた。

「私も意外でした。ちなみに彼らの車のナンバーも控えてあります」

「さっそく友恵に送って調べさせてくれ。チップスでビールを飲まないか」

「ここに来る間にメールで送っておきました。私はボヘミアをお願いします」

「ボヘミアか、俺はドスエキス・アンバーだな」

辰也はメキシカンビールとグアコモールと呼ばれる三種類のサルサソースが付いたチップスを頼んだ。

「連中はまだ見張っているか？」

「おそらくそうでしょう。交差点の反対側のウエスト・ワイトウッド・アベニューに車を停めています」

「挨拶をした方がいいかな」

「決めてください。従いますから」

二人が話していると、ボーイがテーブルにビールとグアコモールを置いて行った。

「さて、軽くこれを平らげてから連中を締めてやるか」

テーブルのビールに辰也はすでに心を奪われている。

「作戦はどうしますか？」

加藤はボヘミアを飲みながら尋ねた。生真面目な加藤も辰也に感化されてきたようだ。

「連中は俺一人で店にいると思っているはずだ。加藤、先に〝ベースボールフィールド〟のノース・ララビー・ストリートまで行ってくれ。俺は十分後にここを出て公園の近くに停める。連中も近くに停めるはずだ。後は頼む」

ベースボールフィールドはリンカンパークの近くにある公園で、木々に囲まれた芝生《しばふ》のエリアに野球のグランドが三面とテニスコートがある公園だ。

「了解！」

加藤はボヘミアを飲み干し、調理場の脇の通路に消えた。

辰也は腕時計を見て、ドスエキス・アンバーの追加を頼んだ。苦みがしっかりとある割には爽《さわ》やかな飲み口のため、メキシコ料理によく合うビールだ。

「そうだ」

ジャケットのポケットを探って辰也は二枚の絵はがきを出した。明石柊真から預かった美香の絵はがきだ。絵を見て何か思い浮かばないかと、いつも持ち歩いている。どちらも少し高台から美しい海を見下ろしている風景だ。一つは大きな湾になっているのか、右側の海岸線が岬のようになっている。もう一枚は、小さな入り江の浜に漁船のような白いボートが浮かんでいる。水彩画だが実によく描かれていた。

「やっぱり、これだけじゃなあ」

手がかりとしてはあまりに心細い。辰也は絵はがきを仕舞い、テーブルに置かれた追加のビールを口にした。

十分後、店を出た辰也は〝ハマーH1〟に乗り込み、ノース・リンカーン・アベニューからノース・ララビー・ストリートに入り、交差点から百メートルほどで車を停めた。メキシカン・レストランからは一キロ弱と近い。時刻は午後十一時七分、右手の〝ベースボールフィールド〟は暗闇の中に埋もれ、左にはおしゃれなデザインの二、三階建てのレンガ造りの家が並んでいる。

辰也は窓を開け、エンジンを切った。さすがに深夜の閑静な住宅街だけにトラックのようなエンジン音は無粋《ぶすい》だと感じた。

——こちら、トレーサーマン、爆弾グマ、応答願います。

車を停めて、待つこともなく加藤から無線の連絡が入った。

「こちら爆弾グマ」

——二人を押さえました。応援をお願いします。ハマーの後方、七十メートル地点です。

「了解、すぐに行く」

辰也は運転席を飛び出し、歩道を走った。加藤がフォードの運転席にグロックを向けている姿が目に入ってきた。

「二人とも車を下りろ」

辰也もグロックを抜き、男たちを車から下ろした。

黒人は身長一八八センチ、白人は一八〇センチほどでどちらもスーツを着ている。年齢は二十代後半で、二人ともふてぶてしい顔つきだ。

「動くなよ。頭をぶち抜くからな」

辰也が正面から銃を向けている間に、加藤が二人の体を調べ、脇のホルスターから銃を奪い取った。

「歩け！」

辰也は二人を歩かせて公園に入り、誰もいないテニスコートの脇に立たせた。

「何者だ」

辰也は黒人の背後に回り、頭にグロックを突きつけた。

「俺たちは、あのアパートを見張れと命令されただけだ」

男は修羅場を経験しているのだろう、狼狽《うろた》えることなく腹立たしげに答えた。

「命令したのは誰だ？」

辰也は銃口をこめかみに強く押し当てた。

「ボスだ。ボスのダラス・フィゲロだ。おまえら日本のヤクザなんだろう？　こんなことをしてただですむと思っているのか」

黒人は鼻で笑ってみせた。

辰也は男の脇腹に膝蹴りを入れた。メシッと鈍い音を立てて、男は膝から崩れた。

「質問するのは俺だ。質問したけりゃ、その都度《つど》あばら骨を折ってやる」

「ふざけるな！　てめえはぶっ殺す」

逆上した黒人は立ち上がって、辰也の銃を持っている腕を取った。すかさず腕を返して男の腕をねじ上げて体勢を崩し、膝蹴りをまた同じ脇腹に決めた。バキッという音を立てた。今度は二、三本、肋骨《ろっこつ》を折っただろう。とどめに男の後頭部に肘《ひじ》打ちを真上から叩き込んだ。男はカエルが潰れるような声を上げ、アスファルトに倒れた。

「名前を聞こうか。おまえはどこを殴られたい？」

辰也は白人に銃を向けた。

「ベッ、ベケットだ。何でも言うから、乱暴は止めろ」

白人は両手を上げたまま首を激しく振った。

「ベケット。日本人の尚人・長峰を誘拐したのはおまえたちか？」

「そんなやつは、知らない。俺たちは本当にあのアパートを見張って、三〇六号室に入った者がいたら尾行するように言われただけだ」

辰也は白人の目を覗き込んだ。部屋の電気を点けたのを見られたようだ。

「嘘は言っていないようだ。だが、誘拐された人間のアパートを見張るんだ、何か知っているに違いない。おまえのボスに会わせてもらおうか」

「ボスに？　……殺されるぞ」

白人は微《かす》かに頬を弛めた。

「それは困るな。続きは車の中で質問させてもらおうか」

辰也は白人の鳩尾《みぞおち》に膝蹴りを喰らわせて気絶させ、軽々と肩に担いだ。

「黒人はどうしますか？」

加藤は慌てて尋ねた。黒人は体格がいいだけに九十キロ近くありそうだ。とても加藤では担げそうにない。

「放っておけばいい。朝まで絶対目を覚まさない。気が付いたところでもまともに動けないさ」

辰也はグロックをホルダーに仕舞い、歩き出した。

「それもそうですね。先に行って車の用意をしてきます」

人気がないと言っても住宅地のど真ん中にある公園だけに油断はできない。

加藤は斥候を兼ねて表の通りに走って行った。

「よく気が付くやつだ」

加藤の走りを見て辰也は今更ながら感心して頷いた。

シカゴでの観光名所がある街と言えば、摩天楼が建ち並ぶダウンタウンはもちろんのことであるが、米国人にとってはむしろダウンタウンから十二キロ西に位置するオークパークの方が興味深いと言えよう。

六

歴史的な建築物が数多くあり、歴史の保存と経済発展の両立を都市計画に盛り込んでいる。中でも有名なのはアーネスト・ヘミングウェイの生家を改修した博物館や建築家フランク・ロイド・ライトの博物館、それに彼の手がけた建築物も多くある。

「ギャングっていうのは、ダウンタウンの古いビルに巣食っているイメージがあったが、違うんだな」

午前零時二十六分、辰也はオークパークの外れにある住宅街に停められた〝ハマーH1〟の後部座席でのんびりと言った。だが、右手にはグロックが握られ、銃口は手足を縛られて辰也の隣に座るベケットという名の白人の男に向けられていた。

〝ベースボールフィールド〟で尾行をしていた二人の男を捕まえ、自白させた。彼らはシカゴ・アウトフィットの構成員らしい。他の大都市ではマフィアが分割支配しているが、シカゴでは四人のボスによる共同支配が行われ、単一のマフィアファミリーであることから、アウトフィットと呼ばれている。

ベケットは辰也が気絶させた黒人とともに、長峰尚人のアパートを見張り、三〇六号室に出入りする者がいたら尾行するように命じられていたが、理由までは教えられていないという。

彼らに命じたのはダラス・フィゲロで、四十人の部下を抱えるシカゴ・アウトフィットのボスの一人である。もっとも二人はボスと言っているが、シカゴ・アウトフィットを治める四人の大ボスではなく、組織を統括するために細分化されたグループのリーダーに過ぎないようだ。だが、組織の頂点に立つボスになるために組織内で色々と画策している野心家らしい。

「俺たちはストリートギャングのようなチンピラじゃねえ」

ベケットが吐き捨てるように言った。

「犯罪を犯している連中にみそ糞《くそ》もねえだろう」

辰也は一蹴した。

後部ドアが開き、加藤が顔を覗かせた。

「見張りはいませんが、かなり厳重なセキュリティーが張られています」

加藤はダラス・フィゲロの自宅を調べてきたのだ。

「言った通りだろう。セキュリティーだけじゃない。一階には四人の屈強なボディーガードがいるんだ。諦めることだ」

ベケットは薄笑いを浮かべて言った。

「潜入できるよな」

辰也は加藤に念を押すように尋ねた。

「問題ありません。赤外線のパターンもすでに把握していますから。私がセキュリティーを解除したら、敷地に入って来てください」

辰也の問いに加藤は、ハンディータイプのナイトビジョンを掲げてみせた。用心深い加藤は日本で潜入に必要な道具は揃えてきたようだ。

「用がすんだら解放してやる」

辰也はベケットの口にガムテープを貼り付けて、床に押し倒した。

二人は五十メートルほど並木道を走り、植栽に囲まれた二階建て家の前で止まった。この界隈ではフェンスや塀で囲まれた家はない。治安がいいこともあるが、景観上の問題で禁止されているのだろう。その代わり、一メートルほどの高さの植栽をフェンス代わりにしている家はたまに見かける。

加藤はナイトビジョンを装着し、赤外線センサーの位置を確認すると、ナイトビジョンを外してウエストポーチに入れた。

辰也は街路樹の陰に隠れ、加藤に合図を送った。加藤は助走をつけて植栽を飛び越して芝生に着地し、赤外線センサーを避けるべく前転やジャンプを繰り返して建物に近付いた。センサーの三次元的位置関係を記憶して突破する方法は、傭兵学校で身につけた技である。加藤の場合、その身体能力の高さから担当教官だったマーティン・バニヤッカから芸術とまで賞賛されたほどだ。

見えないセンサーの垣根を突破した加藤は音もなく建物に沿って暗闇に消えた。

——こちらトレーサーマン。すべてのセキュリティーシステムを解除しました。建物の裏側までお願いします。

数分後に加藤から無線連絡が入った。

「爆弾グマ、了解！」

辰也は植栽を跨《また》ぐように飛び越し、庭を横切って家の裏まで行った。十二、三坪ほどの広さだが、ウッドデッキに椅子やテーブルがある庭があった。加藤はすでに裏口の鍵を解錠しており、ドアを半開きの状態にして待機していた。

加藤に頷いた辰也はグロックを抜いて家に潜入した。裏口からキッチンを抜けて長い廊下に出ると、二つのドアがある。手前のドアの隙間から大きなイビキが聞こえてきた。ベケットが言っていた手下の部屋なのだろう。眠っているのなら首筋に手刀か、後頭部を殴って気絶させるに限る。

「……？」

加藤に肩を叩かれ、任せろと合図された。辰也は首を捻りながらも銃を構えてサポートの態勢でドア口に立っていると、加藤はウエストポーチから小さなスプレー缶を出して部屋に入って行った。

十二畳ほどの広さがある部屋には、壁際にベッドが二つある。白人がそれぞれのベッドに寝ており、加藤は左手で鼻と口を押さえ、右手に持ったスプレーを男たちの口元に吹きかけると戻ってきた。

「人によって多少効果は変わりますが、一時間前後眠らせることができます」

加藤は狐《きつね》につままれたような顔をしていた辰也に説明してみせた。

「試したことがあるのか?」

疑り深い目で辰也は尋ねた。

「田中さんに使ったら、その場に崩れてそのまま一時間半も眠っていましたよ」

加藤はまじめな顔で答えた。

「ほお、面白い」

辰也は悪戯っぽい顔になった。

廊下を進み、別の部屋のドアに耳を当てると、話し声が聞こえる。辰也は加藤にサポートに回るように合図を送り、ドアを開けて乱入した。

二人の黒人が小さなテーブルを挟んでトランプをしていた。

背中を向けていた男の後頭部を手刀で打ち付けた辰也は、立ち上がって銃を抜こうとした対面の男の顎を蹴り抜いた。

「念のために眠らせておきます」

加藤は気絶している男たちの鼻にスプレーを吹きかけた。

二人は一階の部屋を確認し、二階に上がった。一階の手下は四人だけだった。

二階は客間らしき空き部屋が二つあり、廊下の奥にはドアが一つだけある。だが、ドアの隙間から艶《なまめ》かしい女の喘《あえ》ぎ声が聞こえてきた。

加藤がドアを開けると、辰也は突入して男の上になっていた裸の女をベッドの下に引きずり下ろした。すかさず加藤は女の口に催眠スプレーを吹き付けて眠らせた。

二人は無言でグロックを裸の男に向けた。歳は四十代半ばか、腹は出ているが筋肉質のいい体つきをしている。

「……何だ、てめえらは！」

男は一瞬唖然としていたが、銃を突きつけられても声を張り上げてきた。

「フィゲロ、おまえに聞きたいことがある」

辰也は表情もなく尋ねた。

「人を呼び捨てにするな、馬鹿野郎！」

「リンカーンパークの尚人・長峰を誘拐したのはおまえだろう。彼をどこにやった？」

「てめえら、日本のヤクザだな。誰が教えるか。交換条件は浩志・藤堂の居場所を教えることだ。おまえたちがやつの居場所を教えるか引き渡せば、すぐに解放してやる」

「何?」

辰也と加藤は同時に顔を見合わせた。

「どうして、藤堂が関係しているんだ?」

辰也はあえて呼び捨てにした。

「三週間前に藤堂は俺たちの物《ブツ》を四十キロも盗んだんだぞ。今更何を言う」

物とはもちろん麻薬のことだろう。四十キロといえば億単位の価値がある。

「どこにそんな証拠がある！　あの人はこそ泥じゃないぞ」

辰也は腹立たしげに言った。

「いいか、よく聞けよ。ダウンタウンの倉庫が覆面の男女二人組に襲われた。護衛をしていた手下が二人殺され、三人が瀕死の重傷を負った。女のこそ泥が、男に藤堂と呼んでいたのを生き残った手下が聞いていた。三人ともまだ病院で生死をさまよっている」

男が浩志なら女は美香ということになるが、ありえない設定である。しかも本物の美香なら「浩志」と名前で呼ぶはずである。

「手下は藤堂と聞いたかもしれないが、どうして浩志・藤堂になってしまうんだ?」

「情報屋が教えてくれた。近頃、麻薬を横取りする二人組の強盗がいるとな」

「馬鹿馬鹿しくて話にもならない。どこからそんなガセネタを仕入れたんだ？」

「ガセだと？　俺の信頼する情報屋のニックが教えてくれたんだ。間違いはねえ」

「くだらん！　強盗が身元のばれる名前をわざわざ呼ぶのはおかしいだろう。騙《かた》りだ。それぐらいわからないのか。しかもどうして無関係な長峰の息子を誘拐したんだ？」

「長峰は藤堂のボスだからだ。倉庫が襲われて二日後にさまざまな情報を俺たちは仕入れた。息子は俺たちと同じ街に住んでいるんだ。誘拐するのは、当然だろう。長峰は本当に頭が悪いヤクザだ。息子が留学している街で、こそ泥する馬鹿がどこにいるんだ」

フィゲロは鼻で笑って、肩を竦めてみせた。

「馬鹿はおまえだ。俺が正しい情報を教えてやる。長峰はヤクザじゃなく、日本の防衛省の役人だ。藤堂もヤクザじゃなく、一流の傭兵だ。彼の敵が懸賞金代わりにおまえに偽の情報を流したに違いない」

「今更そんな嘘を信じて、馬鹿息子を解放するとでも思っているのか。長峰に伝えろ。息子を解放する条件は変わらない。分かったのなら、さっさと出て行け」

「口を割りそうもないな」

辰也は加藤に頷いてみせた。

加藤はすかさずフィゲロを麻酔スプレーで眠らせた。

「車を家の前に持ってきてくれ」

「了解！」

加藤が出て行くと、辰也はベッドの下に散乱している男物の服をかき集めて小脇に抱え、裸のフィゲロを担いで一階まで下りた。待つこともなく玄関先に停められた〝ハマーH1〟の後部座席から辰也はベケットの胸ぐらを掴んで下ろし、肩に担いでいたフィゲロを投げ入れた。

マグロのように車に積み込まれた裸の男が、ボスのフィゲロだと気付いたベケットが狼狽えた。

「簡単だと言っただろう」

辰也はベケットの鳩尾を蹴り上げて気絶させ、家の前に転がした。

「どうしますか？」

加藤は運転席に座り尋ねてきた。

「ドライブしながら、考えるか」

辰也は助手席に乗り込んで呑気に答えた。

突入

一

米国でもっとも高い〝ウィリス・タワー〟は、一九七三年の竣工《しゅんこう》から二〇〇九年までは、世界最大のデパートである〝シアーズ〟が所有していたため、シアーズタワーと呼ばれていた。現在も世界で第四位（二〇一二年現在）を誇る超高層ビルであり、屋上までの高さは四百四十二メートル、アンテナを入れた最頂部までは五百二十七メートルもある。

二〇一二年に竣工した〝東京スカイツリー〟は尖塔《せんとう》までは六百三十四メートルの高さがあるが、最上の展望台の屋上までは四百九十五メートルなので、ほぼ同じ高さのビルが建っていると思えば、おおよその見当がつくだろう。

「実に美しい風景だ。久しぶりに感動した」

辰也は水平線からのぼる朝日を見て声を上げた。

午前四時四十六分、ミシガン湖の水平線から顔を見せた太陽は、空を赤く染めはじめた。

「本当ですね。苦労した甲斐がありましたよ」

「よし、乾杯だ」

辰也はコンビニで買ったミラーのキャップを開け、加藤のボトルに自分のボトルを当てると一気に飲み干した。

「朝日を見ながら飲むビールは最高だぜ」

「否定はしませんが、でも二度としたくはありませんね」

美しい朝焼けの空にボトルを掲《かか》げ、ミラーを半分ほど飲み干した加藤は、後ろを振り返って溜息を漏らした。

彼らの足下には裸で惰眠《だみん》をむさぼるダラス・フィゲロの姿があったのだ。

辰也と加藤は深夜の〝ウィリス・タワー〟に麻酔スプレーで眠らせたフィゲロを担いで侵入した。むろんセキュリティーや警備員の目を逃れて屋上に上がったのだが、潜入のプロである加藤でさえ骨の折れる作業だった。

辰也はフィゲロの腹を軽く蹴った。

「むっ。……なっ、なんだ？　貴様ら、さっさと自由にしろ！」

フィゲロは目を覚ますなり怒鳴り声を上げた。足は自由にしてあるが、屋上に突き出しているアンテナの塔に右手を手錠で繋いである。

「殺されなかっただけありがたく思え。もっとも、これからもっと辛い目に遭わせてやってもいいんだぜ」

辰也は冷淡な表情で言った。

「ここはどこだ？　どこかのビルの屋上か。いや待てよ。この通信アンテナのような塔は、どこかで見たことがある」

辺りを見渡し、フィゲロは気が付いたようだ。

「〝ウィリス・タワー〟の屋上だ。どこを見ても通信塔を除いて空しかない風景は、シカゴでここ以外にあるのか？」

辰也はしゃがんでにやりとした。小脇にフィゲロの服を抱えている。

「ばっ、馬鹿な……」

フィゲロの顔が青ざめた。

「四百四十二メートルの高さから飛び降りてみるか？　シカゴ・アウトフィットの幹部が裸で自殺を図るんだ、いいニュースのタイトルになるだろう。だけどあっという間に死んじまったら、誰も楽しめない。俺は特におまえに一番楽しんでもらおうと思っている」

辰也の頰の傷がぴくりと動き、冷酷な表情になった。

「なっ、何を考えている？」

「おまえの背中にはペンキでシカゴ・アウトフィットはクズの集まりだと書いてある。シカゴ・トリビューンをはじめとした報道機関に連絡するつもりだ。このビルの屋上を報道機関のヘリが飛んで、全米に中継するシーンが目に浮かばないか。今なら朝のニュースに間に合う」

　辰也はうっとりとした目付きで空を仰いだ。

「ばっ、馬鹿な、そんなことをしたら、俺は殺される」

　フィゲロの目が泳ぎはじめた。

「知ったことか。おまえは下らん噂を信じて、尚人・長峰を誘拐するからこんなことになるんだ。せめて、俺が親切に教えてやったことを信じて、彼をすぐに解放していればよかったんだ。まったく残念だよ」

　辰也はわざとらしく首を振って立ち上がり、フィゲロに背を向けた。

「待て！　取引しようじゃないか。尚人・長峰の居場所は教えるから、洋服と手錠の鍵を寄越せ。そしたら、おまえたちがやったことは忘れてやる」

　フィゲロは引き攣《つ》った顔で笑ってみせた。

「ずいぶんと上から目線だな。人質はすぐに解放しろ」

　辰也は振り返って言った。

「取引先に預けた。とにかく四十キロの物がいるんだ」

フィゲロはがっくりと肩を落とした。

「人質と麻薬とどう関係しているんだ?」

「物はニューヨークのマフィアに転売するはずだった。最初の取引は二週間前だったが、盗まれたんで明後日まで延ばしてもらった。物がなければ俺は信用を失う。だから俺は情報屋から仕入れたネタを信じる他なかった……」

フィゲロの声が次第に聞き取れないほどに小さくなった。

「意味が分からん」

辰也は首を捻った。

「こいつ、仲間を裏切っているんですよ。おそらく、組織で確保していた麻薬を横領したんでしょう。困るのは組織にばれることでしょう。一方で裏取引したニューヨークのマフィアには、盗まれた言い訳として、尚人君をさし出したに違いありませんよ」

それまで傍観していた加藤が日本語で言った。辰也はなるほどと頷いた。組織を裏切っているために尚人の誘拐も、ごく一部の手下に実行させたに違いない。

「組織を裏切っていることは黙っていてやる。尚人・長峰がどこに捕われているか知っているはずだ。教えれば洋服も手錠の鍵も残してやる」

辰也は抱えていたフィゲロの服を傍に置き、手錠の鍵をその上に載せた。

「分かった。取引相手の名は、ジョシュ・ハーマンだ。腕利きの手下をいつも五、六人連れている」

フィゲロの目は真剣そのものだ。裏切ったと言われて否定しないところをみると、加藤の推測は間違っていないらしい。

「アジトはどこだ。まさか人質をニューヨークまで連れ回しているわけじゃないだろう」

「デカルブの街はずれの倉庫だ。宿舎にしているプレハブも付いている。長峰は倉庫の奥の小部屋だ」

「デカルブ？」

辰也は思わず振り返って加藤の顔を見た。加藤もあり得ないと首を振っている。シカゴに来るために二人ともイリノイ州についてはさまざまな情報を得ていた。

デカルブはイリノイ州の北部の小都市で、シカゴから西に百キロに位置する。人口は三万五千人で、そのうち北イリノイ大学の学生が二万三千人を占めるという。トウモロコシ畑に囲まれ、街の中心は広大な大学の敷地がある。犯罪とは無縁の平和な田舎で、ニューヨークのマフィアがわざわざアジトを構えるとは思えないのだ。

「おまえ、俺たちが知らないと思って嘘をついているだろう。田舎町にマフィアのアジトがあるものか」

辰也は首を振ってフィゲロの洋服に手をかけた。

「嘘じゃない。ニューヨークの連中は、市警察やシカゴ・アウトフィットの勢力圏でない近郊都市を選んだんだ。しかも空港は街から二キロと近い。空が混雑するシカゴより、自家用ジェットを使うには便利なんだ」

フィゲロは懇願《こんがん》するように両手を合わせた。

シカゴにはシカゴ・アウトフィットとは別にストリートギャングが六万人以上いる。対して市警の警官は一万三千人と、まともに犯罪に対処できる数ではない。まして百キロも離れた田舎ではなおさら市警の目は届かないだろう。

「事実なら、正確な場所を教えるんだ」

加藤がポケットからスマートフォンを出してデカルブの街の地図を出した。

「空港のすぐ南側の倉庫だ。俺も一回しか行ったことがない」

フィゲロはスマートフォンの画面を指差した。

「ちょっと待っていろ」

辰也は衛星携帯を出した。

――はい、どうしましたか？

友恵のはきはきした声が聞こえてきた。

「悪いけど、軍事衛星使えるかな？　調べてもらいたいことがあるんだ」

――大丈夫ですよ。どうぞ。

まるで、優秀なサポートセンターのオペレーターのように友恵はすばやく反応した。

「イリノイ州のディカルブ・ディラー空港から南へ二百五十メートルほどのところに三叉路がある。その角にある倉庫を調べたいんだが、現状で何か特徴はないかな？」

インターネットの地図検索でも衛星写真は見られるが、現在状況は分からないために友恵に聞いたのだ。

――赤い屋根の倉庫ですね。その前に二〇〇八年か九年型の白いリンカーンと二〇一〇年型と思われる黒のベンツが停められています。それからワンボックスが見えますが、倉庫の陰で車種まで特定できません。人の姿は今のところありませんね。

「ありがとう。参考になったよ」

素早い対応に辰也は驚きを隠しながら礼を言った。

――大したことは、ありませんよ。

電話を切る際に友恵の鼻歌が聞こえたような気がした。謙遜《けんそん》ではなく、彼女の場合本当にそう思っているのだ。

「ジョシュ・ハーマンはどんな車に乗っている？」

「黒のベンツだが……」

フィゲロは答えた後で首を傾げた。

「二〇一〇年型か？」

「えっ、確かそうだったかな」

記憶が曖昧《あいまい》らしいが、年式まで聞かれてフィゲロは動揺をみせた。

「それじゃ、白いリンカーンは誰が乗っているんだ？」

「ハッ、ハーマンがマックと呼んでいる手下だ。しかし、どうしてそれを……」

フィゲロは辰也の質問に絶句した。どうやら嘘ではないらしい。

「うん？」

辰也は西北の方角から近付いてくるヘリに気が付いた。

「市警のヘリです」

加藤は五・〇の視力を持っている。ヘリの機体番号もすでに見えているはずだ。

「まずいな。他のビルからは見えないと思って油断した。見つかったかな？」

「私なら、人相まで見分けがつきますが、おそらくパイロットは屋上に人がいることは認識しているでしょう」

「こいつを連れて今さら階下まで下りるつもりはないからな、行くか」

「急ぎましょう」

加藤は目がいいだけに焦っているようだ。

「フィゲロ、元気でな」

辰也はフィゲロから二メートルほど離れたところに服と手錠の鍵を置いた。

「貴様！　服と鍵を渡すと言っただろう。騙したな」

フィゲロが立ち上がり、慌てて股間を隠した。

「洋服も手錠の鍵も残してやると言っただけだ。あばよ」

「馬鹿野郎！　死んじまえ！　今度はてめえの喉を掻き切ってやる！」

辰也は喚《わめ》くフィゲロを無視して、屋内に通じる非常口に向かった。

「やつはどうなりますかねえ」

加藤が笑みを浮かべて尋ねてきた。

「組織に始末されないように警察で自白するんじゃないのか。それより、麻薬の取引先が朝のニュースで騒ぎを知る前に攻撃だ。おそらく午前八時のニュースで流されてしまうだろう。タイムリミットは約三時間だ」

「確かにそうですね。急がなきゃ」

加藤は辰也を抜かして、非常口に入って行った。

「あっ、こら待て！」

辰也も慌てて後を追った。

二

米国は世界最大のトウモロコシ生産国であり、世界の三分の一以上を生産している。特に輸出まで手がける産地は、コーンベルト地帯と呼ばれ、イリノイ、インディアナ、オハイオ、ウィスコンシン、ミシガン州でミシシッピー川の東側の州が、主な生産地である。

辰也が運転する〝ハマーH1〟はシカゴ市内を東西に抜ける〝ドワイド・D・アイゼンハワー・エクスプレスウェイ〟からジャンクションを経て〝ロナルド・レーガン・メモリアル・ハイウェイ〟に乗り換えた。

どちらも共和党の大統領の名であり、道路だけでなくジェームズ・マディソンの名の郡など、大統領由来の名が散見できる。というのもイリノイ州の中央部はリンカーン以来の共和党の地盤でシカゴは総本山であるからだ。

「やはり、二人で突入というのは無茶ですかねえ」

助手席の加藤が、不安げな顔をしてみせた。

「俺は心配してないが、どうして?」

物思いに耽っていた辰也は、加藤に尋ねた。

「浅岡さんが浮かない顔をしているもので、聞いたのです」

「俺が?　いや、考え事をしていたんだ」

〝ウィリス・タワー〟を出た二人は、車で十分とかからないリバーノースの傭兵代理店に寄って武器の調達をしていた。マフィア相手とはいえ、銃を扱い慣れた連中だけに油断はできない。サブマシンガンも持っている可能性は充分考えられた。しかもただ攻撃するだけでなく人質を無事に救出する必要があった。そのため、新たにＭ４カービンと敵を無力化するＭ８４スタングレネードにプラスチック爆弾まで借り出した。

辰也が気になっているのは、傭兵代理店のロベルト・ジラルディーノの態度だった。作戦についてはもちろん教えていない。だが、武器が二セットだと分かると、「応援はこないのか」と露骨に不快な表情を表した。もちろん商売上、武器は沢山貸した方が儲かるからだろうが、どこか引っかかりを覚えた。それが気になっていたのだ。

「俺たち二人だけの攻撃に不安はない。チームを組んでいても、状況により少人数で作戦を決行しなければならない時がある。装備も兵員も充分あれば、それに越したことはないが、そうとばかりは限らない。だが不安を感じていては作戦に支障を来《きた》すからな」

辰也は頭から懸念を振り払うように言った。

「私がアンゴラではじめて藤堂さんのチームに参加した時のことを覚えていますか。着任そうそう藤堂さんから散歩に行くと言われたんです。まさかそれがパトロールを意味するとも知りませんでしたが、いきなりゲリラと戦闘になって驚きましたよ」

加藤は思い出し笑いをした。

「アンゴラ？　またずいぶん昔の話だな。俺はあの時パトロールに参加しなかったからな。藤堂さんは、おまえを早くチームに馴らすように連れて行ったんだ。後で、新人を連れて敵に遭遇するとは思っていなかったと、藤堂さんも苦笑されていたよ」

辰也の脳裏に当時の状況が浮かび思わず笑顔になった。

「そうだったんですか。藤堂さんは平気な顔をしていたけど、私のせいで案外ドキドキしていたかもしれませんね」

「いや、あの人は常にありとあらゆる場面を想定して行動している。仮に想定外だったとしても、対処できるだけの能力を持っているんだ。あの人はとにかく別格だよ。それにしてもあのチームは懐かしい。宮坂に加藤、それに死んじまったが、ジャン・パタリーノとミハエル・グスタフもいたな。思えば、あの二人もリベンジャーズの一員だったんだ」

辰也は遠い目をして言った。

五十分ほど走り、住宅もまばらになってくると、周囲はミルク・ステージを迎えたトウモロコシ畑で覆われた。ミルク・ステージとは穀粒がミルクのような状態になることで、畑はまだ青々としている。

「畑のいい香りがする。農業もいいよな。自然と接することができて」

窓を開けて外気を入れた辰也がしみじみと言った。

「浅岡さん、それだけは止めた方がいいですよ。農家は定住しなければできません。放浪癖がある人には向かないんです」

加藤がきっぱりと言い切った。

「まったく、人の夢を壊すようなことを言うなよ。それぐらい分かっている。他にも夢はあるぞ。戦場カメラマンというのも良さげだよな」

辰也は外人部隊の柊真に会うため、フリーのジャーナリストだと偽《いつわ》った。だが、その時購入したカメラが意外に気に入ってしまい、今でも持っている。

「夢ですか。それなら、私は小料理屋をはじめたいと思っています」

加藤はにやけた表情で言った。

「小料理屋？　板前の修業もしたことないくせに」

辰也は鼻で笑った。

「だから夢なんですよ。今の自動車の修理工場の仕事も好きです。でも人とコミュニケーションが取れる仕事もしてみたいんです。ただ、日本じゃだめだから、南国のリゾート地で外国人向けにやれば結構受けると思うんですよ」

加藤は真面目な顔で答えた。

「なんだか、中途半端に現実的だな。南国と言うのなら大佐に相談してみるんだな」

「ピース・ロード、１／２マイルです」

会話の途中で加藤が遥か前方にある緑色の看板を見つけて読み上げた。ピース・ロードはデカルブへの最初のジャンクションだ。

辰也は分岐からピース・ロードに入り、次の交差点でリンカーン・ハイウェイに右折した。ニューヨークのマフィアのアジトまでは目と鼻の先だ。

「こちら爆弾グマ」

目的地の二百メートル手前で車を停めた辰也は、衛星携帯で友恵に連絡を取った。彼女には軍事衛星を使ってアジトを見張らせていた。

——こちら、モッキンバードです。最初に報告した時から動きはなく、人の出入りもまだありません。

「了解、ありがとう」

午前六時二十四分、すっかり夜は明けたが、ニューヨークのマフィアらはまだ眠っているに違いない。トウモロコシ畑以外に遮《さえぎ》る物がないので、倉庫は二百メートル先にはっきりと見える。

辰也は車を百メートル手前まで進めてエンジンを切った。二人はM４を肩に掛け、車を下りると、トウモロコシ畑に入った。辰也はプラスチック爆弾と起爆装置を入れた小型のタクティカルバックパックも背負っている。

よく育ったトウモロコシをかき分け、倉庫の十メートル手前まで近付いた辰也は加藤の肩を叩いて先に行かせた。彼は倉庫の裏側から侵入し、中を調べることになっている。辰也はそのまま倉庫と管理用のプレハブの家が見える位置まで進み、敵を見張る態勢に入った。畑との境にフェンスはないが、畑からは一メートルほどの高低差がある。敷地内には防犯カメラの類《たぐ》いは見られない。こんな田舎のアジトは絶対見つからないと思っているのだろう。

「臭《くせ》えなあ」

辰也は思わず鼻を擦《こす》った。独特の鼻を突く臭いがする。化学肥料に違いない。

拉致された長峰尚人は、倉庫の小部屋に閉じ込められているらしい。管理用のプレハブの家は、宿泊施設として改装されており、マフィアの連中はそこで寝泊まりしているようだ。うまく行けば、見つからずに人質を救出できるかもしれない。

——こちらトレーサーマンです。裏口はありませんが、換気用の窓があります。これより侵入します。

加藤から無線連絡が入った。倉庫の裏手に到着したようだ。

「爆弾グマ、了解」

気温はまだ高くないが、一筋の汗が額を流れた。

——トレーサーマンです。尚人君を確認しました。しかし、部屋のドアが電子ロックで開けることができません。

「分かった。俺もそっちへ行く」

辰也はすぐに畑からよじ上り、倉庫の裏手まで走った。

「こっちです」

二メートル近い場所にある六十センチ四方の窓から、加藤が手招きしている。辰也はM

4を加藤に預けて窓をよじ上り、倉庫の中に前転する形で着地した。

「臭え」

辰也は思わず鼻を押さえた。

「浅岡さん、見てください」

加藤は倉庫の中央を指差した。フラスコやガラス管など実験装置のようなものが六メートル近い金属製の実験台のようなテーブルに置かれている。近くで見ると、硬いプラスチック状のものが台の上に置いてある。試しにタクティカルナイフで触ると、簡単に崩れた。

「コカインか……」

辰也は顔をしかめた。

「臭いのはコカインを水増しするための薬品のせいだと思います。レバミゾールや松脂《まつやに》も置いてありました」

レバミゾールはコカインに似た白い物質ではあるが、駆虫剤として使われる有害物質である。松脂はコカインを固めた形状に似せるために使う。どちらも吸入する際は有害で、煙を大量に摂取すれば死に至らしめる。だが使用した顧客は死亡するために、訴える人間もいないだろう。倉庫は麻薬の精製工場ではなく水増し工場だったようだ。

「レバミゾールで水増しか。人でなしだな」

辰也は顔をしかめた。

「ダラス・フィゲロは、組織から横流ししたコカインをここに持ち込み、かさ増しした上で、戻していたに違いありません」

「なるほど、組織にはばれず、しかも売買した分の金は懐に入るしな。それで人質は元気なのか？」

「大丈夫です。声をかけると、反応しました」

加藤は頷いてみせた。

「うん？」

辰也は実験台から離れようとすると、テーブルの上に赤い点があることに気が付いた。

「しまった！」

辰也はとっさに加藤を突き飛ばし、床に転がった。

そのすぐ後を追って銃弾が床を跳ねた。

三

ニューヨークのマフィアがシカゴ郊外の片田舎にアジトを持っていたのは、それなりの理由があった。コカインの水増し工場だったのだ。おそらくシカゴ・アウトフィットのダラス・フィゲロは、これまでも組織の麻薬を横流しし、ニューヨークのマフィアに売りつけていたのだろう。それだけでなく水増したコカインを組織に戻す上でも交通の便がいいデカルブは最適だったに違いない。

誰もいないと思っていた倉庫にはレーザーサイト付きの銃を持った男が二人も潜んでいた。フィゲロの手下が連絡し、警戒態勢になっていたのかもしれない。もっとも辰也らが音もなく倉庫の裏窓から侵入するとは思っていなかったようだ。

辰也と加藤は床を転げ回り、銃撃を避けた。二人は敵の攻撃を攪乱《かくらん》させるために、違う方向に逃げている。

「天井だ！　左を頼む」

実験台の下に転がり込んだ辰也は、敵の位置を加藤に知らせた。敵は天井近くにある鋼鉄の梁《はり》の上から銃撃している。内部が薄暗いために気が付かなかったが、銃撃のマズルフラッシュで敵の位置は摑んだ。銃撃する側にとって有利な位置だが、足場が悪いために移動することは難しい場所だ。

「了解！」

加藤は奥にある発電機の陰に隠れて返事をした。

辰也は実験台の反対側まで匍匐《ほふく》前進した。

〈行くぞ！〉

自分に号令をかけた辰也は実験台の下から飛び出し、天井の敵に向かって銃撃した。虚をつかれた敵は全身に銃弾を浴びて落下し、もう一人の男も加藤に倒された。

辰也は加藤を倉庫の出入口の見張りに行かせて、尚人が捕われている部屋の前に走り寄った。ドアは頑丈な鉄製でロックは電子式になっている。

「尚人君、今からドアロックを爆破する。爆薬は調整するが、ベッドがあるのならそれを立てかけて、隠れてくれ」

「分かりました」

若い男の声が返ってきた。尚人は無事なようだ。

辰也は少量のプラスチック爆弾をドアの隙間にねじ込み、起爆装置を取り付けた。

「敵が来ます！　六人」

外を見張っていた加藤が叫び、銃撃をはじめた。

「近づけるな！」

辰也は大声で答えてドアから離れ、起爆装置のスイッチを押した。籠った爆発音がし、ドアは煙を吐いて開いた。

「むっ！」

小部屋から猛烈な腐臭がした。部屋の奥にベッドが立てかけてあるが、トイレはない。ベッドの隣に置かれているバケツが臭いの元らしい。どうやらトイレ代わりに使わされていたようだ。

「大丈夫か！」

「……なんとか」

ベッドを引き倒すと、若い男が壁に力なく凭《もた》れていた。身長は一七〇センチほどで、げっそりと頬が痩けている。左手に血の付いた包帯を巻いていた。

「尚人君だね。怪我は大丈夫か？」

辰也は本人の意識を確認する意味で尋ねた。

「はい、尚人です。拉致された直後に、小指を切られました。やつらは家族に送ると言っていました」

尚人は左手を庇《かば》うように押さえながらもちゃんと答えた。だが、体を壁に付けながら歩くのがやっとという感じだ。

「フィゲロの野郎！」

辰也は舌打ちをした。ダラス・フィゲロは長峰家が通報しないように尚人の指を切断して、送付したに違いない。だからこそ、情報本部長ともあろう人間が、浩志を見つけ出すために部下を使っていたのだろう。知っていたら、フィゲロを殺していた。

加藤が銃撃を続けている。

「ここから逃げるぞ。そこに隠れていてくれ」

尚人に肩を貸して小部屋の近くにある発電機の脇に座らせると、辰也は出入口に向かった。とてもじゃないが、尚人は自力で走ることはできない。侵入した時の高窓から出ることも無理だ。たとえ担いで出られたとして、すぐに追いつかれてしまう。

加藤がいる場所は、表の閉じられたシャッターの隣にある通用口である。視界が狭いため、反撃に苦労している。もっとも敵も銃撃音からこちらが強力な銃を持っていることが分かっているはずだ。簡単には攻めて来ないだろう。

「威嚇射撃で敵を拡散させてしまいました。発見した直後に撃つべきでした」

加藤は悔やんでみせた。

「俺たちはリベンジャーズの傭兵だ。それでいいんだ」

辰也は責めなかった。浩志が率いたリベンジャーズの仲間は、彼の薫陶《くんとう》を受けている。浩志に出会う前の辰也なら、間違いなく倉庫に忍び込む前に管理用の家に忍び込んで敵を殲滅《せんめつ》させていただろう。

「ここは俺が代わる。裏から脱出してハマーを取って来てくれ」

「了解！」

加藤はすぐさま銃を肩にかけて走り出し、二メートル近くある高窓に取りつくと、あっという間に視界から消えた。

「む！」

シャッターが音を立て、ゆっくりと動きはじめた。リモコンでも開くようになっていたようだ。

「くそ！」

辰也はシャッターから離れ、実験台の陰に隠れて銃を構えた。敵も攻めあぐねているだけに、大きく開口部を作って一気に攻めてくるつもりなのだろう。

「おっ」

実験台の近くに荷物を運ぶ台車が目に入った。タクティカルバックパックからプラスチック爆弾を出し、台車に取り付けて五秒後に爆発するようにセットした。

シャッターが一メートル近く開いた。辰也は隙間を狙って威嚇射撃をし、起爆装置のスイッチを入れて台車をシャッターの外に押し出した。

台車はシャッターを潜った直後に爆発し、倉庫の奥にいる辰也をも揺さぶった。

爆風で外に停めてある敵の二台の車の窓ガラスを粉砕した。人的被害はなかったかもしれないが、当分攻めて来ないだろう。

「まだか」

辰也は尚人が隠れている位置まで下がって銃を構えた。シャッターは全開になった。

「来たか！」

黒塗りの巨体を躍らせて〝ハマーＨ１〟が敷地に入って来た。

隠れている男たちが一斉にハマーに銃撃した。ハンドガンだけかと思ったが、イングラムM11を持っている者もいる。だが、所詮九ミリや三十八口径の銃では防弾ガラスや分厚い鉄板で覆われたハマーに穴を開けることはできない。

〝ハマーH1〟は猛スピードで倉庫に侵入し、実験台をなぎ倒して停まった。

「摑まれ！」

発電機の陰に隠れていた尚人を担いで辰也は後部座席に乗り込んだ。

「行きますよ！」

加藤はアクセルを踏んでバックさせ、倉庫の前に停めてあった黒いベンツの横っ腹に激突した。ベンツは管理用の家に挟まれて飴細工のようにくの字に折れ曲がった。さらに加藤はアクセルを踏んで前進して白いリンカーンにぶつけ、トウモロコシ畑に横転させた。

マフィアたちは、ハマーの攻撃に恐れをなして逃げ惑っている。

「いいぞ、加藤！　もう一丁行け！」

辰也は歓声を上げた。

「任せてください」

加藤はハンドルを切って、倉庫の脇に停めてあったバンにぶつけて潰した。

「よし、撤退！」

「了解！」

辰也の号令に、加藤は拳を上げて答えた。

四

長峰尚人を救い出した辰也と加藤は、彼のアパートに向かった。彼の父親で、防衛省情報本部長である長峰康宏の立場も考えると、事件を公にすることはできない。指を切断する怪我を負っているものの、尚人の話ではメスで切断され、傷口を縫合されたらしい。そのため、今は多少の痛みがあるだけで傷口の悪化はしていないという。おそらくマフィア御用達の医者が関わっているのだろう。

「結局、シカゴ・アウトフィットのダラス・フィゲロやニューヨークのマフィアも利用されていたんですね」

助手席に座る加藤が難しい顔をして言った。

「みたいだな。一連の事件や騒動は、すべて藤堂さんの情報を得ようとしたものだったんだ。あるいは藤堂さんが出て来るように、事件を起こしたのかもしれない。問題はフィゲロにガセネタを流したやつは誰かということだ。フィゲロの言っていた情報屋もおそらくはタレコミがあっただけで、自分で動いたわけではないはずだ」

「そうですよね。じゃなきゃ、防衛省で極秘任務をしている長峰さんの名前が出るわけもありませんし、まして彼のプライベート情報が漏れるとも思えません。防衛省内部からの漏洩《ろうえい》か、あるいはブラックナイトが調べ上げたと考えるべきですよね」

加藤は辰也の答えに頷いた。

「いずれにせよ、俺たちが調べられるとは思えない。あとは情報本部の仕事だな」

午前九時十分、辰也らはリンカーンパークのノース・ディトン・ストリート沿いにある尚人のアパートに到着した。犬を散歩させている老人やジョギングしている若い女とすれ違った。街は平穏な朝を迎えている。辰也は怪しまれないように尚人を一人で歩かせ、アパートの入口まで辿り着くと、彼を部屋まで担いで行った。

久しぶりのシャワーを浴びた尚人は、よほど疲れていたらしく、食事もとらずにベッドに倒れ込むように眠ってしまった。

「池谷さんが、長峰さんから詳しく話を聞いたところ、やはり尚人君が誘拐されて、藤堂さんの情報を要求されていた。尚人君の写真と切断した指が送られて来たために、従うしかなかったんだ。長峰さんは尚人君から電話があるまで、俺たちが彼を保護したことを信じられなかったみたいだ。無理もないけどな」

辰也は苦笑いをしながら、尚人に付き添っていた加藤に言った。

尚人がシャワーを浴びている間、辰也は池谷からの電話を受けていた。辰也は尚人を救い出した直後に報告をいれていたので、日本でも急展開をみせ、長峰と家族の保護に成功している。

長峰の妻と娘はマフィアではなく別の組織に監視されていたようだ。おそらくブラックナイトだろう。朝晩の妻との定時連絡は唯一許されていたが、犯人側から内容を決められておりモニターもされていたらしい。

辰也から連絡を受けた池谷は、マンションに帰宅していた長峰を訪ねた。だが唐突に尚人奪回の話を聞かされた長峰は、まともに信じようとしなかった。そこで池谷は辰也に電話をかけ、アパートに着いたばかりでぐったりしていた尚人を電話口に出した。息子の声を聞いた長峰は歓喜し、尚人も父親の声を聞いて元気が出たらしく、シャワーを浴びたのだ。

「これで一件落着か」

辰也はソファーに腰を下ろし、ジャケットの内ポケットから美香の二枚の絵はがきを出した。一枚は湾を見下ろした絵で、もう一枚は小さな入り江に船が浮かんでいる絵だ。彼女の描いた水彩画から爽やかな海風が吹いて来るような気がする。

「いい絵ですよね。美香さんはなんでもできる人だなあ、本当に」

加藤が隣に座り、感心して言った。

「だが、手がかりとしてはなあ」

辰也は溜息をついた。

「どこか南国の島じゃないかと思うんです。手前の緑はどうみてもヤシの一種に見えますから」

「そんなことは、分かっている。だが、場所まで特定できないだろう」

「大佐に見てもらいませんか？　あの人なら色々なところに行っているから分かるかもしれませんよ」

「やっぱりそう思うか。尚人君を送り届けたら、その足でランカウイ島に行くか」

二人はしばらくの間絵はがきを見ていたが、結局白旗を揚げた。

「昼飯にしませんか」

加藤がリビングのテーブルにサンドイッチや飲み物を出した。帰る途中で尚人の傷口に塗る薬や包帯と一緒に郊外のスーパーに寄って買ったのだ。

「そうするか。朝飯は夜明けのビールだけだったからな」

満足に食事も摂っていなかった。

「疲れたな。加藤、先に休んでくれないか。三時間後に交代しよう」

食事も終わり腹も膨れると、さすがに疲れを感じた。辰也はリビングのソファーで加藤に眠るように言った。二人とも米国に着いてからまだ一睡もしていなかった。尚人を夕方まで寝かし、夜中の便で一緒に日本に帰るつもりだ。それまで念のために交代で見張りをしなければならない。

「午後一時二十分か」

腕時計を見た辰也は、リビングの椅子に腰を下ろし、大きな欠伸をした。

「……いけない」

辰也はリビングの椅子に座ったまままうたた寝をしていたことに気が付き、慌てて体を起こした。部屋はいつの間にか真っ暗になっている。腕時計を見ると、午後六時四十八分、見張りの交代時間もとっくに過ぎていた。加藤もソファーから起きる様子がない。時間に忠実な男だけによほど疲れているのだろう。

玄関のドアがノックされた。加藤もぴくりと体を起こした。

辰也はグロックを構え、加藤も銃を抜いて後に続いた。

「なっ！」

ドアの覗き穴を見た辰也は、あわててドアを開けた。

「何回もノックしたんですよ」

ドアを開けると、廊下に瀬川と宮坂と田中の三人が立っていた。

「入ってもいいですか？」

瀬川は灯りも点いていない部屋を覗き込んで尋ねてきた。

「あっ、ああ。尚人君を迎えに来たのか？」

呆然としていた辰也は部屋の電気を点けて、ドアの脇に退いた。

瀬川に続き宮坂と田中がリビングに入ってきた。大男たちのせいで、部屋が急に狭くなった。加藤は窓のカーテンの隙間から外の様子を窺っている。三人が尾行されていないか確かめているのだ。

「我々は、大学に尚人君が来ていないという報告を受けた直後、日本を出発しました。捜索のお手伝いに来たのです。ところが空港に着いたら、すでに辰也さんらが奪回されたと社長から連絡を受けてがっかりしました。結局、おっしゃる通り、尚人君を日本まで護衛して帰ることになりました」

瀬川はさも残念そうに首を振ってみせた。

護衛に関しては、長峰から池谷が直接依頼されたようだ。また、池谷の機転で、シカゴ大学には尚人の休学届けが出され、アパートの契約も別人にすり替えるという徹底ぶりで、事件の痕跡すらすでに消されていた。

「そうか、それなら俺は日本に帰らなくてよさそうだな」

辰也は浩志を捜すという本来の任務にはやく戻りたかった。

「護衛は我々だけで充分ですよ。尚人君次第ですが、すぐに航空券の手配をします」

瀬川はにこりとして頷いた。

「お役御免か。とりあえず武器と車を〝スカーフェイス・インク〟に返さなきゃいけないな。あのオヤジ、仕事が簡単にすんだからまた嫌な顔をするかもしれないがな」

辰也は苦笑を浮かべた。

「嫌な顔？」

瀬川が怪訝な表情を見せた。

「今回の作戦は俺と加藤だけだったから、儲けが少ないと不満なんだろう。武器は二人分だと分かったら、面白くなさそうだったぞ」

「社長はロベルト・ジラルディーノさんですよね。一度しかお会いしたことはありませんが、おおらかな方で代理店は趣味でされているため、金銭面でトラブルになるようなことはないと思いますが」

瀬川は首を捻った。

「電気を消してください！」

外を窺っていた加藤が叫んだ。

入口近くに立っていた田中が機敏に部屋のスイッチを消した。辰也は宮坂にリビングの床に置いてあるＭ４を指差し、瀬川にベッドルームに行くように合図を送った。

「どうした？」

辰也は窓際に近付き、加藤に尋ねた。

「前の通りを同じ男が二度通りました。雰囲気が怪しいんですよ」

加藤は浩志並みに勘が優れている。

辰也は窓のカーテンの隙間からアパートの前のノース・ディトン・ストリートを見下ろした。街灯もまばらな薄闇の通りに人気はない。こんな寂しいところを怪しげな男が二度も通るのは確かにおかしい。

「あの男です」

斜め向かいの建物の陰からサングラスをかけた男が出てきた。黒いベンツがアパートの前に停まり、男は助手席に乗り込んだ。

「うん？」

入れ違いに後部座席から下りてきたスーツ姿の男が、ゆっくりとした動作で車のトランクを開けた。

「ベケットか」

辰也は思わず歯ぎしりをした。ダラス・フィゲロの部下で、気絶させただけで放置しておいた男だ。ベケットはトランクからおもむろに長い筒状の物を取り出した。

「〝AT4〟！」

辰也と加藤が同時に叫んだ。携行対戦車無反動砲である〝M136　AT4〟をベケットは構え、辰也らが見守る窓に向けてきた。

「逃げろ！」

辰也と加藤が窓から離れた途端、小さな爆発音に続き窓ガラスが割れ、リビングの天井が爆発した。

五

加藤は爆風で押し出されるように廊下に飛び出し、脇目も振らずに階段を駆け下りていた。〝AT4〟の炸裂弾《さくれつ》はリビングの天井に当たり爆発したが、衝撃は天井から屋根に抜けたらしく、被害はさほどなかった。建物が古く軟弱だったのが幸いした。

加藤がアパートの玄関に出ると、ベケットは〝AT4〟をトランクに投げ込むように仕舞い、後部座席に慌てて乗り込むところだった。

加藤は懐からグロックを抜き、ベンツの正面に回り込んで連射した。運転席と助手席の男たちの肩に命中させ、数発を前輪に当ててパンクさせた。

後部ドアが開き、小型のサブマシンガンを持ったベケットが下りてきた。イングラムM11だ。切り詰めた銃口が火を噴いた。

9ミリ弾に追いかけられ、加藤は近くに駐車してある車の陰に飛び込んだ。毎分九百七十発の発射速度は伊達ではない。隠れた車はあっという間に蜂の巣になった。弾幕を張りながらベケットは運転席から加藤が撃った男を引きずり下ろし、車に乗り込んだ。

弾幕が切れたことを確認した加藤が顔を出すと、ベケットはパンクしているベンツを猛スピードで発進させ、加藤が隠れていた車に激突させた。

ダダダッ！

ベンツの後部に銃弾が数発当たり、爆発炎上した。〃針の穴〃宮坂が、M４の全弾をガソリンタンクに命中させたのだ。

パトカーのサイレンが四方から響いてきた。〃AT４〃の爆発音を聞いた住民が通報したのだろう。

ベケットがイングラムM１１を手に運転席から転げ落ち、火のついたジャケットを脱ぎ捨てると路上に四つん這いになった。

辰也はアパートの反対側に停めてある車の陰から、わざとベケットの足下の路面を撃った。ベケットは悲鳴を上げてイングラムM１１のマガジンを交換して応戦してきた。

「どこを撃っている！」

今度は玄関に隠れていた宮坂が、ベケットの耳元を狙って撃った。わずか数センチの距離をM４の銃弾が通過した。その衝撃波に驚いたベケットは路上を転げた。

「ふざけやがって、ぶっ殺してやる！」

立ち上がったベケットは宮坂を撃とうとしたが、弾が切れていた。イングラムM１１は撃ち続ければわずか二秒で三十二発のマガジンの弾丸を撃ち尽くすのだ。

宮坂と辰也が道の真ん中まで出て、銃を構えた。

「来るな！」

叫び声を上げたベケットはつまずきながらも走り去った。

加藤が暗闇からふらりと現れ、辰也の顔を見ると、ベケットを追って行った。

「俺たちも追いかけますか？」

M４をジャケットに隠すように抱えた宮坂が尋ねてきた。

「必要ないだろう。市警が捕まえるか、射殺する。俺たちがする仕事じゃない。加藤もそのつもりで尾行しているはずだ」

「それもそうですね」

表通りであるノース・ハルステッド・ストリートから激しい銃撃音が轟いた。ベケットがまたマガジンを換えて乱射しているに違いない。

「それよりも、パトカーが来ないうちに尚人君の荷物をまとめて撤収しよう」

辰也と宮坂が振り返ると、アパートの玄関先に尚人を背負った瀬川と、スーツケースを持った田中が立っていた。

「さすが」

辰也は攻撃される直前に瀬川に尚人を任せていたことを思い出した。瀬川と田中が気を利かせて脱出の準備を整えたようだ。

「撤収するか」

辰也は仲間とともにアパート前の道を歩きはじめた。尚人も落ち着いたらしく、自分で歩いている。アパートから百メートルほど北に〝ハマーH1〟は停めてあった。ニューヨークマフィアの攻撃でできたボディの銃弾の痕やベンツにぶつけた時にバンパーが歪んだために表通りに停めるのはさすがに躊躇われたのだ。

「危なかったですね」

瀬川は表通りから入って来た二台のパトカーを見て言った。サイレンを鳴らしながら、アパートに向かって行く。ベンツがまだめらめらと燃えているために、辰也らを気に留めることもなく通り過ぎて行った。

「それにしても、どうして俺たちが尚人君のアパートにいることがベケットに分かったんだ？」

辰也は首を捻った。

「我々が空港から尾行されたのでしょうか？」

瀬川も首を傾げながら答えた。

「それはないだろう。俺たちは尾行に注意して空港からタクシーでやってきた。第一、空港に到着したことが、第三者に知られるはずがない」

宮坂が首を振って否定した。

「ベケットはわざわざ〝AT4〟まで用意してきたんだ。狙いは俺と加藤、それに尚人君にあったはずだ。俺たちの位置が特定されていたに違いない。瀬川たちは単に巻き込まれたのだろう。うん？」

辰也は右手を上げて全員を建物の陰に隠れるように指示をした。前方二十メートルほど先に停めてある〝ハマーH1〟のライトが突然点ったのだ。

トラックのようなエンジン音を立ててハマーが動き出し、辰也らの前で停まった。

「元リベンジャーズの皆さん、お乗りください」

加藤が運転席から陽気に声を掛けてきた。

六

午後十時、リバーノースの古びた五階建てのビルの前に〝ハマーH1〟は停められた。まだ宵の口というのに人通りはまったくない。夜でも一般の通行人を見かける場所はシカゴでは限られているのだ。

ハマーの運転席には田中が座り、助手席には宮坂がいる。足下にM4を立てかけ、宮坂はいつでも銃撃できるように警戒していた。

「尚人君、すまないが出国前にもう少し付き合ってくれ」

後部座席の辰也は隣に座る尚人に頭を下げた。

「僕は、もう大丈夫ですから気にしないでください」

尚人は気丈に答えた。アパートを脱出した後、食事を摂ったために顔色もすっかりよくなっていた。

「行くか」

後ろの席の瀬川と加藤に声をかけ、辰也は車を下りた。

辰也はグロックを懐に入れ、背中のタクティカルバックパックに未使用のマガジンと残ったプラスチック爆弾や起爆装置を入れてある。瀬川はM４を、加藤は同じくグロックを持っている。三人は目の前のビルの五階にある傭兵代理店である〝スカーフェイス・インク〟に借りた武器や機材を返しにきたのだが、その前に確かめなければならないことがあった。

辰也の背負っているバックパックは、爆弾や起爆装置やマガジンを入れた状態で借り受けていた。だが、返品する前にバックパックから中身をすべて取り出して確認したところ、ポケットが二重になっていることに気が付いた。ナイフで生地を裂いてみると、位置発信器が出てきたのだ。

ベケットに辰也らの居場所を教えたのは、代理店社長であるロベルト・ジラルディーノである可能性が生まれた。また、辰也が感じていた彼の不審な態度も今更ながらだが、理由を確かめる必要があった。

建物に入った三人は、それぞれの銃を構え階段を上がった。このビルは老朽化《ろうきゅう》が進み、テナントは歯抜けの状態だが、まだ半数近い部屋は事務所として使われているらしい。まがりなりにもオフィスビルのため、この時間はひっそりとしていた。武器を返却すると電話連絡をしておいたので、ビルに残っているのはジラルディーノだけだろう。

ワックスが染み込んだ廊下を辰也らは油断なく進んだ。アーチ型の窓から街灯の光が差し込んでいる。突き当たりの〝スカーフェイス・インク〟のドアを辰也はノックしたが、反応はない。試しにドアノブを回すと、鍵は掛かっていなかった。

ドアを開けてＭ４を構えた瀬川が踏み込み、辰也と加藤が後に続いた。室内の照明は点いてはおらず、人気もない。

廊下からバタンと大きな音が聞こえてきた。

瀬川が頷いてみせ、部屋を出て行った。

辰也と加藤は、奥の部屋のドアの前に立った。前回訪れた時は、ジラルディーノの秘書であるルイーザが出入りしたのを見たに過ぎない。事務所と武器庫になっているはずだが、静まり返っている。

辰也は加藤にドアを開けさせ、部屋に飛び込んだ。天井の非常灯が点っている。ドアの近くに秘書の机らしきものが置かれ、通路の左右にスチール棚が林立していた。意外に広く六十平米はあるだろう。二人は棚の陰を一つ一つ調べながら、奥に進んだ。

一番奥にある棚に薄型の二十一インチのモニターとパソコンが置いてあり、近付くと勝手に電源が入った。

「任務を終えたようだな。リベンジャーズの諸君。それとも元と付けた方がいいかな」

モニターにジラルディーノが映った。一人掛けのソファーに座っているようだ。こちらの様子もモニターに付いているカメラで見ているに違いない。

「パソコンで客の相手をするつもりか？　いったいどこにいるんだ」

辰也は腹が立ったものの感情を抑えて言った。背後で足音がしたので振り返ると、瀬川が入って来た。

「廊下の防火扉が外から閉められました。窓も溶接してあり、開けることができません。五階に閉じ込められたようです」

瀬川は辰也の耳元で報告した。

「騒ぎが大きくなれば、いずれは藤堂が出てくると思っていたが、とうとう顔を見せなかったな。とても残念だよ」

ジラルディーノは首を振って大きな溜息をついてみせた。

「日本の傭兵代理店が爆破された。関係しているのか？」

辰也は抱いていた疑問をぶつけた。

「まあな」

右の小指で耳掃除をしながら、ジラルディーノは答えた。

「防衛省の長峰氏の息子が拉致され、日本の家族は何者かの監視下に置かれた。関係しているんだな」

「そういうことだ」

「シカゴ・アウトフィットのダラス・フィゲロから麻薬を盗んだのはおまえか？」

「私と相棒だ。マフィアは利用させてもらった。彼らは低能の割に組織力があるからな。これまでの事件は、私がすべて企画立案し、属する組織がすべて演出したものだ。楽しんでいただけたかな」

にこりとジラルディーノは笑ったが、その目は怪しく光っていた。

「いったい、何のつもりだ？」

辰也は目の前の男が生身でない悔しさに歯ぎしりをした。

「説明しよう。藤堂が昨年モスクワで大活躍したおかげで、世界中のブラックナイトはある意味、指揮系統を失った」

ジラルディーノは懐から煙草を取り出し、火を点けるとうまそうに煙を吐き出し、話しはじめた。

「ブラックナイトは、一昔前にソ連のＫＧＢが母体となって誕生した。だが、世は移り、世界中の支局は、地元の犯罪組織や情報機関、あるいは秘密結社と結びつき独立採算性を取っている。だが、ロシアはなんとか組織を再構築しようと、戦闘部隊である〝ヴォールク〟を使って各国のブラックナイトの締め付けを図っていたのだ。だが、それも藤堂のおかげでなくなった。つまり世界中のブラックナイトは、ブラックナイトではなくなったのだ」

「ブラックナイトでなくなった？」

辰也は自問するように言った。

「藤堂は〝ヴォールク〟を潰し、ブラックナイトのナンバー2であるニコライ・コレシェフを死に追いやったことにより、パンドラの箱を開けたのだ。世界中の闇が動き出す。だが、それぞれの組織が一番心配しているのは、藤堂がまたリベンジャーズを率いて邪魔するんじゃないかということだ。それで私は代表して一計を案じたのだが、結局、藤堂の存在は確認できなかった」

ジラルディーノは顎の下の皮膚《ひふ》を摑み、一気に引きはがした。

「何！」

モニターを見ていた三人は同時に声を上げげた。皺だらけだった顔は三十代後半と見られる若々しい男に変身していた。

「本物のジラルディーノと秘書のルイーザは、一週間前からミシガン湖に沈んでいる」

「何だと、すると俺たちが代理店を利用することを予想して殺したのか」

辰也は両手でパソコンの載っている棚を叩いた。

「鈍《にぶ》過ぎるぞ、その通りだ。私の名を教えておこう。ゲラルド・シュナイダーだ。そろそろお別れだ。君たちが二分後も生きていれば、覚えておいてくれ。まあ、無理だとは思うがなあ」

シュナイダーがモニターの上部に触り、カメラの方向が変えられた。すると、彼の脇に丸い窓が映り込み、眼下に夜景が見える。自家用飛行機にでも乗っているようだ。

「言い忘れた。そのビルは土台に爆薬を仕掛けてある。九十秒後に爆発する。少しでも恐怖が味わえるように時間は長めに設定しておいた。藤堂は無理でもおまえたち三人の命を貰うだけでも、今回はよしとしておこう。さらばだ」

映像が暗転し、画面に９０の数字が出たと思ったら、すぐにカウントダウンがはじまった。

辰也は部屋を出て窓を調べたが、やはり溶接してあった。

「くそっ！」

グロックで窓ガラスを撃ってみたが、非常階段までは遠い。しかもロープもない。

「せめて、階下に下りれば一階まで下りられるんですが」

瀬川もＭ４の銃底で窓ガラスの枠を叩き壊し、外を覗きながら言った。

「そうだ！」

辰也は背負っているバックパックからプラスチック爆弾を取り出し、廊下の床に五秒後に爆発するようにセットした。

「隠れろ！」

三人が部屋に戻った途端、爆発し、建物が揺れた。

廊下を覗くと、大きな穴が開いて階下の廊下が見えている。

「急げ！」

辰也は加藤と瀬川を先に穴から降ろし、自分も飛び降りて階下に急いだ。階段を駆け下り、玄関から外に出た途端、背後で轟音がし、爆風でなぎ倒された。

凄まじい噴煙が辺りに充満していたが、やがて夜風に吹かれて薄れて行った。五階建てのレトロなビルは、瓦礫《がれき》と化していた。

「みんな、大丈夫か？」

「なんとか」

辰也が立ち上がると、瀬川と加藤も埃で真っ白になった体を起こした。

「ゲラルド・シュナイダーか。今度会ったら、絞め殺してやる」

辰也は拳を握りしめた。

ランカウイ島

一

シカゴの傭兵代理店の入ったビルが爆破された翌日、辰也と加藤はマレーシアのクアラルンプール経由でランカウイ島に来ていた。二人は浩志を探す手がかりとなる美香の絵はがきを大佐ことマジェール・佐藤に見てもらおうと、わざわざ訪ねてきたのだ。

辰也らが逃がしたベケットは、ノース・ハルステッド・ストリートで駆けつけたパトカーに囲まれ、イングラムＭ１１を乱射し、その場で射殺された。ボスのダラス・フィゲロは、身の安全を図るために過去の麻薬取引を告白したのだが、デカルブにあるコカイン水増し工場で逮捕されたニューヨークマフィアのジョシュ・ハーマンの供述で罪状が増えることは目に見えていた。もっとも、その前に組織が生かしてはおかないだろう。

瀬川と宮坂と田中の三人が護衛し、深夜の航空便で日本に向かった長峰尚人は、辰也らがクアラルンプールのトランジットで待機している間、無事に成田国際空港に到着している。

空港で二〇〇八年型のトヨタのランドクルーザーを借りた辰也は、豪雨が降る中、島の中央を抜けるウルメラカ通りを北東に向かっていた。

「やっぱり、雨期のランカウイはすごいですね」

助手席に座る加藤は、高速にしたワイパーでも視界が悪いことに単純に感心している。赤道に近いランカウイ島は、六月から九月まで雨期に近い気候になり、毎日のように午後は強いスコールに見舞われる。だが、アジア諸国の雨期と違い、一日中曇り空ということはなく、雨が止めば青空が広がる。

三十分ほど走らせると、雨は突然やみ、海岸線を通る道路に入った。やがて道路の両脇に迫るジャングルを数分で抜けると、視界が広がり入り江に到着した。ランカウイ屈指の観光スポットであるタンジュン・ルーである。入り江には桟橋があり、屋根付きのモーターボートが何艘も停泊していた。

いくつもの旅行代理店がマングローブのジャングルを見学するツアーを企画している。季節的には今ひとつであるが、真夏はトップシーズンである日本人を中心とした観光客で賑わっていた。

辰也と加藤は観光客をかき分けて桟橋に行ったが、大佐の経営する会社のモーターボートは出払っていたので、他社の船長と直接交渉してボートをチャーターした。

大佐の家はタンジュン・ルーの入り江の奥にある水上ハウスである。彼が企画するナチュラルツアーでは、水上ハウスの一角にあるオープンデッキを備えたキャビンの小さなカフェレストランに寄り、食事を摂ることになっている。

大佐が水上ハウスに住むのは仕事のためよりも、身を守るためであった。住居になっているキャビンは窓も壁も防弾になっており、さまざまなセンサーが張り巡らされている。また、隣接するキャビンの一つは武器庫となっており、備えは完璧である。

船着き場から数分で到着した辰也と加藤は、水上ハウスの桟橋に降り立った。

「ハロー、タツヤ、カトウ」

ボートの音を聞きつけた佐藤の妻であるアイラがキャビンから顔を覗かせた。少々太めだが、サンドレスがよく似合う。だが、気のせいかいつも満面の笑みを浮かべる彼女にどこか憂いを感じる。

「大佐は、元気にしていらっしゃいますか？」

空港から電話をかけたところ、大佐は在宅と聞いていた。

「まあまあね」

辰也の挨拶に、アイラは微妙な日本語で返事をした。

彼女に案内されて辰也と加藤はキャビンに入った。

「よく来たな！」

リビングのソファーに大佐は座ったまま手を上げた。

「ご、ご無沙汰しています」

辰也は言葉を詰まらせた。

ソファーの横には車椅子が置かれていたのだ。昨年のモスクワでの闘いで大佐は下腹部を撃たれた。半年以上経つが後遺症が残っているようだ。アイラが浮かない顔をしていたのも当然である。

「調子がいい時は、杖を突いて歩くこともできるが、今はこの通りの様だ。情けないよ。傭兵の看板はもう上げることはできそうにない」

辰也と加藤の視線を感じた大佐は、笑ってみせた。

「狭い家だが、くつろいでくれ」

二人は勧められて、籐の椅子に座った。

「大佐は、これまで大怪我をされても回復されました。大丈夫ですよ」

「気遣いは無用だ。今度ばかりは駄目だ。とはいえ、死に損ないの元傭兵に何の用があって来たんだ？」

大佐は弱々しく言った。

「実はブラックナイトの残党が、我々にさまざまな策略を巡らして来たのです」

辰也は一連の事件や、シカゴでの出来事を説明した。

「なんと、浩志や私の働きで世界中の犯罪組織を解放したというのか。皮肉な話だ。悪の芽を摘《つ》んだと思っていたら、パンドラの箱を開けてしまったとはな」

大佐はしばしの間天井を仰ぎ、大きな溜息を漏らした。

「敵は藤堂さんの居場所を知りたがっています。我々は隠れている藤堂さんの意思を尊重したいと思っていますが、我々よりも早く敵に発見される可能性もあります。藤堂さんに危機を知らせたいと思っているんです」

辰也は身を乗り出して訴えた。

「さて、浩志が美香さんと姿を消しているのは、君の言うように彼らの意思だからな。たとえ私が知っていたとしても、教えるわけにはいかんよ」

大佐は厳しい表情で、ゆっくりと首を横に振った。

「もちろん、そうおっしゃることは分かっていました。これを見ていただけますか？　美香さんが明石柊真君に宛てた絵はがきです」

辰也は柊真から預かった二枚の絵はがきを大佐に渡した。

「美しい絵だ。心が洗われる」

大佐は頰を緩ませた。

「大佐は何でもよくご存知だと思います。せめて美香さんが描かれた風景がどこか教えてもらえませんか、お願いです」

辰也が頭を下げると、加藤も深々と頭を下げた。

「私を困らせないでくれ。久しぶりに会ったのだ。別の話題にしよう。今日は泊まっていくといい」

大佐は何かを知っているようだが、話そうとはしなかった。

二

翌朝、天候に恵まれ、朝食を住居用のキャビンではなく、観光用に使っているカフェレストランのオープンデッキで摂ることになった。三つのキャビンは栈橋にもなる長い渡り廊下で繋がっている。以前と違うのは、車椅子で移動できるように渡り廊下とキャビンの段差をなくしてスロープを付けたことだ。

「アイラと二人だけだと家に引きこもりがちになるが、たまに客が来ると、外で食事がしたくなる。今日は本当に気分がいい」

サンドイッチを頬張りながら、大佐は上機嫌で言った。

「ついでに頼み事を聞いてくれないか?」

「何でしょうか?」

辰也は鶏肉で作られたソーセージを食べながら、返事をした。

マレーシアはイスラム国家のため、羊の腸に鶏肉を詰めたソーセージがよく売られている。アイラがイスラム教徒なので、大佐の家ではイスラム教で許されたハラル食品が食卓に出て来るのだ。

「私がこの通りだから、会社の業績が落ちている。そのために求人をして会社の体制を刷《さっ》新《しん》してみた。さらに日本人の観光客を呼び込むためにポスターを作ることにしたのだ。頼みとはポスターに使う写真を撮って来て欲しい」

「我々がですか？……構いませんが」

辰也は歯ごたえのないソーセージを飲み込んで答えた。

「ランカウイの最高峰であるグヌンラヤの山頂からタンジュン・ルーの全景が見渡せる。その他にもカメラポイントを記載した地図を渡すから頼んだぞ」

大佐は嬉しそうな顔で言った。

標高八百七十六メートルのグヌンラヤ山麓《さんろく》は、世界遺産にもなっている。

朝食後、辰也と加藤はランドクルーザーに乗り、島の中央にそびえ立つグヌンラヤ山麓を目指した。二人に限らずリベンジャーズのメンバーだった者は、大佐のキャビンをホテル代わりに何度かランカウイに来ている。そのため、大抵の観光スポットへは地図も見ないで行くことができた。

グヌンラヤ山麓の山頂までは車で行くことができる。特に展望台はないが、車を道の脇に停めておくスペースはある。ランドクルーザーを見晴らしのいい場所に停めて、二人は車から下りた。

高温多湿の下界の気候が嘘のように涼しい。風は冷たく肌寒く感じるほどだ。

「相変わらず、気持ちいいなあ」

辰也はさっそく自慢のデジタル一眼カメラで風景を撮り出した。山麓から北の方角を見ると、タンジュン・ルーの入り江と河口が見渡すことができる。

「涼しいですね。熱帯の島にいるとは、とても思えません」

加藤はランカウイ島に来るのはまだ二度目のため、人気の観光スポットでないグヌンラヤ山麓ははじめてのようだ。

「地図を見ると、山頂から少し下ったところにもカメラポイントのマークがあります。……大変です。浅岡さん」

大佐から渡されたランカウイ島の地図を見ていた加藤の顔が青くなった。

「どうした？」

辰也は怪訝な表情で地図を覗き込んだ。

「大佐からは口頭でグヌンラヤ山麓とだけ聞いていたので、てっきりこの山を中心にしたものだと思い込んでいましたが、タンジュン・ルーを挟んで反対の北側から撮影するポイントも書き込んでありました」

「何！」

慌てて辰也は地図を加藤から引ったくるようにして見た。よく見るとタンジュン・ルーを北側から見下ろす山頂に二カ所もマークがしてある。しかも車では行けない場所なので、ボートを借りて行くほかない。

「こっちの方が大変じゃないか。知っていれば、先に行ったのになあ」

辰也は舌打ちをしたが、後悔してもはじまらない。辰也も地図は確認していなかったのだ。二人はグヌンラヤ山麓の撮影は早めに切り上げて、タンジュン・ルーに戻った。

船着き場にあるモーター付きボートは、どれも観光用でレンタルはしていない。そこで、エコツアーを企画している会社を訪ねて、カヌーを借りることにした。夕方には返すという条件で乗り込みとりあえず大佐の水上ハウスへ向かった。

「ほお、カヌーを借りて来たのか。なら洞窟《どうくつ》の写真も撮って来てくれ」

車椅子を桟橋に出して涼をとっていた大佐が、辰也らを見て呑気に言った。

「大佐、後ろの山にもカメラポイントがあるなんて知りませんでしたよ」

辰也は苦笑混じりに苦言を呈した。水上ハウスに戻って来たのは、徒歩でジャングルにある山に登るならそれなりの準備が必要だからだ。

「車で行けるようなところだけなら、わざわざ頼みはせんよ」

「……なるほど」

事前に地図を確認しなかったことを恥じるよりほかない。辰也と加藤は顔を見合わせ、頭を掻いた。

二人は長袖のシャツに着替え、バックパックに水とアイラが作ってくれた弁当も入れてカヌーに乗り込んだ。水上ハウスから北側の陸地へは二百メートルほどの距離しか離れていない。

辰也は岸沿いにカヌーを進め、猫の額ほどの砂浜を見つけて上陸した。

「なんだか、冒険をしているようで、わくわくしますね」

加藤が自分のカヌーを砂浜に引き上げながら笑顔をみせた。

目の前には人間を拒絶するかのような鬱蒼《うっそう》としたジャングルがせり出している。だが、ギアナのジャングルと違い、木陰に入れば涼しく、海風のせいで湿度もさほど気にならない。とはいえ、油断はできない。このジャングルにも猛毒のコブラが生息していると大佐からは注意されている。

「第一のポイントは、ここから東北東に二百メートルほどの地点です」

加藤は地図を見て言った。

「了解。行こうか」

辰也はペットボトルの水で口を潤し、二メートルほどの崖に手をかけた。

三

甲高《かんだか》い鳥のさえずりや、時折叫ぶような猿の鳴き声が響く。昼のジャングルは動物たちの生活音で騒々しい。

ヤシや低木の南洋植物をかき分け、辰也と加藤は急な斜面を登った。

二百メートル近く進むと、高い木がなくなり視界が突然開けた。

「いいねえ」

辰也はカメラのシャッターを何枚か切り、手頃な岩を見つけると腰を下ろした。タンジュン・ルーの河口が、山々に囲まれた湖のように見える風景だ。誰でもいい写真が撮れる。

「飯を食うか」

辰也は腕時計で時刻を確かめて、バックパックからアイラ手製の弁当を取り出した。時刻は午後一時を過ぎていた。

「これは、うまい」

辰也と加藤は梅干し入りのおにぎりと鶏の唐揚げに舌鼓を打った。

久しぶりの和食を堪能した二人は山の尾根伝いに五百メートルほど西に移動した。第二のカメラポイントは通信塔があるため、目印になった。高さは三十メートルほどの白い塔は、夜間は灯りが点き、灯台の代わりにもなっているのだろう。メンテナンス用と思われる小道がジャングルの下の方に続いている。

「浅岡さん！」

通信塔の反対側に回った加藤が叫び声を上げた。

「どうした？　あっ！」

辰也は加藤の脇に立ち、思わず声を上げた。タンジュン・ルーの河口と入り江になっている湾、そして遠方にアンダマン海が同時に見渡せる雄大な風景が広がっている。

「ここですよ。美香さんは、ここで絵を描いたに違いありません」

加藤は興奮して両拳を振り上げた。

高鳴る胸を抑え、辰也は周囲を見渡した。

「うん？」

辰也は尾根伝いに獣道のような草木が踏みしめられた小道があることに気が付いた。

「落ち着け、加藤。見ろ」

「はい」

加藤は小道を見つけると真顔になり、しゃがんで調べはじめた。

「草の状態からすると、毎日人が通っていますね」

腰を屈《かが》めたまま加藤は、小道を進みはじめた。そのまま六百メートルほど進むと、岬の西側に出る。

小道を辿って行くと、ジャングルに埋もれたコテージが現れた。屋根は緑に塗られ、ヤシの葉で覆われているために上空から発見することは不可能だろう。入口の横に小さな英語の看板が掛かっている。

「ミッ、ミスティック！」

先に見つけた加藤が大きな声を出した。

「まさか！」

辰也は目をこすって看板の字を何度も見た。美香が渋谷に持っているスナックと同じ名前だけに驚くのは無理もない。

ドアが開き、ブルーのサンドレスを着た女が顔を出した。

「いらっしゃい。まだ開店前だから、他の店で飲んで来てね」

日に焼けた女はくすりと笑って言った。

辰也と加藤は狐につままれたようにきょとんとしている。

「冗談よ。久しぶりね」

まるで現地の住人のように健康的な女は美香だった。

「みっ、美香さん？」

「浩志は漁に出ているけど、帰ってくる時刻だから行ってみて。道伝いに坂を下りれば小さな入り江があるからすぐ分かるわよ」

美香は悪戯っぽく笑った。

「はっ、はい」

道と言ってもほとんどジャングルに埋もれている。二人は草木をかき分けながら、小道を進んだ。

「これは……」

辰也は思わず立ち止まった。

二百メートルほど坂の下に三十メートルほどの砂浜があるこぢんまりとした入り江がある。美香の描いた二枚目の絵はがきの風景の場所だった。

二人は急いで坂道を駆け下りた。

砂浜には小さなモーターボートが引き上げられ、その脇で真っ黒に日焼けし、上半身裸の男が何か作業をしている。その背中は鋼のような筋肉に覆われ、よく見ると無数の傷痕があった。

「二人とも、手伝ってくれ」

男は振り向きもせずに言った。

「はい！」

辰也と加藤は返事をすると、男の前に回った。

「藤堂さん、ここにいらしたんですか」

辰也は満面の笑みを浮かべて言った。

「話は後だ。ボートからバケツを下ろしてくれ」

浩志はわずかに口元を上げて言った。

「任せてください」

加藤は身軽にボートに上がり、バケツを二つ下ろした。一つは小アジで満たされ、もう一つは立派なアオリイカが三杯も入っている。

浩志は空になったボートを引っぱり、岸辺のジャングルに隠した。

「行くぞ」

釣り道具を入れた袋を肩から担ぐと、浩志はジャングルに分け入った。入り江は比較的奥まっているが、外海に浮かぶ船からは見える。浩志はここに住み着いてから半年以上経つが、なるべく姿を見られないように気を遣っていた。

「はい！」

辰也と加藤は、まるで子供のように返事をしてバケツを持った。

四

浩志と美香が住むコテージはタンジュン・ルーの岬の突端にあった。デッキからはアンダマン海が見渡せる。元々大佐が住むために建てたもので、長らく使用されていなかったが、浩志は資材を持ち込んで改修した。

三十平米のリビングにはバーカウンターが作られ、奥にキッチンスペースがある。電気は近くの崖に敷き詰められたソーラーパネルで得られる太陽光発電で賄《まかな》われ、不自由はしていない。二十平米ほどの寝室は隣にあり、二人が寝泊まりするには充分な広さがあった。

「我々が来たことは分かっていたんですね」

辰也はリビングの一角にある二十四インチのモニターを見て言った。六分割された画面には、大佐の水上ハウスや、河口や入り江、それに岬の通信塔など、さまざまな場所が映し出されている。

「岬には赤外線センサーを張り巡らしてある。侵入者はすぐ分かる」

浩志は冷えたビールで喉を潤し、首にかけたタオルで汗を拭った。

「俺たちが来たことは昨日から知っていたんですか?」

「そういうことだ。おまえたちが訪ねてきたら、大佐に教えるように言っておいた」

「しかし、大佐から地図を渡されただけで、やっとここまで辿り着いたんですよ」

「大佐が策士だということを忘れたのか」

「ということは、からかわれたということですか」

「何年一緒に仕事をしているんだ」

浩志はにやりとした。

「人が悪過ぎますよ」

辰也は苦笑を浮かべてビールを呷《あお》った。

「お待たせ」

美香がカウンターに小アジとイカの刺身が盛られた大皿を載せた。

「うまい」

浩志が一番に小アジの刺身を口にし、にやりとした。

「これはいい」

「うまいですね」

辰也と加藤も刺身を食べてにんまりとした。二人ともこれまでのいきさつは一切話そうとはしなかった。浩志と美香が安全であることは明白である。汚れた世の中の出来事を話す必要などないのだ。

昼飯を食べてきた二人だったが、美香が次々と料理を出すので箸を置く暇もなく、食べ続けた。

「そろそろ外で飲むか」

浩志がそう言うと、美香がトレーにストレートグラスと氷が入ったチェイサーを三つずつ載せ、入口と反対のカウンターの脇にある出入口から出て行った。

「おお」

美香が戻ってくると、浩志はターキーのボトルを手にし、出入口から外に出た。

浩志の後を追った辰也と加藤は、水平線に沈む太陽を見て立ち止まった。アンダマン海を見下ろすコテージのデッキに出たのだ。

「美しい」

加藤が溜息をついた。

「楽園って本当にあるんですね」

辰也も頷くように首を振った。

「確かに楽園だ。だがいつまでもここにいるつもりはない」

浩志はテーブルに置かれた三つのショットグラスに、なみなみとターキーを注ぎながら言った。

「どういう意味ですか？」

辰也は遠慮がちに尋ねた。

「俺は今、大佐との約束を守っているに過ぎない」

「美香さんとブラックナイトの追手から逃れるためにここにいるんじゃないんですか?」

「それもある。だが、ここじゃなければならない理由がある」

浩志は左の頬をぴくりと動かした。

「大佐が車椅子に乗っているのを見ただろう」

「はい、モスクワで負傷された後遺症だと思っていましたが……」

辰也は浩志の表情に不安を感じた。

「彼はもうすぐ死ぬ」

浩志は溜息を漏らすように言った。

「それほど、酷い怪我だったんですか?」

「いや、……大佐は癌《がん》にかかっている。死を悟った彼は、ロシアに潜入する俺たちの手伝いをしてくれたんだ」

「なっ……」

辰也は絶句した。だが、無茶とも思える作戦に、大佐は老体に鞭を打って執念で参加したことが今更ながら納得させられた。

「十年近く前の話だが、互いに先に死んだ方の骨を拾うという約束をした。だから、俺は大佐の死に水を取るためにここにいる」

浩志は淡々と語り、グラスのターキーを一口飲んだ。

「………」

辰也は、唇を嚙んだ。大佐の死後、浩志がどうするのか聞きたいのを我慢しているのだろう。

「俺は再び闘いに戻る」

浩志はぼそりと言った。

「しかし、美香さんが……」

辰也は思わず建物にいるはずの美香を振り返った。

「ここの生活は快適だ。だが、闘って来た者にとっては辛い。美香も同じ思いだ」

「本当にいいんですか？」

辰也は念を押すように尋ねた。

「必要とされる限り、闘い続ける。それが傭兵だ」

浩志はショットグラスのターキーを沈み行く太陽にかざした後、一気に飲み干した。

傭兵の岐路

一〇〇字書評

切・り・取・り・線

購買動機（新聞、雑誌名を記入するか、あるいは○をつけてください）

□（　　　　　　　　　　）の広告を見て	
□（　　　　　　　　　　）の書評を見て	
□ 知人のすすめで	□ タイトルに惹かれて
□ カバーが良かったから	□ 内容が面白そうだから
□ 好きな作家だから	□ 好きな分野の本だから

・最近、最も感銘を受けた作品名をお書き下さい

・あなたのお好きな作家名をお書き下さい

・その他、ご要望がありましたらお書き下さい

住所	〒				
氏名		職業		年齢	
Eメール	※携帯には配信できません	新刊情報等のメール配信を 希望する・しない			

この本の感想を、編集部までお寄せいただけたらありがたく存じます。今後の企画の参考にさせていただきます。Eメールでも結構です。

いただいた「一〇〇字書評」は、新聞・雑誌等に紹介させていただくことがあります。その場合はお礼として特製図書カードを差し上げます。

前ページの原稿用紙に書評をお書きの上、切り取り、左記までお送り下さい。宛先の住所は不要です。

なお、ご記入いただいたお名前、ご住所等は、書評紹介の事前了解、謝礼のお届けのためだけに利用し、そのほかの目的のために利用することはありません。

〒一〇一－八七〇一
祥伝社文庫編集長　坂口芳和
電話　〇三（三二六五）二〇八〇

祥伝社ホームページの「ブックレビュー」からも、書き込めます。
http://www.shodensha.co.jp/bookreview/

祥伝社文庫

傭兵《ようへい》の岐路《きろ》　傭兵《ようへい》代理《だいり》店《てん》外伝《がいでん》

平成24年10月20日　初版第1刷発行

著　者　渡辺裕之《わたなべひろゆき》
発行者　竹内和芳
発行所　祥伝社《しょうでんしゃ》
東京都千代田区神田神保町3-3
〒101-8701
電話　03（3265）2081（販売部）
電話　03（3265）2080（編集部）
電話　03（3265）3622（業務部）
http://www.shodensha.co.jp/

印刷所　萩原印刷
製本所　積信堂
カバーフォーマットデザイン　芥 陽子

Printed in Japan ©2012, Hiroyuki Watanabe ISBN978-4-396-33790-2 C0193